Die Tote in der Bibliothek

Jubiläums-Edition

AGATHA CHRISTIE

Die Tote in der Bibliothek

Jubiläums-Edition

Scherz
Bern – München – Wien

Einmalige Jubiläums-Ausgabe 1991
Überarbeitete Fassung der einzig
berechtigten Übertragung aus dem Englischen
Titel des Originals: «The Body in the Library»

Die Tote in der Bibliothek

I

Mrs. Bantry träumte. Ihre Wicken hatten eben bei einer Blumenausstellung den ersten Preis gewonnen. Der Pfarrer, in vollem Ornat, verteilte die Preise in der Kirche. Seine Frau spazierte vorüber, nur mit einem Badeanzug bekleidet. Aber, wie das in Träumen so geht, erregte diese Tatsache keineswegs die Mißbilligung der Gemeinde, was im wirklichen Leben zweifellos der Fall gewesen wäre ...

Mrs. Bantry genoß ihren Traum sehr. Sie genoß diese Morgenträume meistens, die durch die Ankunft des Frühstücks ihr Ende fanden. Irgendwo in ihrem Unterbewußtsein hörte sie dabei die vertrauten Geräusche des erwachenden Haushalts. Das Rasseln der Vorhangringe auf der Treppe, wo das Stubenmädchen die Gardinen aufzog. Das Hin- und Hergehen des zweiten Dienstmädchens, welches sich mit Besen und Schaufel draußen auf dem Korridor zu schaffen machte. Und in einiger Entfernung den dumpfen Ton des schweren Riegels der Eingangstür, der zurückgezogen wurde.

Ein neuer Tag. Inzwischen war sie entschlossen, soviel Vergnügen wie möglich an ihrer Blumenausstellung zu haben; denn schon fühlte sie, daß alles nur ein Traum war ...

Im Stockwerk unter ihr wurden jetzt die großen hölzernen Fensterläden des Wohnzimmers geöffnet. Mrs. Bantry hörte es und hörte es auch wieder nicht. Denn noch eine gute halbe Stunde würden diese vertrauten Geräusche weiter zu vernehmen sein – diskret, gedämpft und keineswegs störend, eben weil man so an sie gewöhnt war. Schließlich würde ein leichter, schneller Schritt den Korridor entlangkommen, das Rascheln eines gestärkten Kleides, das leise Klirren der Teetassen – dann ein sanftes Klopfen –, und Mary würde eintreten und die Vorhänge aufziehen.

Mrs. Bantry runzelte die Stirn. Etwas Störendes brach in ihren Halbtraum ein, etwas Ungewöhnliches. Schritte den Korridor entlang, viel zu eilige, viel zu zeitige Schritte. Unbewußt lauschte Mrs. Bantry auf das Klirren der Teetassen – aber es klirrten keine Teetassen.

Es klopfte. Aus der Tiefe ihres Traumes auftauchend, rief Mrs. Bantry automatisch: «Herein!» Die Tür öffnete sich – jetzt würden die Vorhangringe klappern, und es würde hell werden im Zimmer.

Aber die Vorhangringe klapperten nicht. Sondern aus dem dämmergrünen Licht kam Marys Stimme – atemlos, voller Panik: «Oh, Madam, oh, Madam, *es liegt eine Leiche in der Bibliothek*!»

Dann brach das Mädchen in hysterisches Schluchzen aus und stürzte aus dem Zimmer.

Mrs. Bantry setzte sich im Bett auf.

Entweder hatte ihr Traum eine sehr merkwürige Wendung genommen oder aber – oder aber Mary war wirklich hereingestürzt und hatte behauptet (einfach phantastisch!), daß eine Leiche in der Bibliothek liege.

«Unmöglich», sagte Mrs. Bantry zu sich selbst. «Ich muß geträumt haben.»

Aber während sie dies sagte, wurde ihr immer klarer, daß sie nicht geträumt hatte. Daß Mary, ihre überlegene, beherrschte Mary tatsächlich diese unglaublichen Worte gerufen hatte.

Mrs. Bantry überlegte eine Minute. Dann bedachte sie ihren schlafenden Gatten mit einem herzhaften Ellbogenstoß.

«Arthur, Arthur! Wach auf!»

Colonel Bantry stöhnte, murmelte etwas und drehte sich auf die andere Seite.

«Wach auf, Arthur! Hast du gehört, was Mary gesagt hat?»

«Höchstwahrscheinlich», kam es undeutlich von Colonel Bantry. «Du hast ganz recht, Dolly», und unverzüglich schlief er wieder ein.

Mrs. Bantry schüttelte ihn.

«So hör doch! Du mußt hören! Mary kam herein und sagte: ‹Es liegt eine Leiche in der Bibliothek.›»

«Ah – was?»

«Eine Leiche in der Bibliothek.»

Wer sagt das?»

«Mary.»

Colonel Bantry versuchte, sich zu sammeln und die Situation zu erfassen.

«Unsinn, Liebes; du hast geträumt.»

«Nein, ich habe nicht geträumt. Zuerst hab ich auch geglaubt, es sei ein Traum. Aber es ist wahr. Sie ist wirklich hereingekommen und hat das gesagt.»

«Mary ist hereingekommen und hat gesagt, es liege eine Leiche in der Bibliothek?»

«Ja.»

«Aber das kann nicht sein», versicherte Colonel Bantry.

«Eben – das kann nicht sein», meinte Mrs. Bantry unsicher. «Aber warum hat Mary es dann gesagt?»

«Das kann sie nicht gesagt haben.»

«Sie hat es aber gesagt.»

«Das bildest du dir nur ein.»

«Das bilde ich mir nicht ein.»

Colonel Bantry war nun richtig wach und entschlossen, Herr der Situation zu werden. Er redete seiner Frau gut zu:

«Du hast geträumt, Dolly, weiter nichts. Das kommt von diesem Detektivroman, den du gelesen hast – *Das Geheimnis des zerbrochenen Zündholzes.* Du weißt doch – Lord Edgbaston findet eine wunderschöne blonde Tote auf dem Kaminteppich in der Bibliothek. In Romanen findet man die Leichen immer in der Bibliothek. In Wirklichkeit habe ich so etwas noch nicht erlebt.»

«Vielleicht wirst du es jetzt erleben. Jedenfalls mußt du aufstehen, Arthur, und nachschauen.»

«Aber wirklich, Dolly, es *muß* ein Traum gewesen sein. Träume sind oft ungemein realistisch, sogar wenn man schon wach ist. Man glaubt auch dann noch ganz fest, daß alles wahr sei.»

«Ich habe aber von etwas ganz anderem geträumt – von einer Blumenausstellung und von der Frau Pfarrer im Badeanzug – oder so ähnlich.»

Mit einem plötzlichen Energieausbruch sprang Mrs. Bantry aus dem Bett und zog die Vorhänge auf.

Das Licht eines schönen Herbsttages durchflutete das Zimmer.

«Ich habe *nicht* geträumt», erklärte Mrs. Bantry entschieden. «Steh sofort auf, Arthur, geh hinunter und sieh nach.»

«Du verlangst von mir, daß ich hinuntergehe und frage, ob nicht vielleicht eine Leiche in der Bibliothek herumliegt? Soll ich mich lächerlich machen?»

«Du brauchst überhaupt nichts zu fragen. Wenn eine Leiche da ist – und es ist natürlich möglich, daß Mary verrückt geworden ist und sich einbildet, Dinge zu sehen, die gar nicht existieren –, nun, wenn eine Leiche da ist, dann wird man es dir sowieso augenblicklich sagen. Du wirst nicht erst fragen müssen.»

Murrend hüllte Colonel Bantry sich in seinen Morgenrock und ging hinaus. Er schritt den Korridor entlang und die Treppe hinab. Unten fand er einen kleinen Haufen sich zusammendrängender, zitternder Dienstboten. Einige schluchzten.

Der Butler trat hervor.

«Ich bin froh, daß Sie kommen, Sir. Ich habe angeordnet,

daß nichts geschehen darf, bevor Sie da sind. Ist es Ihnen recht, wenn ich jetzt die Polizei rufe, Sir?»

«Polizei rufen? Weswegen?»

Der Butler blickte vorwurfsvoll eine große junge Person an, die, an die Schulter der Köchin gelehnt, hysterisch weinte.

«Ich dachte, Sir, daß Mary Ihnen bereits Mitteilung gemacht hat. Sie behauptete es jedenfalls.»

Mary schluchzte:

«Ich bin so außer mir, ich weiß nicht, was ich gesagt habe und was nicht. Immerfort sehe ich alles vor mir – und dann schlottern mir die Knie – und mir wird schwindelig! Wie ich sie da gefunden habe – oh, oh, oh!»

Sie sank wieder gegen Mrs. Eccles' Schulter, die sie zu beruhigen versuchte.

«Mary ist natürlich etwas verstört, Sir. *Sie* hat schließlich diese entsetzliche Entdeckung gemacht», erklärte der Butler. «Sie ging wie jeden Morgen in die Bibliothek, um die Vorhänge zurückzuziehen, und – und – stolperte beinahe über die Leiche.»

«Wollen Sie damit sagen, daß eine Leiche in meiner Bibliothek liegt – in *meiner* Bibliothek?»

Der Butler hüstelte.

«Vielleicht möchten Sie selber nachsehen, Sir . . .»

«Hallohallohallo! Hier Polizeistation. Ja, wer spricht dort?»

Constable Palk knöpfte sich seine Uniform mit einer Hand zu, mit der anderen hielt er den Telefonhörer.

«Ja, ja, Gossington Hall. Ja? Oh, guten Morgen, Sir.» Palks Tonfall änderte sich um einige Nuancen, wurde weniger offiziell, weniger ungeduldig. Constable Palk hatte den freigebigen Patron der Polizeisportfeste erkannt, den Distriktsvorsteher.

«Ja, Sir? Was kann ich für Sie tun? – Verzeihung, Sir, ich habe Sie nicht verstanden – *eine Leiche*, sagen Sie? – Ja? Ja, bitte schön – jawohl, Sir. Junge Frau, Ihnen unbekannt, sagen Sie? Ja, ich verstehe, Sir. Ja, Sie können das alles mir überlassen.»

Constable Palk legte den Telefonhörer auf die Gabel, stieß einen langgezogenen Pfiff aus und wählte die Nummer seines Vorgesetzten.

Mrs. Palk steckte den Kopf durch die Küchentür. Gleichzeitig verbreitete sich der appetitliche Duft von gebratenem Speck.

«Was ist los?»

«Die tollste Sache, die man je gehört hat», antwortete der Gatte. «Oben im Herrenhaus ist die Leiche einer jungen Frau gefunden worden. In Colonel Bantrys Bibliothek.»

«Ermordet?»

«Erwürgt, sagt der Colonel.»

«Wer ist es?»

«Der Colonel sagt, er habe sie nie im Leben gesehen.»

«Was hat sie dann in seiner Bibliothek gemacht?»

Constable Palk brachte sie mit einem vorwurfsvollen Blick zum Schweigen und sprach in dienstlichem Ton ins Telefon.

«Inspektor Slack? Hier spricht Constable Palk. Eben wurde gemeldet, daß die Leiche einer jungen Frau heute morgen um sieben Uhr fünfzehn . . .»

Miss Marples Telefon läutete. Sie war gerade beim Ankleiden. Sie war irritiert. Eine ungewöhnliche Stunde für einen Anruf. So wohlgeordnet war ihr einfaches Leben, daß ein unvorhergesehener Telefonanruf eine Quelle der wildesten Vermutungen für sie bedeutete.

«Du lieber Gott», murmelte Miss Marple, während sie den immer weiterläutenden Apparat verblüfft betrachtete. «Wer kann das wohl sein?»

In der Zeit zwischen neun Uhr und neun Uhr dreißig pflegte man im Dorf freundschaftliche Telefongespräche von Haus zu Haus zu führen. Dabei wurden Verabredungen für den Tag getroffen, Einladungen besprochen und so weiter. Der Metzger wußte, daß er kurz vor neun anrufen mußte, wenn mit der Fleischlieferung irgend etwas nicht in Ordnung war. Den Tag über erfolgten verschiedene Anrufe, aber es galt als schlechter Ton, nach halb zehn Uhr abends noch zu stören. Es ist wahr, Miss Marples Neffe, ein Schriftsteller und deshalb exzentrisch, war dafür bekannt, daß er zu den unmöglichsten Tages- und Nachtzeiten anrief. Einmal erlaubte er sich sogar, Miss Marple zehn Minuten vor Mitternacht aus dem Bett zu läuten. Aber was für extravagante Eigenschaften Raymond West auch immer haben mochte, Frühaufstehen gehörte nicht dazu. Weder ihm noch irgend jemandem aus Miss Marples Bekanntenkreis war zuzutrauen, daß er vor acht Uhr früh anrufen würde. Genau gesagt, war es jetzt ein Viertel vor acht.

Es war sogar zu früh für ein Telegramm. Die Post wurde erst um acht Uhr geöffnet.

Miss Marple entschied: «Das muß eine falsche Verbindung sein.»

Daraufhin begab sie sich zu dem ungeduldigen Apparat, nahm den Hörer ab und rief: «Ja?»

«Bist du's, Jane?»

Miss Marple war mehr als überrascht.

«Ja. Du bist aber sehr früh auf, Dolly.»

Atemlos und aufgeregt kam Mrs. Bantrys Stimme durch die Leitung.

«Etwas Entsetzliches ist passiert.»

«Oh, meine Liebe ...»

«Wir haben eben eine Leiche in der Bibliothek gefunden.»

Einen Augenblick lang glaubte Miss Marple, ihre Freundin sei verrückt geworden.

«Ihr habt *was* gefunden?»

«Ja, ich weiß. Es ist nicht zu glauben, nicht wahr? Ich habe gedacht, so etwas kommt nur in Büchern vor. Stundenlang mußte ich heute morgen auf Arthur einreden, bevor er sich überhaupt entschloß, hinunterzugehen und nachzusehen.»

Miss Marple versuchte sich zu beherrschen. Sie fragte keuchend: «Aber was für eine Leiche denn?»

«Eine blonde.»

«Eine – was?»

«Eine blonde. Eine wunderschöne Blondine, auch wie in einem Roman. Sie liegt ganz einfach in der Bibliothek und ist tot. Du mußt also sofort herkommen.»

«Du willst, daß *ich* zu dir komme?»

«Ja, ich schicke dir den Wagen.»

Miss Marple war unentschlossen. «Natürlich, meine Liebe, wenn du glaubst, daß ich dich irgendwie trösten kann . . .»

«Oh, ich brauche keinen Trost. Aber du verstehst dich so großartig auf Leichen.»

«Ach nein. Wirklich nicht. Meine kleinen Erfolge waren doch nur theoretisch.»

«Aber was Mord betrifft, bist du doch ganz großartig. Sie ist nämlich ermordet worden, verstehst du, erwürgt. Wenn man schon im eigenen Haus einen Mordfall hat, dann soll man, meiner Ansicht nach, auch sein Vergnügen daran haben – du verstehst schon, wie ich das meine. Darum möchte ich, daß du kommst und mir hilfst, den Täter zu finden und das Geheimnis zu entschleiern und lauter solche Sachen. Es ist doch *wirklich* spannend, nicht wahr?»

«Nun, natürlich, wenn ich dir irgendwie *helfen* kann . . .»

«Ausgezeichnet! Arthur ist ein bißchen unzufrieden mit mir. Ich glaube, er ist der Ansicht, daß diese Sache mir überhaupt kein Vergnügen machen sollte. Natürlich, ich weiß, das ist alles sehr traurig und so weiter. Aber schließlich und endlich kenne ich die Tote nicht – und wenn du sie siehst, dann wirst du mich verstehen, wenn ich dir sage, sie schaut überhaupt nicht *wirklich* aus.»

Ein wenig atemlos stieg Miss Marple aus dem Auto der Bantrys, während der Chauffeur die Tür für sie aufhielt.

Colonel Bantry kam die Freitreppe herunter und sah etwas überrascht drein.

«Miss Marple? – Ah – sehr erfreut, Sie hier zu sehen ...»

«Ihre Frau hat mich angerufen», erklärte Miss Marple.

«Prima, prima. Sie braucht jemanden, der sich um sie kümmert. Sie bricht mir sonst zusammen. Augenblicklich macht sie ja noch gute Miene zum bösen Spiel, aber Sie wissen ja, wie so was ist –»

In diesem Moment erschien Mrs. Bantry und rief:

«Geh doch wieder ins Eßzimmer und iß dein Frühstück, Arthur! Der Speck wird ja kalt.»

«Ich hatte geglaubt, der Inspektor kommt.»

«Er wird früh genug dasein. Darum ist es wichtig, daß du vorher zu Ende frühstückst. Du hast es nötig.»

«Und du auch. Komm doch lieber herein und iß etwas, Dolly –»

«Ja, gleich. Nun geh schon, Arthur!»

Colonel Bantry wurde ins Eßzimmer zurückgescheucht wie ein widerspenstiges Huhn.

«*Na also!*» sagte Mrs. Bantry triumphierend. «Komm jetzt.»

Eilig führte sie ihre Freundin den langen Korridor hinunter zur Ostseite des Hauses. Vor der Bibliothekstür hielt Constable Palk Wache. Er versuchte, etwas Autorität zu zeigen.

«Entschuldigen Sie, Madam, aber hier darf niemand rein. Befehl vom Inspektor.»

«Unsinn, Palk», sagte Mrs. Bantry. «Sie kennen doch Miss Marple.»

Constable Palk gab zu, Miss Marple zu kennen.

«Es ist sehr wichtig, daß sie die Leiche sieht. Seien Sie doch nicht dumm, Palk. Schließlich und endlich ist es doch *meine* Bibliothek, nicht wahr?» rief Mrs. Bantry.

Constable Palk gab den Weg frei. Sich allem zu fügen, was ein Mitglied der Aristokratie verlangte, war ihm in Fleisch und Blut übergegangen. Der Inspektor brauchte es ja nicht zu erfahren.

«Es darf aber nichts berührt oder verändert werden», warnte er die Damen.

«Natürlich nicht», erwiderte Mrs. Bantry ungeduldig. «Als ob wir das nicht wüßten! Sie können ja mitkommen und aufpassen, wenn Sie wollen.»

Der Beamte machte Gebrauch von dieser Einladung. Er hatte sowieso beabsichtigt, dies zu tun.

Mrs. Bantry geleitete ihre Freundin stolz durch die Bibliothek zu dem großen, altmodischen Kamin. Mit dramatischer Geste sagte sie:

«Hier!»

Miss Marple verstand jetzt sofort, was Mrs. Bantry mit der Bemerkung gemeint hatte, das Mädchen sei nicht *wirklich.* Die Bibliothek war ausgesprochen typisch für ihre Besitzer. Sie war sehr groß, etwas schäbig und unordentlich. Riesige weiche Fauteuils standen umher. Auf dem Tisch lagen Pfeifen, Bücher und verschiedene Zeitungen wild durcheinander. Ein oder zwei recht gute alte Familienporträts hingen an der Wand, einige schlechte Aquarelle und einige komisch sein wollende Jagdszenen. In der Ecke stand eine große Vase mit Margeriten. Der ganze Raum war dämmerig, warm und gemütlich. Er zeugte von den Alltagsgewohnheiten seiner Bewohner und von alter Familientradition.

Aber quer über den Kaminteppich aus Bärenfell gebreitet gab es etwas Neues – etwas Rohes und Dramatisches: die schimmernde Gestalt eines Mädchens. Eines Mädchens mit unnatürlich blondem Haar, das in künstlichen Locken und Kringeln ihr Gesicht umgab. Der schmale Körper war in ein rückenfreies Abendkleid aus weißem, paillettenbesticktem Satin gekleidet. Das Gesicht war sehr stark geschminkt. Grotesk wirkte der Puder auf dem blaugeschwollenen Antlitz.

Die Tusche der Wimpern lag dick auf den verzerrten Wangen, das Purpurrot der Lippen glich einer Wunde. Die Fingernägel waren blutrot lackiert, ebenso die Zehennägel, die aus den billigen Silbersandalen hervorsahen. Eine wohlfeile, armselig-flittrige Erscheinung – ein scharfer Gegensatz zu der soliden, altmodischen Gemütlichkeit von Colonel Bantrys Bibliothek.

Mrs. Bantry flüsterte:

«Du verstehst, was ich meine: Es ist einfach nicht *wirklich*!»

Miss Marple nickte. Lange und nachdenklich betrachtete sie das zerstörte Geschöpf.

Schließlich sagte sie leise:

«Sie ist sehr jung.»

«Ja – ja, das glaube ich auch.» Mrs. Bantry schien beinahe überrascht zu sein, als wäre dies eine Entdeckung.

Miss Marple beugte sich hinab. Sie berührte das Mädchen nicht. Sie schaute auf die Finger, die sich über der Brust in das Kleid verkrallt hatten, wie in verzeifeltem Ringen nach Atem.

Draußen auf dem Kies knirschten die Räder eines Autos. Constable Palk sagte aufgeregt:

«Das wird der Inspektor sein ...»

Entsprechend seiner tief verwurzelten Überzeugung, daß die Aristokratie einen niemals im Stich läßt, eilte Mrs. Bantry auch sofort zur Tür. Miss Marple folgte ihr. Mrs. Bantry sagte:

«Alles in Ordnung, Palk.»

Constable Palk war unendlich erleichtert.

Colonel Bantry spülte hastig den letzten Bissen Marmeladentoast mit einem Schluck Kaffee hinunter, eilte hinaus in die Halle und atmete auf, als er Colonel Melchett, den Polizeichef der Grafschaft, aus dem Wagen steigen sah, begleitet von Inspektor Slack. Melchett war Bantrys Freund. Aus Slack hatte sich der alte Herr nie viel gemacht. Slack war ein allzu energischer Mann, der seine nachlässigen Manieren durch ein gerüttelt Maß an Respektlosigkeit gegenüber jedem, den er für unwichtig hielt, noch unterstrich.

«Guten Morgen, Bantry», sagte der Polizeichef. «Schien mir besser, selbst herzukommen. Eine ganz ungewöhnliche Angelegenheit – wie?»

«Es ist – es ist –» Colonel Bantry rang nach Worten. «Es ist unglaublich – phantastisch!»

«Keine Ahnung, wer das Mädchen ist?»

«Nicht die leiseste. Ich habe es nie im Leben gesehen.»

«Der Butler?» fragte Inspektor Slack.

«Lorrimer ist genauso ahnungslos wie ich.»

«Ah! Soso . . .»

«Im Speisezimmer ist ein Frühstück vorbereitet, Melchett. Wollen Sie etwas essen?»

«Nein, nein, danke – wir wollen uns lieber erst mal die Sache ansehen. Haydock muß jeden Augenblick dasein – ah, da ist er ja schon.»

Wieder fuhr ein Auto vor, und der große, breitschultrige Dr. Haydock, der Polizeiarzt, stieg aus. Einem zweiten Polizeiauto waren zwei Männer in Zivilkleidung entstiegen; der eine trug einen Fotoapparat.

«Alles bereit?» fragte der Polizeichef. «Schön. Gehen wir. In der Bibliothek, sagt Slack.»

Colonel Bantry stöhnte:

«Es ist unglaublich! Wissen Sie, als meine Frau heute früh behauptete, Mary wäre hereingekommen und hätte gesagt, es liege eine Leiche in der Bibliothek, da wollt ich's ganz einfach nicht glauben.»

«Das verstehe ich vollkommen. Hoffe, Ihre Gattin ist nicht allzu verstört?»

«Sie benimmt sich wundervoll – wirklich wundervoll. Die alte Miss Marple leistet ihr Gesellschaft – Miss Marple aus dem Dorf, Sie wissen ja.»

«Miss Marple?» Der Polizeichef stutzte. «Warum hat Mrs. Bantry sie kommen lassen?»

«Ach, in solchen Fällen will eben eine Frau eine Freundin bei sich haben, nicht wahr?»

Colonel Melchett lachte leise in sich hinein:

«Meiner Ansicht nach versucht sich Ihre Frau Gemahlin ein wenig als Amateurdetektiv. Miss Marple ist der Dorf-Sherlock-Holmes. Hat's uns schon mal ordentlich gezeigt, nicht wahr, Slack?»

«Das war etwas anderes.»

«Anders als was?»

«Der Fall damals war eine lokale Angelegenheit, Sir. Die alte Dame weiß über alles Bescheid, was hier im Dorf vorgeht, das ist wahr. Aber diese Sache fällt nicht in ihr Gebiet.»

«Sie wissen selbst noch nicht sehr viel über diese Sache, Slack», meinte Melchett trocken.

«Warten Sie's nur ab, Sir. Lang werde ich nicht brauchen, um ihr auf den Grund zu kommen.»

Im Eßzimmer nahmen Mrs. Bantry und Miss Marple ihr Frühstück ein.

Nachdem sie ihren Gast bedient hatte, sagte Mrs. Bantry eindringlich:

«Nun, Jane?»

Miss Marple blickte sie etwas befremdet an.

Mrs. Bantry fragte hoffnungsvoll:

«*Erinnert* es dich nicht an irgend etwas?»

Denn Miss Marple war bekannt dafür, daß ihr zu großen und wichtigen Problemen immer ein Parallelfall aus dem Alltagsleben des Dorfes einfiel, der oft geeignet war, ein neues Licht auf eine Sache zu werfen oder gar einen Kriminalfall zu lösen.

Jetzt erklärte sie nachdenklich: «Nein, das könnte ich nicht sagen. Wenigstens nicht im Moment. Ein wenig erinnert sie mich an Mrs. Chettys Jüngste – Edie, weißt du –, aber ich glaube nur, weil dieses arme Mädchen auch Nägel kaute und weil ihre Vorderzähne ein wenig vorstehen. Weiter ist es nichts. Und natürlich», fuhr Miss Marple fort, indem sie versuchte, die Parallele weiter zu verfolgen, «Edie liebte auch diese sogenannte billige Eleganz.»

«Du meinst das Kleid?»

«Ja, Satin mit Flitter – schlechte Qualität.»

«Ich verstehe. Aus so einem scheußlichen kleinen Geschäft, wo alles eine Guinee kostet.» Hoffnungsvoll forschte Mrs. Bantry: «Was wurde denn aus der kleinen Edie?»

«Eben hat sie ihre zweite Stelle angetreten, und sie macht sich, glaube ich, sehr gut.»

Mrs. Bantry war etwas enttäuscht. Dieser Parallelfall schien nicht viel herzugeben.

«Ich kann mir absolut nicht vorstellen», grübelte Dolly Bantry, «was sie in Arthurs Bibliothek zu suchen hatte. Palk sagt, ein Fenster sei aufgebrochen. Sie ist vielleicht mit einem Einbrecher hergekommen, und dann haben die beiden sich gestritten, und dann – aber das klingt unsinnig, nicht wahr?»

«Sie ist kaum zum Einbrechen angezogen», meinte Miss Marple nachdenklich.

«Nein, sie ist zum Tanzen angezogen – für einen Ball, zum Beispiel. Aber es gibt nichts Derartiges hier bei uns – oder irgendwo in der Nähe.»

«N - n - nein ...», sagte Miss Marple zögernd.

Mrs. Bantry fuhr hoch.

«Du hast etwas im Sinn, Jane!»

«Ach, ich habe mir gerade überlegt ...»

«Nun?»

«Basil Blake.»

«Nein!» schrie Mrs. Bantry impulsiv und fügte – quasi als Erklärung – hinzu: «Ich kenne doch seine Mutter!»

Die beiden Frauen sahen einander an.

Miss Marple seufzte und schüttelte den Kopf.

«Ich verstehe deine Gefühle vollkommen.»

«Selina Blake ist die netteste Frau, die man sich nur vorstellen kann. Ihre Immergrün-Einfassungen sind einfach entzückend. Ich werde gelb vor Neid, wenn ich sie sehe. Und Selina ist so freigebig mit Setzlingen.»

Miss Marple überging diese Betrachtungen und meinte: «Immerhin, du weißt ja, es gab sehr viel *Gerede.*»

«Ach, ich weiß – ich weiß! Und Arthur geht immer senkrecht in die Luft, sobald man Basil Blake erwähnt. Basil war wirklich sehr frech zu Arthur, und seither will Arthur kein gutes Wort mehr über den jungen Mann hören. Der hat so eine dumme, herablassende Art zu reden – wie eben die meisten Burschen heutzutage –; verspotten Leute, die ihre Schule in Ehren halten oder das Empire und solche Sachen. Und dann natürlich – wie er sich *kleidet*! Man sagt oft, es sei egal, was man auf dem Lande anzieht. So ein Blödsinn. Gerade auf dem Lande beobachten die Leute doch alles.»

Sie machte eine Pause, dann sagte sie schwärmerisch: «Wie entzückend er in der Badewanne aussah – als Säugling!»

«In der letzten Sonntagszeitung war ein entzückendes Bild von dem Mörder Cheviot als Säugling», bemerkte Miss Marple.

«Oh, Jane – du glaubst doch nicht, daß er ...»

«Nein, nein, mein Herz. Das habe ich absolut nicht gemeint. Das hieße wirklich allzu kühne Schlüsse ziehen. Ich versuche nur, irgendeine Erklärung für die Anwesenheit dieser jungen Person hier, in unserer Gegend, zu finden. St. Mary Mead ist ein so ungeeigneter Ort für sie. Und da kam mir in den Sinn, daß der einzige denkbare Grund für ihr Herkommen Basil Blake sein könnte. Er gibt doch Gesellschaften. Es sind schon Leute aus London dagewesen und aus den Filmateliers. Erinnerst du dich noch an den letzten Juli? Geschrei und Gesang – ein *entsetzlicher* Lärm –, und alle waren ziemlich betrunken, fürchte ich. Und dieses Durcheinander und die zerbrochenen Gläser am nächsten Morgen – einfach unglaublich, wie mir die alte Mrs. Blake erzählt hat, und eine junge Person lag in der Badewanne und schlief und hatte – sozusagen *gar nichts an*!»

Nachsichtig meinte Mrs. Bantry: «Das waren eben Filmleute.»

«Sehr wahrscheinlich. Und dann – das hast du wohl gehört – brachte er zu den letzten Weekends ein junges Ding mit her – eine Platinblonde.»

«Du glaubst doch nicht, daß es *diese* ist?»

«Nun – ich habe darüber nachgedacht. Natürlich, ich habe sie nie aus der Nähe gesehen, nur beim Aus- und Einsteigen – sie kam mit dem Wagen –, und dann einmal im Garten beim Sonnenbaden, nur bekleidet mit Shorts und Büstenhalter. Ihr *Gesicht* habe ich nie richtig sehen können. Und alle diese Mädchen mit ihrer Schminke und ihren Haaren und ihren Nägeln – da schaut eine aus wie die andere.»

«Ja. Aber sie *könnte* es doch sein. Es ist jedenfalls eine Idee, Jane.»

2

Es war eine Idee, die zur gleichen Zeit auch von Colonel Melchett und Colonel Bantry diskutiert wurde.

Nachdem der Polizeichef die Leiche gesehen hatte und jeder seiner Untergebenen mit der üblichen Routinearbeit betraut worden war, hatten die beiden Herren sich in einem anderen Flügel des Hauses zusammengesetzt.

Colonel Melchett hatte einen cholerischen Gesichtsausdruck und die Gewohnheit, an seinem kurzen roten Schnurrbart herumzuzupfen. Das tat er auch jetzt, während er beunruhigte Seitenblicke auf den Hausherrn warf. Schließlich hielt er es nicht mehr aus:

«Also, Bantry, ich muß das einfach loswerden: Ist es wirklich und wahrhaftig wahr, daß Sie dieses Mädchen noch nie im Leben gesehen haben?»

Der andere schien mit einem Ausbruch antworten zu wollen, aber der Polizeichef beruhigte ihn.

«Ja, ja, mein Guter. Aber wir wollen uns die Sache doch einmal klarmachen. Kann ja verflucht unangenehm sein für Sie. Ein verheirateter Mann – der seine Frau gern hat, und so weiter und so fort. Aber unter uns gesagt: Wenn Sie *doch irgendwie* mit diesem Mädchen zu tun gehabt haben, dann sagen Sie es mir am besten jetzt gleich. Es ist ja ganz natürlich, daß Sie es lieber vertuschen möchten – würde mir genauso gehen. Aber es wird nichts nützen. Es handelt sich um einen Mord. Alles, was mit diesem Mädchen zusammenhängt, *muß* also herauskommen. Verdammt noch mal, ich glaube ja nicht, daß *Sie* das arme Ding erwürgt haben – nie würden Sie so etwas tun. Das weiß *ich* doch am besten. Aber schließlich und endlich, sie ist hierhergekommen – hier in dieses Haus. Nehmen wir mal an, sie ist hier eingedrungen und hat auf Sie gewartet. Irgendein Gauner ist ihr gefolgt und hat sie umgebracht. Das ist doch immerhin möglich, nicht wahr? Sie verstehen, wie ich das meine?»

«Zum Teufel noch mal, Melchett, ich sage Ihnen, ich habe dieses Mädchen in meinem ganzen Leben noch nie gesehen! Ich gehöre nicht zu dieser Art von Männern.»

«Dann ist ja alles in Ordnung. Ich hätte Ihnen keinen Vorwurf machen können, verstehen Sie. Ein Mann von Welt – aber wenn Sie sagen, daß es so ist ... Die Frage bleibt jedoch: Was hat sie hier gemacht? Sie ist nicht aus dieser Gegend. Das steht fest.»

«Die ganze Sache ist wie ein böser Traum», stieß der Hausherr zornig hervor.

«Es geht jetzt um eines: Was hat sie in Ihrer Bibliothek gemacht?»

«Wie soll ich das wissen? *Ich* habe sie nicht eingeladen.»

«Gewiß nicht, aber sie ist trotzdem *hergekommen*. Macht

den Eindruck, als hätte sie Sie sprechen wollen. Sie haben wohl in letzter Zeit keine merkwürdigen Briefe erhalten oder dergleichen?»

«Nein.»

Colonel Melchett forschte behutsam weiter:

«Was haben Sie denn gestern abend gemacht?»

«Ich war auf einer Sitzung der Conservative Associaton. Um neun Uhr in Much Benham.»

«Und wann sind Sie heimgekommen?»

«Gleich nach zehn bin ich von Much Benham weggefahren. Hatte eine kleine Panne auf dem Heimweg – Radwechsel. Um Viertel vor zwölf war ich zu Hause.»

«In die Bibliothek sind Sie nicht mehr gegangen?»

«Nein.»

«Schade.»

«Ich war müde. Ich bin direkt hinaufgegangen und habe mich schlafen gelegt.»

«Ist jemand aufgeblieben, um Sie zu erwarten?»

«Nein. Ich nehme immer den Hausschlüssel mit. Lorrimer geht um elf schlafen, es sei denn, ich gebe ihm andere Anweisungen.»

«Wer schließt die Bibliothek ab?»

«Lorrimer. In dieser Jahreszeit meistens so um halb acht.»

«Geht er während des Abends manchmal wieder hinein?»

«Nicht, wenn ich fort bin. Er hat ein Tablett mit Whisky und Gläsern für mich in der Halle bereitgestellt.»

«Aha. Und Ihre Frau?»

«Ich weiß nicht. Sie war schon im Bett, als ich heimkam, und schlief fest. Gestern abend mag sie in der Bibliothek gesessen haben oder im Wohnzimmer. Ich habe vergessen, sie danach zu fragen.»

«Gut, gut. Über all diese Details werden wir ja sehr bald Bescheid wissen. Natürlich ist es möglich, daß jemand von den Dienstboten irgendwie beteiligt ist, oder?»

Colonel Bantry schüttelte den Kopf.

«Das glaube ich nicht. Sie sind alle sehr anständige Menschen und schon seit Jahren bei uns.»

Melchett stimmte zu.

«Ja, es ist nicht wahrscheinlich, daß sie in die Sache verwickelt sind. Es sieht eher so aus, als ob das Mädchen aus der Stadt hergekommen wäre – vielleicht mit irgendeinem jungen Burschen. Aber warum sie ausgerechnet in dieses Haus einbrechen mußte ...»

Bantry unterbrach ihn.

«London. Das ist schon eher möglich. Hier bei uns haben wir niemanden, der – wenigstens ...»

«Nun, was meinen Sie?»

«Herrgott noch mal», meinte Colonel Bantry heftig, «Basil Blake!»

«Wer ist das?»

«Ein junger Bursche, hat irgendwas mit dem Film zu tun. Verdorbener Kerl. Meine Frau verteidigt ihn immer, weil sie mit seiner Mutter in die Schule gegangen ist. Aber er ist ein dekadenter, unnützer Affe! Man sollte ihm den Hintern versohlen. Er hat diese Villa an der Lansham Road gekauft – so ein scheußlicher moderner Kasten, verstehen Sie. Dort gibt er Gesellschaften, kreischendes, lärmendes Gesindel. Und zu den Weekends bringt er sich Mädchen mit.»

«Mädchen?»

«Ja, letzte Woche erst war eine da, eine von diesen Platinblonden ...»

Dem Colonel blieb der Mund offenstehen.

«Eine Platinblonde, soso», meinte Melchett nachdenklich.

«Ja. Nun hören Sie mal, Melchett, Sie glauben doch nicht ...»

Der Polizeichef sagte kurz:

«Die Möglichkeit besteht immerhin. Jedenfalls könnte es eine Erklärung dafür sein, daß ein Mädchen dieser Art sich in St. Mary Mead aufhält. Ich glaube, ich werde mal hinfahren und ein Wort mit diesem Burschen sprechen – Braid – Blake – wie, sagten Sie, heißt er?»

«Blake, Basil Blake.»

«Haben Sie eine Ahnung, ob er jetzt zu Hause ist?»

«Warten Sie mal. Was haben wir heute – Samstag? Meistens kommt er Samstag morgen her.»

Melchett sagte grimmig:

«Woll'n mal seh'n, ob wir ihn antreffen.»

In Basil Blakes Villa waren alle möglichen hypermodernen Details eingebaut worden. Diese bildeten ein seltsames Gemisch mit dem unechten Tudor-Stil, in dem das Haus ursprünglich errichtet worden war. Die Post und der Baumeister kannten die Villa unter dem Namen Chatsworth; Basil und seine Freunde nannten Sie «The Period Piece» und die Dorfbewohner von St. Mary Mead einfach «Mr. Booker's new house».

Es lag etwa eine Viertelmeile vom Dorf entfernt und gehörte zu einer neuen, kleinen Siedlung, die der Unternehmer Mr. Booker ins Leben gerufen hatte. Von der Villa aus genoß man einen noch völlig ländlichen Blick. Eine Meile weiter an derselben Straße lag Gossington Hall.

In St. Mary Mead erregte die Nachricht, daß «Mr. Booker's new house» von einem Filmstar gekauft worden sei, lebhaftes Interesse. Neugierig erwartete man das erste Erscheinen der geheimnisumwitterten Persönlichkeit im Dorf. Und man kann wohl sagen, was das Äußere anbelangt, erfüllte Basil Blake diese Erwartungen so gründlich, wie man es sich nur wünschen konnte. Nach und nach kamen dann aber doch die wahren Tatsachen ans Licht. Basil Blake war *kein* Filmstar – nicht einmal ein Filmschauspieler. Er war einer der Jüngsten in einem Team von fünzehn Leuten, die für die Erstellung der Dekorationen in den Lenville Studios verantwortlich zeichneten. Angestellter von British News

Era Films. Die jungen Mädchen des Dorfes verloren ihr Interesse an Basil Blake, und die kritischen alten Jungfern, die in der «Gesellschaft» regierten, nahmen Anstoß an seiner Lebensführung. Nur der Wirt vom «Blue Boar» war weiterhin entzückt von Basil und von Basils Freunden. Die Einkünfte seiner Gastwirtschaft waren gestiegen, seit der junge Mann hier wohnte.

Das Polizeiauto hielt vor dem verschnörkelten Gitter, das von Mr. Bookers eigenartigem Geschmack zeugte. Colonel Melchett warf einen angewiderten Blick auf das geschnitzte Fachwerk von Chatsworth, trat auf die Hautür zu und setzte energisch den Klopfer in Bewegung.

Viel schneller als erwartet wurde die Tür geöffnet. Ein junger Mann mit glattem, reichlich langem schwarzem Haar, bekleidet mit einer Hose aus orangefarbenem Cord und einem königsblauen Hemd, erschien.

«Na? Was wollen Sie?» fragte er frech.

«Sind Sie Mr. Basil Blake?»

«Natürlich; wer denn sonst?»

«Ich möchte gern kurz mit Ihnen sprechen, wenn Sie gestatten, Mr. Blake.»

«Wer sind Sie?»

«Ich bin Colonel Melchett, der Polizeichef der Grafschaft.»

Mr. Blake rief unverschämt:

«Was Sie nicht sagen; wie amüsant!»

Und während Melchett Mr. Blake folgte, konnte er Colonel Bantrys Einstellung zu diesem Herrn mehr als nachfühlen.

Doch er nahm sich zusammen und sagte mit einem Versuch, freundlich zu sein:

«Sie sind ein Frühaufsteher, Mr. Blake.»

«Ganz und gar nicht. Ich bin überhaupt noch nicht im Bett gewesen.»

«Wahrhaftig?»

«Aber ich nehme nicht an, daß Sie hergekommen sind, um sich zu erkundigen, um wieviel Uhr ich schlafen gehe oder aufstehe. Jedenfalls hieße das Ihre Zeit und das Geld der Grafschaft verschwenden. Worüber wollen Sie also mit mir sprechen?»

Colonel Melchett räusperte sich.

«Soviel ich hörte, hatten Sie letztes Weekend einen Gast, Mr. Blake – äh – hm – eine blonde junge Dame.»

Basil Blake starrte den Polizeichef an, dann warf er seinen Kopf in den Nacken und brüllte vor Lachen.

«Haben die alten Klatschbasen aus dem Dorf Ihnen zugesetzt? Wegen meiner Moral? Verdammt noch mal, meine Moral geht die Polizei nichts an! Das wissen Sie genausogut wie ich.»

«Mit Ihrer Moral habe ich nicht das geringste zu schaffen, wie Sie sehr richtig bemerken», entgegnete Melchett trokken. «Ich komme zu Ihnen, weil die Leiche einer blonden jungen Person von etwas – äh – exotischem Äußeren aufgefunden worden ist – ermordet.»

«Waaas?!» Blake riß die Augen auf. «Wo?»

«In der Bibliothek von Gossington Hall.»

«In Gossington? Beim alten Bantry? Na, das ist ja allerhand, das muß ich schon sagen! Der Bantry! So ein alter Dreckskerl!»

Colonel Melchett wurde dunkelrot. Mit Schärfe versuchte er den erneuten Heiterkeitsausbruch seines Gegenübers zu unterdrücken.

«Würden Sie freundlichst Ihre Zunge im Zaum halten, Sir. Ich komme, um Sie zu fragen, ob Sie vielleicht Licht in diese Angelegenheit bringen können.»

«Sie kommen, um mich zu fragen, ob mir vielleicht eine Blonde abhanden gekommen ist? Wahrhaftig? Warum sollte ich – hallo, hallo, hallo, was ist los?»

Ein Auto war vorgefahren, die Bremsen kreischten. Eine junge Frau in flatterndem, schwarzweißem Pyjama sprang heraus. Sie hatte blutrote Lippen, getuschte Wimpern und platinblonde Haare. Sie stolperte zur Tür, riß sie auf und schrie zornig:

«Warum bist du mir davongelaufen, du Scheusal?»

Basil Blake war aufgestanden.

«So, da bist du also. Möchte mal wissen, warum ich nicht hätte fortgehen sollen. Ich hab dir doch gesagt, du sollst mitkommen, aber du wolltest ja nicht.»

«Warum zum Teufel sollte ich gehen, nur weil du es ‹*befiehlst*› – ich habe mich ausgezeichnet amüsiert.»

«Ja, mit diesem schmierigen Kerl, dem Ross! Du weißt doch, was das für einer ist!»

«Du warst eifersüchtig, das ist alles!»

«Werd bloß nicht größenwahnsinnig! Ich hasse Frauen, die sich beim Trinken nicht beherrschen können und die sich von ekelhaften, kontinentalen Pfoten streicheln lassen!»

«Verdammte Lüge! Du hast selbst gesoffen wie ein Loch – und dich mit dieser spanischen Hexe abgegeben.»

«Wenn ich dich auf eine Gesellschaft mitnehme, dann erwarte ich, daß du weißt, wie man sich zu benehmen hat.»

«Und ich lasse mich nicht herumkommandieren, merk dir das! Du hast gesagt, wir gehen auf eine Gesellschaft und kommen nachher hierher. Ich denke nicht daran, von einem Fest fortzugehen, bevor ich Lust dazu habe.»

«Schön – und darum bin ich eben fortgegangen. Ich hatte Lust herzufahren, also bin ich hergefahren. Ich denke doch nicht daran, herumzustehen und auf ein verrücktes Frauenzimmer zu warten.»

«Ein reizender, höflicher Mensch bist du!»

«Bist mir aber anscheinend doch ganz gern nachgefahren!»

«Ich wollte dir nur sagen, was ich von dir halte!»

«Wenn du glaubst, daß du mir auf der Nase herumtanzen kannst, dann irrst du dich!»

«Und wenn du glaubst, daß du nach Belieben mit mir umspringen kannst, dann bist du schief gewickelt!»

Sie starrten einander atemlos an.

Diesen Moment machte sich Colonel Melchett zunutze und räusperte sich laut.

Basil Blake fuhr herum.

«Hallo, ich habe ganz vergessen, daß Sie da sind. Wird langsam Zeit zu verschwinden, wie? Darf ich vorstellen – Dinah Lee – Colonel Blimp von der Polizei. Und nun, Colonel, nachdem Sie gesehen haben, daß meine Blonde lebendig, wohlauf und vergnügt ist, machen Sie sich vielleicht wieder an die Arbeit und befassen sich mit dem alten Bantry. Guten Morgen!»

«Ich rate Ihnen, Ihr Mundwerk in acht zu nehmen, junger Mann, sonst werden Sie noch Unannehmlichkeiten kriegen!»

Mit rotem, wütendem Gesicht stapfte Colonel Melchett davon.

3

Auf der Polizeistation von Much Benham nahm Colonel Melchett die Berichte seiner Untergebenen entgegen.

«... es scheint also alles ganz klar zu sein, Sir», faßte Inspektor Slack die Tatsachen zusammen: «Mrs. Bantry saß nach dem Dinner in der Bibliothek und ging kurz vor zehn Uhr schlafen. Als sie das Zimmer verließ, löschte sie das Licht; offenbar hat nach ihr niemand mehr den Raum betreten. Die Dienstboten gingen um halb elf zu Bett. Lorrimer ging um Viertel vor elf schlafen, nachdem er noch die Drinks in die Halle gestellt hatte. Niemand hat etwas Ungewöhnliches gehört, ausgenommen das dritte Stubenmädchen, und das hat zuviel gehört! Stöhnen und blutrünstige Schreie und unheimliche Schritte, und ich weiß nicht, was noch alles. Das zweite Stubenmädchen, das im gleichen Zimmer wohnt, sagt, die andere habe die ganze Nacht wie ein Murmeltier geschlafen. Gerade diese Leute, die sich alles mögliche einbilden und ausdenken, bereiten uns die meisten Schwierigkeiten.»

«Was ist mit dem aufgebrochenen Fenster?»

«Amateurarbeit, sagt Simmons; mit einem ganz gewöhnlichen Meißel – kann nicht viel Lärm gemacht haben. Es soll übrigens ein Meißel im Haus vorhanden gewesen sein, aber jetzt ist er unauffindbar. Hat weiter nichts zu sagen, so geht es mit Werkzeugen ja oft.»

«Glauben Sie, daß jemand von den Dienstboten etwas weiß?»

Unzufrieden antwortete Slack:

«Nein, Sir, ich glaube nicht. Sie sind offenbar alle sehr erschrocken und entsetzt. Zuerst kam Lorrimer mir ein bißchen verdächtig vor – so zurückhaltend, Sie verstehen, was ich meine, aber ich glaube, es steckt nichts dahinter.»

Melchett nickte. Er maß Lorrimers Zurückhaltung keine Bedeutung bei. Der allzu energische Inspektor Slack rief bei Personen, die er verhörte, oft diese Reaktion hervor.

Die Tür ging auf, und Dr. Haydock trat ein.

«Wollte nur schnell vorbeikommen und Ihnen die paar wichtigsten Punkte mitteilen.»

«Ja, das ist gut. Nun?»

«Nichts Besonderes. Nur, was man sich ohnedies schon denken konnte. Der Tod wurde durch Erwürgen herbeigeführt. Der seidene Gürtel ihres eigenen Kleides war um den Hals gelegt und im Nacken gekreuzt worden. Ganz leicht und einfach. Man braucht nicht einmal viel Kraft dazu – das heißt, wenn das Mädchen überrascht worden ist. Zeichen eines Kampfes sind jedenfalls keine vorhanden.»

«Und wann etwa ist der Tod eingetreten?»

«Na, sagen wir mal zwischen zehn Uhr und Mitternacht.»

«Genauer geht's nicht?»

Haydock schüttelte den Kopf und lächelte ein wenig spöttisch.

«Ich will meinen Ruf als Fachmann nicht aufs Spiel setzen. Nicht früher als zehn und nicht später als Mitternacht.»

«Und Ihrem persönlichen Gefühl nach war es um *welche* Zeit?»

«Das kommt darauf an. Es brannte ein Feuer im Kamin – das Zimmer war also warm –, und das mag das Eintreten der Leichenstarre verzögert haben.»

«Können Sie noch etwas über das Mädchen sagen?»

«Nicht viel. Es war jung – etwa siebzehn oder achtzehn, denke ich. In gewisser Hinsicht ziemlich unreif, aber gut entwickelte Muskeln. Ein sehr gesundes Kind. Übrigens war sie *virgo intacta.*»

Und mit einem Kopfnicken verließ der Arzt das Zimmer.

Melchett wandte sich wieder dem Inspektor zu:

«Es ist also ganz sicher, daß sie noch nie in Gossington gesehen wurde?»

«Die Dienstboten behaupten es einstimmig. Sie sind darin ganz unerschütterlich. Sie würden sich daran erinnern, wenn sie sie jemals gesehen hätten, und wäre es nur irgendwo in der Nachbarschaft gewesen.»

«Das glaube ich auch. So jemand muß ja in dieser Gegend hier meilenweit Aufsehen erregen. Denken Sie nur an die junge Person von Blake.»

«Schade, daß *die* es nicht ist», brummte Slack, «dann wären wir schon ein bißchen weiter.»

«Ich glaube trotzdem, daß dieses Mädchen aus London hergekommen ist. Hier am Ort werden wir kaum irgendwelche Anhaltspunkte finden. Wir sollten daher Scotland Yard Mitteilung machen. Es ist ein Fall für *sie*, nicht für *uns.*»

«Aber irgend etwas muß sie doch veranlaßt haben herzukommen», bemerkte Slack. Nachdenklich fügte er hinzu: «Es scheint mir so, als müßten der Colonel und Mrs. Bantry etwas darüber wissen ... Natürlich, ich weiß, es sind Freunde von Ihnen, Sir ...»

Mit kaltem Blick betrachtete Melchett ihn. Er sagte förmlich: «Sie können überzeugt davon sein, daß ich jede Möglichkeit in Erwägung ziehen werde. *Jede.*» Er fuhr fort: «Sie haben sich die Liste der als vermißt gemeldeten Personen geben lassen?»

Slack nickte. Er zog ein Papier hervor.

«Hier ist sie. Mrs. Saunders. Vor einer Woche als vermißt gemeldet; schwarze Haare, blaue Augen, sechsunddreißig Jahre alt. Das ist sie nicht. Und außerdem weiß jeder, außer ihrem Gatten, daß sie mit einem Burschen aus Leeds abgehauen ist. Mrs. Bernard – fünfundsechzig Jahre alt –, Pamela Reeves, sechzehn Jahre alt, seit gestern abend vermißt, war bei einer Pfadfinderinnen-Übung gewesen, dunkelbraunes Haar, Zöpfe –»

Melchett unterbrach ihn nervös:

«Lesen Sie doch keine idiotischen Details vor, Slack; bei unserer Person handelt es sich nicht um ein Schulmädchen. Meiner Meinung nach –»

Das Telefon läutete. «Hallo – ja – ja, Polizeichef, Much Benham – was? Einen Moment bitte . . .»

Er lauschte, während er sich eilig Notizen machte. In verändertem Ton fuhr er dann fort:

«Ruby Keene, achtzehn Jahre, blaue Augen, Stupsnase, trägt vermutlich ein weißes Paillettenkleid und silberne Sandalen. Wie? Ja, da gibt es gar keinen Zweifel. Ich schicke Slack sofort rüber.» Er legte den Hörer auf und blickte seinen Untergebenen aufgeregt an. «Jetzt sind wir soweit. Das waren die Kollegen von der Polizeistation Glenshire. Ein Mädchen wird dort als vermißt gemeldet, und zwar vom Majestic Hotel, Danemouth.»

Danemouth war ein großer, fashionabler Badeort.

«Nur ungefähr achtzehn Meilen von hier», sagte der Polizeichef. «Das Mädchen war Eintänzerin oder so etwas Ähnliches im Majestic Hotel. Ist gestern abend nicht erschienen, und die Leitung war wütend darüber. Als sie heute morgen immer noch nicht da war, hat eines von den anderen Mädchen, oder irgend jemand anderes, die Sache ins Rollen gebracht. Es ist alles noch ein bißchen unklar. Das beste wird sein, wenn Sie sofort nach Danemouth fahren, Slack. Melden Sie sich dort bei Superintendent Harper, und arbeiten Sie mit ihm zusammen.»

4

Hektische Betriebsamkeit war ganz nach Inspektor Slacks Geschmack. In einem Auto davonsausen – Leute, die darauf brannten, ihm alles mögliche zu erzählen, grob zum Schweigen bringen – jedes Gespräch auf das absolut Notwendige beschränken – das war Inspektor Slacks Vergnügen.

Darum hatte er auch in unglaublich kurzer Zeit seine Unterredung mit dem verstörten und verängstigten Hotelmanager beendet, ließ den Ärmsten mit dem zweifelhaften Trost zurück, er würde «erst mal feststellen, ob es *wirklich* dieses Mädchen ist», und fuhr wieder nach Much Benham zurück, in Begleitung von Ruby Keenes Cousine.

Vor seiner Abfahrt aus Danemouth hatte Slack den Polizeichef angerufen, so daß Melchett auf die Ankunft seines Inspektors vorbereitet war, allerdings nicht auf die lakonische Vorstellung: «Das ist Josie, Sir.»

Colonel Melchett starrte seinen Untergebenen mit offenem Mund an. Slack mußte den Verstand verloren haben.

Die junge Dame stieg aus dem Wagen und rettete die Situation. «Josie ist mein Künstlername», erklärte sie mit einem Aufblitzen ihrer schönen weißen Zähne. «Mein Tanzpartner und ich, wir sind ‹Raymond und Josie›, und natürlich nennen mich im Hotel alle nur Josie. Mein richtiger Name ist Josephine Turner.»

Der Polizeichef war nun im Bilde und forderte Miss Turner auf, Platz zu nehmen, während er sie mit einem raschen, professionellen Blick streifte.

Eine hübsche junge Frau von Mitte, Ende Zwanzig. Ihr angenehmes Äußeres verdankte sie zum größeren Teil eher sorgfältiger Pflege als natürlicher Schönheit. Sie wirkte zuverlässig und heiter und schien viel gesunden Menschenverstand zu besitzen. Sie war kein «Glamour-Typ», wirkte aber trotzdem außerordentlich anziehend. Sie war sehr diskret geschminkt, und sie trug ein Jackenkleid aus dunklem Stoff. Obwohl sie ängstlich und betrübt aussah, war sie doch, wie der Colonel feststellte, nicht besonders schmerzlich betroffen. Sie nahm Platz und sagte: «Es ist zu schrecklich, um wahr zu sein. Glauben Sie wirklich, daß es Ruby ist?»

«Ich fürchte, gerade das werden wir *Sie* fragen müssen. Es wird leider ziemlich unangenehm sein für Sie.»

Miss Turner fragte zögernd:

«Sieht sie – sieht sie – sehr schlimm aus?»

«Ich fürchte, es wird schon ein ziemlicher Schock sein für Sie.»

Er bot ihr eine Zigarette an, die sie dankbar akzeptierte.

«Wollen Sie, daß ich – daß ich sie mir sofort ansehe?»

«Ich glaube, das wäre am besten, Miss Turner. Sehen Sie, es hat wenig Sinn, Sie auszufragen, bevor wir unserer Sache sicher sind. Es ist am besten, das erst mal hinter uns zu bringen, glauben Sie nicht auch?»

«Gut.»

Sie fuhren zum Leichenschauhaus.

Als Josie nach kurzer Zeit wieder herauskam, sah sie ziemlich elend aus.

«Es ist Ruby», sagte sie zitternd. «Armes Kind! Du lieber Gott, mir ist ganz schwindlig. Ich kann wohl nicht –», sehnsüchtig blickte sie sich um, «etwas Gin bekommen.»

Es gab keinen Gin, aber Brandy war da, und nachdem sie einen Schluck genommen hatte, fand Miss Turner ihre Fassung wieder. Sie erklärte offen:

«Es setzt einem schon zu, wenn man so etwas sehen

muß, nicht wahr? Arme, kleine Ruby! Was die Männer doch für Schweine sind!»

«Sie glauben also, daß es ein Mann war?»

Josie blickte überrascht auf. «War es kein Mann? Ich meine – ich habe natürlich gedacht . . .»

«Denken Sie an einen bestimmten Mann?»

Sie schüttelte heftig den Kopf.

«Nein. Ich habe keine blasse Ahnung. Natürlich würde mir Ruby auch nicht erzählt haben, wenn . . .»

«Wenn was?»

Josie zögerte.

«Nun – wenn sie – wenn sie mit irgend jemandem gegangen wäre.»

Melchett warf ihr einen scharfen Blick zu. Er schwieg, bis sie wieder in seinem Büro waren. Dann begann er:

«Hören Sie, Miss Turner. Ich möchte von Ihnen alles wissen, was Sie mir über Miss Keene erzählen können.»

«Ja, natürlich. Wo soll ich anfangen?»

«Sagen Sie mir den vollen Namen des Mädchens, ihre Adresse, ihr Verwandtschaftsverhältnis zu Ihnen – eben alles, was Sie über sie wissen.»

Josephine Turner nickte. Melchetts Eindruck, daß sie nicht übermäßig traurig war, festigte sich. Josie war erschrokken und verstört, aber nicht verzweifelt. Sie sprach sehr bereitwillig.

«Ihr Name war Ruby Keene. Das heißt, ihr Künstlername. In Wirklichkeit hieß sie Rosy Legge. Ihre Mutter war die Cousine meiner Mutter. Ich kenne sie, solange ich denken kann, aber nicht besonders gut, Sie verstehen, was ich meine. Ich habe sehr viele Cousinen, einige arbeiten im Büro, einige auf der Bühne. Ruby bildete sich sozusagen als Tänzerin aus. Sie hatte schon voriges Jahr ein paar gute Engagements. Nicht große Klasse, aber anständige Provinzetablissements. Dann war sie als Eintänzerin im Palais de Dance in Brixwell – South London, ein nettes, ordentliches Lokal. Man behandelt die Mädchen dort sehr gut. Aber es gibt nicht viel Geld zu verdienen.» Sie machte eine Pause. Colonel Melchett nickte ihr aufmunternd zu.

«Und jetzt muß ich von mir sprechen. Seit drei Jahren bin ich Tänzerin und Bridgedame im Majestic Hotel Danemouth. Es ist eine gute Stelle, ordentlich bezahlt und sehr angenehm. Man muß sich um die Leute kümmern, wenn sie ankommen – ihnen Gesellschaft leisten. Manche möchten natürlich lieber allein sein, aber andere wieder fühlen sich einsam und brauchen ein bißchen Anregung. Man versucht, die richtigen Personen zum Bridge zusammenzubringen, und veranlaßt die jungen Leute, miteinander zu tanzen und so weiter. Das braucht natürlich etwas Takt und Erfahrung.»

Wieder nickte Melchett. Er hatte den Eindruck, daß diese junge Frau ihrer Aufgabe ausgezeichnet gewachsen war. Sie hatte ein angenehmes, freundliches Wesen und war offenbar klug, ohne im mindesten intellektuell zu sein.

Josie fuhr fort: «Außerdem habe ich jeden Abend ein paar Tanzvorführungen mit Raymond. Raymond Starr ist unser Tänzer und Tennistrainer. Nun, als ich diesen Sommer einmal baden ging, glitt ich auf dem Felsen aus und verletzte mich ziemlich schwer am Knöchel.»

Melchett hatte bemerkt, daß sie ein wenig hinkte.

«Natürlich konnte ich für eine Weile nicht mehr tanzen, und das war sehr unangenehm. Ich wollte nicht, daß das Hotel jemanden zusätzlich engagierte. Das ist immer eine Gefahr.» Einen Augenblick lang wurden ihre gutmütigen blauen Augen hart und scharf – eine Frau, die um ihre Existenz kämpft. «Man könnte ganz verdrängt werden, wissen Sie. Also dachte ich an Ruby und schlug dem Manager vor, sie herkommen zu lassen. Ich würde weiterhin Empfangsdame und Bridgepartnerin sein. Ruby würde nur das Tanzen übernehmen. So blieb alles in der Familie, verstehen Sie.»

Melchett verstand.

«Nun, der Manager hatte nichts dagegen, ich telegrafierte

Ruby, und sie kam her. Es war eine Chance für sie. Ein Hotel von weit höherem Rang als alle Lokale, in denen sie bis dahin gearbeitet hatte. Das war vor ungefähr einem Monat.»

Colonel Melchett fragte: «Und hatte sie Erfolg?»

«O ja», erwiderte Josie gelassen, «sie hat es ganz nett gemacht. Sie tanzt nicht so gut wie ich, aber Raymond ist geschickt und hat ihr geholfen. Außerdem war sie recht hübsch, wissen Sie, schlank und blond und kindlich. Sie hat sich etwas zuviel geschminkt, das habe ich ihr immer wieder gesagt. Aber, Sie wissen ja, wie Mädchen sind. Sie war erst achtzehn, und in diesem Alter übertreibt man immer alles. Für ein Hotel vom Rang des Majestic ist das nicht das richtige. Ich mußte immer hinter ihr her sein und darauf achten, daß sie sich nicht zu bunt bemalte.»

«Hatten die Leute sie gern?»

«O ja. Wissen Sie, Ruby war nicht sehr intelligent. Sie war ein bißchen naiv. Mit älteren Herren kam sie noch besser aus als mit jüngeren.»

«Hatte sie irgendeinen speziellen Freund?»

Die Augen des Mädchens begegneten dem Blick des Polizeichefs verständnisvoll.

«Nicht so, wie Sie meinen. Jedenfalls wußte ich nichts davon. Übrigens würde sie mir auch nichts darüber erzählt haben.»

Einen Augenblick lang fragte Melchett sich, warum wohl nicht. Josie machte nicht den Eindruck einer strengen Sittenrichterin. Aber er sagte nur: «Wollen Sie mir jetzt bitte beschreiben, wann und wie Sie Ihre Cousine zum letzten Mal gesehen haben.»

«Gestern abend. Sie und Raymond hatten immer zwei Tanzvorführungen, eine um zehn Uhr dreißig und eine um Mitternacht. Nach der ersten sah ich, daß Ruby mit einem der jungen Hotelgäste tanzte. Ich spielte in der Halle mit einigen Leuten Bridge. Zwischen der Halle und dem Tanzsaal ist eine Glaswand. Das war das letzte Mal, daß ich Ruby sah.

Kurz nach Mitternacht kam Raymond schrecklich aufgeregt zu mir, fragte mich, wo Ruby sei, sie wäre nicht auffindbar, und es sei Zeit, anzufangen. Ich war *wütend*, das kann ich Ihnen sagen! Mit solchen Dummheiten machen sich diese Mädchen alles kaputt. Die Leitung wird böse, und schon ist man entlassen! Ich ging mit Raymond hinauf in Rubys Zimmer, aber sie war nicht oben. Ich bemerkte, daß sie sich umgezogen hatte. Das Kleid, in dem sie tanzte – ein rosa Etwas mit Volants –, hing über einem Stuhl. Gewöhnlich trug sie beide Male dasselbe Kleid, außer es war ein besonderer Tanzabend, wie zum Beispiel mittwochs.

Ich hatte keine Ahnung, wo sie hingegangen sein konnte. Wir ließen das Orchester noch einen Foxtrott spielen – noch immer keine Spur von Ruby. Also sagte ich zu Raymond, daß ich mit ihm die Tanznummer machen würde. Wir wählten eine, die meinen Knöchel nicht zu sehr anstrengen würde, und machten es so kurz wie möglich. Aber es hat mir trotzdem arg zugesetzt. Mein ganzer Fuß war heute morgen geschwollen. Noch immer tauchte Ruby nicht auf. Wir saßen bis zwei Uhr da und warteten auf sie. Ich war wirklich böse.»

Ihre Stimme zitterte leise. Melchett hörte ehrliche Erbitterung heraus. Er war einen Moment lang verwundert. Diese Reaktion schien ihm angesichts der Umstände nicht ganz berechtigt. Er hatte das Gefühl, als würde absichtlich etwas verschwiegen. Er fragte:

«Und heute früh, als Ruby Keene noch immer nicht zurückgekommen war und ihr Bett unberührt schien, gingen Sie da zur Polizei?»

Er wußte durch Slacks Telefonanruf von Danemouth aus, daß dies nicht der Fall gewesen war. Aber er wollte hören, was Josephine Turner erwidern würde.

Sie zögerte nicht. Sie sagte: «Nein, ich ging nicht zur Polizei.»

«Warum nicht, Miss Turner?»

Sie sah ihm offen in die Augen. «*Sie* hätten das an meiner Stelle auch nicht getan!»

«Meinen Sie?»

«Ich mußte an meine Stellung denken. Was ein Hotel am meisten verabscheut, ist ein Skandal. Besonders, wenn die Polizei damit zu tun hat. Ich habe nicht geglaubt, daß Ruby etwas passiert ist. Nicht einen Augenblick habe ich das geglaubt! Ich dachte, daß sie eine Dummheit begangen hätte, mit irgendeinem jungen Mann. Ich war überzeugt, daß sie wieder zurückkommen würde – und dann wollte ich ihr schon meine Meinung sagen! Diese achtzehnjährigen Dinger sind so unvernünftig!»

Melchett gab vor, in seinen Notizen zu lesen.

«Ach ja, wie ich sehe, war es ein Mr. Jefferson, der die Anzeige machte. Ist das einer der Hotelgäste?»

«Ja.»

«Was veranlaßte Mr. Jefferson dazu?»

Josie strich über den Aufschlag ihrer Jacke. Eine gewisse Zurückhaltung machte sich bemerkbar. Und wieder hatte Colonel Melchett das Gefühl, daß sie etwas verschwieg. Sie sagte düster:

«Er ist ein Krüppel. Er – er regt sich immer sehr schnell auf. Eben weil er ein Krüppel ist, denke ich.»

Melchett lenkte ab.

«Wer war der junge Mann, mit dem Sie Ihre Cousine zuletzt tanzen sahen?»

«Er heißt Bartlett. Er ist seit ungefähr zehn Tagen da.»

«Standen die beiden besonders gut miteinander?»

«Nicht so besonders, glaube ich. Nicht, daß *ich* wüßte.»

Wieder schwang ein seltsamer Ton von Ärger in ihrer Stimme.

«Hat der junge Mann irgend etwas erzählt?» fragte Melchett.

«Er sagte, daß Ruby nach dem Tanz hinaufgegangen sei, um ihre Nase zu pudern.»

«Bei dieser Gelegenheit hat sie sich wohl umgezogen?»

«Ich vermute.»

«Und das ist das letzte, was Sie von ihr wissen? Danach ist sie einfach –»

«Verschwunden», sagte Josie, «so ist es.»

«Kannte Miss Keene jemanden in St. Mary Mead? Oder in der Gegend hier?»

«Ich weiß nicht. Schon möglich. Sehen Sie, es kommen eine ganze Menge junger Männer aus der Umgebung nach Danemouth ins Majestic. Wenn einer der Herren nicht ausdrücklich sagt, woher er ist und wo er wohnt, dann weiß ich es natürlich nicht.»

«Haben Sie den Namen Gossington schon mal von Ihrer Cousine gehört?»

«Gossington?» Josie sah verwirrt drein.

«Gossington Hall.»

Sie schüttelte den Kopf.

«Nie gehört.» Sie klang überzeugend und auch etwas neugierig.

«Gossington Hall ist der Ort, an dem die Leiche gefunden wurde», erklärte Colonel Melchett.

«Gossington Hall?» Sie starrte ihn an. «Unglaublich!»

Melchett dachte: Unglaublich ist das richtige Wort. Und laut fuhr er fort:

«Kennen Sie einen Colonel oder eine Mrs. Bantry?»

Wieder schüttelte Josie den Kopf.

«Oder einen Mr. Basil Blake?»

Sie runzelte die Stirne.

«Ich glaube, diesen Namen habe ich schon mal gehört. Ja, bestimmt – aber ich erinnere mich nicht an die Person.»

Der eifrige Inspektor Slack schob seinem Vorgesetzten ein Blatt hin, das er aus seinem Notizbuch gerissen hatte. Darauf stand: «Colonel Bantry dinierte vorige Woche im Majestic.»

Melchett blickte auf und begegnete den Augen des Inspektors. Der Polizeichef errötete. Slack war ein agiler und übereifriger Beamter, und Melchett konnte ihn nicht ausstehen. Aber diese Herausforderung war nicht zu übergehen. Es war klar: Der Inspektor machte ihm den unausgesprochenen Vorwurf, daß er, der Colonel, seine eigenen Standesgenossen zu schonen versuchte – daß er seinen alten Schulkameraden decken wollte.

Er wandte sich an Josie.

«Miss Turner, wenn Sie nichts dagegen haben, möchte ich Sie bitten, mich nach Gossington Hall zu begleiten.»

Kalt und abweisend blickte Melchett durch Inspektor Slack hindurch. Josies gemurmelte Zustimmung überhörte er beinahe.

5

St. Mary Mead hatte schon lange keinen so aufregenden Vormittag mehr erlebt.

Miss Wetherley, eine spitznasige, säuerliche alte Jungfer, verbreitete die sensationelle Neuigkeit als erste. Sie erschien bei ihrer Freundin und Nachbarin, Miss Hartnell.

«Verzeih, daß ich so früh komme, Liebste, aber ich dachte, du hast vielleicht noch nicht gehört, *was passiert ist.*»

«Was ist denn passiert?» fragte Miss Hartnell. Sie hatte eine tiefe Baßstimme und besuchte unermüdlich die Armen, denen es all ihren Bemühungen zum Trotz nicht gelang, sich vor der Barmherzigkeit des alten Fräuleins zu retten.

«Eine Leiche in Colonel Bantrys Bibliothek – die Leiche *eines Mädchens* –»

«In Colonel Bantrys Bibliothek?»

«Ja. Ist das nicht *entsetzlich*?»

«Seine *arme* Frau!» Miss Hartnell versuchte ihr tiefes, inniges Entzücken zu verbergen.

«Da hast du wohl recht! Ich glaube, sie hatte keine Ahnung.»

«Sie kümmert sich eben zuviel um ihren Garten und zuwenig um ihren Mann. Einen Mann muß man beaufsichtigen – ununterbrochen – immerzu.»

«Ich weiß, ich weiß. Es ist wirklich furchtbar.»

«Ich bin neugierig, was Jane Marple dazu sagen wird. Glaubst du, daß sie etwas gewußt hat? In diesen Dingen hat sie einen sehr scharfen Blick.»

«Jane Marple ist nach Gossington gefahren.»

«Was? Heute morgen?»

«Sehr zeitig. Schon vor dem Frühstück.»

«Also wirklich! Ich muß schon sagen! Also ich finde, das geht denn doch ein bißchen *zu weit*! Wir wissen ja alle, daß Jane ihre Nase gern in anderer Leute Angelegenheiten steckt – aber das nenne ich einfach – *taktlos*!»

«Aber Mrs. Bantry hatte ja nach ihr geschickt.»

«Mrs. Bantry hatte nach ihr *geschickt*?»

«Ja – Muswell hat sie mit dem Auto abgeholt.»

«Du lieber Himmel! Das ist aber merkwürdig . . .»

Eine Minute lang schwiegen sie beide, um die Neuigkeit zu verdauen. Dann fragte Miss Hartnell: «Wer ist die Leiche?»

«Kennst du diese schreckliche Person, die immer mit Basil Blake herkommt?»

«Diese gräßliche Wasserstoff-Blondine?»

Miss Hartnell war etwas hinter ihrer Zeit zurück. Sie kannte den Unterschied zwischen wasserstoffblond und platinblond noch nicht. «Die immer im Garten herumliegt und sozusagen – gar nichts anhat?»

«Ja, meine Teure. Und da lag sie nun – auf dem Kaminteppich – *erwürgt*!»

«Was sagst du da – in *Gossington*?»

Miss Wetherley nickte vielsagend.

«Dann war also Colonel Bantry *auch* . . .?»

Wieder nickte Miss Wetherley.

«Oh!»

Die beiden Damen weideten sich an diesem neuen Dorfskandal.

«Was für eine schlechte Frau!» trompetete Miss Hartnell in gerechtem Zorn.

«Ganz und gar verworfen!»

«Und Colonel Bantry – so ein netter, ruhiger Mann ...»

Miss Wetherley erklärte genießerisch:

«Die Ruhigen sind oft die Schlimmsten. Das sagt Jane Marple auch immer.»

Mrs. Price Ridley war eine der letzten, die von der Sache erfuhren.

Sie war eine reiche, herrische Witwe und wohnte in einer großen Villa neben dem Pfarrhaus. Ihr Dienstmädchen Clara brachte ihr die Nachricht.

«*Eine Frau,* sagst du, Clara? *Tot aufgefunden vor Colonel Bantrys Kamin?*»

«Ja, Madam – und man sagt, Madam, daß sie gar nichts angehabt habe, nicht einen Faden!»

«Das genügt, Clara. Du brauchst nicht ins Detail zu gehen.»

«Nein, Madam, und man sagt, Madam, zuerst hätten sie geglaubt, daß es die junge Blondine von Mr. Blake sei – die er sich immer zu den Weekends mitbringt. Aber jetzt sagt man, es sei eine ganz andere junge Frau. Und der Bursche vom Fischhändler, der sagt, nie hätte er das von Colonel Bantry geglaubt – wo er doch am Sonntag in der Kirche den Teller rumreicht – und so.»

«Viel Böses gibt es auf der Welt, Clara», sagte Mrs. Price Ridley. «Laß dir das eine Warnung sein!»

«Ja, Madam, Mutter will mir auch *niemals* erlauben, eine Stelle anzunehmen, wo ein Herr in der Familie ist.»

«*Das genügt*, Clara!» wies Mrs. Price Ridley sie zurecht.

Es waren nur ein paar Schritte von Mrs. Ridleys Heim bis zum Pfarrhaus.

Mrs. Price Ridley hatte das Glück, den Pfarrer in seinem Arbeitszimmer anzutreffen.

Der Pfarrer, ein sanfter Mann in mittleren Jahren, war stets der letzte im Dorf, der eine Neuigkeit erfuhr.

«Was für eine *schreckliche* Geschichte», rief Mrs. Price Ridley und schnaufte ein wenig, denn sie war ziemlich rasch gegangen. «Ich fühle, mein lieber Herr Pfarrer, daß ich Ihren Rat – Ihren Zuspruch brauche!»

Mr. Clement sah gelinde beunruhigt drein.

«Ist etwas vorgefallen?»

«Ob etwas *vorgefallen* ist!» Pathetisch wiederholte Mrs. Price Ridley diese Frage. «Der entsetzlichste Skandal! Und niemand von uns hatte eine Ahnung davon! Eine verruchte Frauensperson, vollkommen unbekleidet, wurde auf Colonel Bantrys Kaminteppich erdrosselt!»

Der Pfarrer riß die Augen auf. Dann sagte er:

«Fühlen Sie sich auch wirklich ganz wohl – Mrs. Ridley?»

«Kein Wunder, daß Sie es nicht glauben können! Auch *ich* konnte es zuerst kaum fassen! Die Heuchelei von diesem Mann! All die Jahre hindurch!»

«Bitte, sagen Sie mir doch einmal genau, worum es sich eigentlich handelt.»

Mrs. Price Ridley stürzte sich mit Schwung in eine umfassende Schilderung. Als sie geendet hatte, meinte Mr. Clement milde:

«Aber nichts beweist doch, daß Colonel Bantry in diese Sache verwickelt ist, nicht wahr?»

«Oh, mein lieber Herr Pfarrer, Sie sind so weltfremd! Aber ich muß Ihnen eine kleine Geschichte erzählen. Letzten Donnerstag – oder war es der vorletzte Donnerstag? – nun, das ist ja auch egal. Also, ich fuhr jedenfalls nach London. Colonel Bantry saß im selben Abteil. Er sah, wie mir auffiel, sehr zerstreut aus. Und beinahe während der ganzen Fahrt vergrub er sich hinter der *Times*. Wissen Sie, so, als wollte er einfach *kein Gespräch führen*!»

Der Pfarrer nickte mit tiefem Verständnis und rückhaltloser Sympathie.

«In Paddington verabschiedete ich mich. Er wollte mir ein Taxi besorgen, doch ich nahm den Bus zur Oxford Street. Aber der Colonel stieg in ein Auto, und ich hörte ganz deutlich, wie er dem Chauffeur die Adresse angab – *wohin, glauben Sie, fuhr er?*»

Fragend blickte Mr. Clement sie an.

«Zu einer Adresse in *St. John's Wood*!»

Mrs. Price Ridley schnaufte triumphierend.

Der Pfarrer blieb völlig verständnislos.

«Das – sollte ich meinen – *ist Beweis genug*!» sagte Mrs. Price Ridley.

In Gossington saßen Mrs. Bantry und Miss Marple zusammen im Wohnzimmer.

«Weißt du», sagte Mrs. Bantry, «ich muß gestehen, ich bin froh, daß sie die Leiche fortgebracht haben. Es ist nicht sehr *nett*, eine Leiche im Hause zu wissen.»

Miss Marple nickte.

«Ja, ja, Liebste. Ich verstehe dich vollkommen.»

«Nein, du kannst mich nicht verstehen, solange du noch nicht selbst eine Leiche im Haus gehabt hast. Ich weiß, du hattest schon einmal eine nebenan, aber das ist nicht dasselbe. Ich hoffe nur», fuhr sie fort, «daß Arthur keinen Widerwillen gegen die Bibliothek entwickeln wird. Wir saßen immer so gern dort. Was ist denn, Jane?»

Miss Marple hatte sich mit einem Blick auf die Uhr erhoben.

«Nun, ich glaube, ich gehe heim. Wenn ich nichts mehr für dich tun kann . . .»

«Geh noch nicht! Ich weiß, die Männer mit den Fingerabdrücken und die Fotografen und fast alle Polizisten sind schon fort, aber ich habe trotzdem das Gefühl, daß noch etwas passieren könnte. Du wirst doch nichts versäumen wollen!»

Das Telefon läutete, und Mrs. Bantry ging, um das Gespräch entgegenzunehmen. Strahlend kam sie zurück.

«Ich habe dir ja gesagt, daß noch etwas passieren würde! Colonel Melchett hat angerufen. Er bringt eine Cousine von diesem armen Mädchen her.»

«Warum wohl?» sagte Miss Marple.

«Ach, wahrscheinlich, damit sie sieht, wo es geschehen ist und so weiter.»

«Ich vermute, noch aus anderen Gründen.»

«Was meinst du damit, Jane?»

«Nun – ich meine – vielleicht möchte der Polizeichef sie mit Colonel Bantry zusammenbringen.»

Mrs. Bantry sagte scharf:

«Um zu sehen, ob sie ihn wiedererkennt? Ich nehme an – o natürlich – sie werden Arthur wohl verdächtigen müssen.»

«Ich fürchte, ja.»

«Als ob Arthur etwas damit zu tun haben könnte!»

Miss Marple schwieg.

Mrs. Bantry wandte sich ihr vorwurfsvoll zu: «Aber komm mir jetzt nicht mit dem alten General Henderson – oder mit sonst einem ekligen alten Mann, der sich mit seinem Stubenmädchen eingelassen hat! Arthur ist nicht so.»

«Nein, nein. Natürlich nicht.»

«Nein, er ist *wirklich* nicht so! Er tut nur manchmal – ein bißchen albern mit hübschen Mädchen, die zum Tennis kommen. Weißt du – so ein bißchen wichtigtuerisch und onkelhaft. Dabei ist gar nichts Böses. Und warum sollte er auch nicht? Schließlich», erklärte sie etwas rätselhaft, «habe ich den Garten.»

Miss Marple lächelte.

«Du mußt dir keine Gedanken machen, Dolly.»

«Nein, ich weiß; aber ich sorge mich trotzdem ein bißchen. Und Arthur auch. Er ist verwirrt. All diese Polizeileute, die herumschnüffeln ... Arthur ist auf das Gut hinübergegangen. Nach den Schweinen und alldem zu sehen beruhigt ihn immer, wenn er verwirrt ist. Hallo, da sind sie!»

Das Auto des Polizeichefs fuhr draußen vor.

Colonel Melchett trat in Begleitung einer eleganten jungen Dame ein.

«Das ist Miss Turner, Mrs. Bantry. Die Cousine – des – äh – Opfers.»

Die Hausfrau streckte Josie die Hand entgegen.

«Guten Tag. Schrecklich muß das für Sie sein!»

Josephine Turner sagte offen: «Ja, schrecklich. Alles kommt mir so *unwirklich* vor. Wie ein böser Traum.»

Mrs. Bantry stellte Miss Marple vor.

Melchett fragte beiläufig: «Ist Ihr lieber Mann irgendwo in der Nähe?»

«Er mußte aufs Gut hinüber. Er wird bald zurück sein.»

«Oh ...» Melchett schien ganz ratlos zu sein.

Mrs. Bantry wandte sich an Josie: «Möchten Sie den – den Tatort sehen? Oder möchten Sie lieber nicht?»

Nach kurzem Zögern erklärte Josephine:

«Ich möchte ihn sehen.»

Mrs. Bantry führte sie in die Bibliothek. Miss Marple und Melchett folgten den beiden.

«Hier hat sie gelegen», erklärte Mrs. Bantry feierlich, «auf dem Kaminteppich.»

«Oh!» Josie schauderte. Aber sie schien auch sehr verblüfft. Mit gerunzelter Stirn sagte sie leise, wie zu sich selbst: «*Ich kann es einfach nicht verstehen!* Ich kann's nicht verstehen!»

«Und wir noch weniger», meinte Mrs. Bantry.

Josie sagte langsam:

«An einem solchen Ort –» Sie brach ab.

Miss Marple nickte sinnend, als wollte sie dem unvollendeten Satz Josies zustimmen. Sie murmelte:

«Gerade das ist ja das Interessante dabei.»

«Na, Miss Marple», rief Colonel Melchett leutselig, «erzählen Sie uns doch mal, haben Sie schon irgendeine Erklärung gefunden?»

«O ja, eine *Erklärung* habe ich gefunden, eine ganz einleuchtende sogar. Aber das ist natürlich nur so eine *Idee* von mir. Tommy Bond und Mrs. Martin, unsere neue Lehrerin. Sie wollte die Uhr aufziehen, und ein Frosch sprang heraus.»

Josephine Turner war ganz verwirrt. Als alle das Zimmer verließen, flüsterte sie Mrs. Bantry zu: «Ist die alte Dame ganz richtig im Kopf?»

«Vollständig», antwortete Mrs. Bantry indigniert.

«Verzeihung; ich hab nur geglaubt, sie bildet sich vielleicht ein, selbst ein Frosch zu sein oder so etwas Ähnliches.»

Colonel Bantry betrat eben durch eine Seitentür das Haus. Melchett begrüßte ihn und beobachtete Josephine Turner, während er die beiden einander vorstellte. Aber ihr Gesicht zeigte kein Zeichen von Interesse oder von Wiedererkennen. Melchett atmete erleichtert auf. Verfluchter Slack mit seinen Verdächtigungen!

Von Mrs. Bantry befragt, erzählte Josie die Geschichte von Ruby Keenes Verschwinden.

«Sie müssen ja schrecklich besorgt gewesen sein, meine Liebe», meinte Mrs. Bantry.

«Ich war mehr verärgert als besorgt. Sehen Sie, ich wußte ja nicht, daß ihr etwas zugestoßen war.»

«Und doch», bemerkte Miss Marple, «gingen Sie zur Polizei. War das nicht – verzeihen Sie – *etwas voreilig*?»

Eifrig entgegnete Josie:

«Oh, das war ich nicht. Das war Mr. Jefferson –»

Mrs. Bantry rief: «Jefferson?»

«Ja, ein Hotelgast, ein Invalide –»

«Doch nicht etwa *Conway* Jefferson – den kennen wir ja! Arthur, hör doch – Conway Jefferson! Er wohnt im Majestic, und *er* war es, der die Polizei verständigt hat! Ist das nicht ein merkwürdiges Zusammentreffen?»

Josephine Turner sagte: «Mr. Jefferson war vorigen Sommer auch schon da.»

«Denk doch mal! Und wir haben das gar nicht gewußt. Ich habe ihn schon lange nicht mehr gesehen.» Sie wandte sich an Josie: «Und wie – wie geht es ihm denn jetzt?»

Josephine erwiderte zögernd:

«Ich finde, es geht ihm wunderbar, wirklich – ganz wunderbar. Ich meine, in Anbetracht der Umstände. Immer ist er fröhlich, immer witzig.»

«Hat er seine Familie bei sich?»

«Mr. Gaskell, meinen Sie? Und die junge Mrs. Jefferson? Und Peter? Ja, gewiß.»

Josephine Turners angenehme, offene Art wich jetzt einer gewissen Zurückhaltung. Wenn sie von den Jeffersons sprach, schien ihre Stimme nicht ganz natürlich zu klingen.

Mrs. Bantry sagte: «Sie sind beide sehr nett, nicht wahr? Die jungen Leute, meine ich.»

Und Josie entgegnete zerstreut:

«O ja – ja, sie sind sehr nett. Ich – wir – ja, sehr nett, *wirklich.*»

«Was hat sie wohl damit gemeint?» Mrs. Bantry sah durchs Fenster dem Auto des Polizeichefs nach. «‹Sie sind sehr nett, *wirklich.*› Glaubst du nicht, Jane, daß da irgend etwas ...»

Miss Marple ging eifrig auf diese Worte ein.

«Und ob ich glaube! *Da besteht kein Zweifel!* Sie hat sich *sofort* verändert, als die Jeffersons erwähnt wurden. Bis dahin schien sie ganz natürlich zu sein.»

«Aber was, glaubst du, kann da los sein, Jane?»

«Meine Liebe, *du* kennst die Leute – nicht ich. Ich habe nur das Gefühl, daß irgend etwas, das mit diesen Jeffersons zusammenhängen muß, Miss Turner irritiert. Aber eine andere Sache: Hast du bemerkt, als du sagtest, sie müsse um ihre Cousine schrecklich besorgt gewesen sein, da antwortete sie, sie sei *verärgert* gewesen! Und sie sah auch wütend aus. *Direkt wütend!* Das erscheint mir doch sehr *interessant.* Ich habe den Eindruck – vielleicht irre ich mich –, daß dies vor allem das Gefühl war, mit dem sie auf den Tod von Ruby Keene reagierte. Besonders gern hat sie sie jedenfalls nicht gehabt, da bin ich sicher. Sie ist absolut nicht traurig. Aber ich glaube entschieden, daß der Gedanke an dieses Mädchen sie *wütend* macht. Und die entscheidende Fragte ist: *Warum?*»

«Das werden wir herausfinden!» erklärte Mrs. Bantry. «Wir werden nach Danemouth fahren und im Majestic absteigen. Ja, Jane, du auch. Ich brauche jetzt Tapetenwechsel – nach allem, was hier geschehen ist. Ein paar Tage im Majestic – das wird uns guttun. Und du wirst Conway Jefferson kennenlernen. Er ist reizend. Wirklich reizend! Er hat das traurigste Schicksal, das man sich vorstellen kann. Seinen Sohn und seine Tochter hat er zärtlich geliebt; sie waren beide verheiratet, haben aber doch sehr viel Zeit daheim bei ihren Eltern verbracht. Auch Mrs. Jefferson war reizend, und ihre Ehe war unerhört glücklich. Aber eines Tages sind sie auf einer Reise nach Frankreich mit dem Flugzeug verunglückt. Alle wurden getötet: der Pilot, Mrs. Jefferson, Rosamund und Frank. Conways beide Beine wurden so schwer verletzt, daß man sie amputieren mußte. Er hat sich fabelhaft gehalten. Dieser Mut, dieser Optimismus! Er war ein sehr aktiver Mann gewesen – und nach dem Unglück: ein hilfloser Krüppel. Aber niemals beklagte er sich. Seine Schwiegertochter lebt bei ihm; sie war Witwe, bevor Frank Jefferson sie heiratete, und hat einen Sohn aus erster Ehe, Peter Carmody. Der Junge lebt auch bei Conway. Und Mark Gaskell, Rosamunds Gatte, ist ebenfalls meistens da. Das Ganze war wirklich eine entsetzliche Tragödie.»

«Und nun wieder diese Tragödie ...», sagte Miss Marple.

«Ja, aber – die hat doch nichts mit den Jeffersons zu tun.»

«Nicht? Es war Mr. Jefferson, der die Polizei rief.»

«Du hast recht, es war Mr. Jefferson. – Weißt du, Jane, das ist wirklich seltsam ...»

6

Melchett hatte einen völlig verzweifelten Hoteldirektor vor sich. Mit dem Colonel war Superintendent Harper von der Polizei in Glenshire gekommen, und natürlich der unvermeidliche Inspektor Slack. Letzterer war tief verstimmt darüber, daß der Polizeichef die Leitung des Falles so entschlossen an sich gerissen hatte.

Superintendent Harper hätte Mr. Prestcott, der dem Weinen nahe war, gern beruhigt, aber Colonel Melchett blieb ungerührt und energisch.

«Es hat keinen Sinn, über verschüttete Milch zu klagen», sagte er scharf, «das Mädchen ist tot – erwürgt. Sie haben noch Glück, daß es nicht in *Ihrem Hotel* geschehen ist. Dadurch werden die Nachforschungen hauptsächlich in einer anderen Grafschaft betrieben. Aber gewisse Erkundigungen müssen auch hier eingezogen werden, und je eher wir damit fertig sind, desto besser. Sie können sich darauf verlassen, daß wir diskret und taktvoll vorgehen werden. Also hören wir jetzt mit dem Geschwätz auf, und packen wir den Stier bei den Hörnern. Sagen Sie mir jetzt bitte alles, was Sie über das Mädchen wissen.»

«Ich weiß nichts – absolut nichts. *Josie* hat sie hergebracht.»

«Ist Josie schon lange bei Ihnen?»

«Zwei Jahre – nein, drei.»

«Mögen Sie Josie?»

«Ja, sie ist ein braves Mädchen – ein nettes Mädchen. Sehr tüchtig. Sie kann gut mit den Gästen umgehen. Ist sehr geschickt bei jeder Art von Uneinigkeit – Bridge ist ein heikles Spiel, verstehen Sie –» Colonel Melchett nickte verständnisvoll. Seine Frau war eine begeisterte, aber unsäglich schlechte Bridgespielerin. Mr. Prestcott fuhr fort: «Josie wirkt immer so beruhigend in unangenehmen Situationen. Sie hat einen guten Einfluß auf die meisten Menschen – so fröhlich und doch entschlossen. Sie verstehen, was ich meine.»

Wieder nickte Melchett. Jetzt wußte er, woran Josephine Turner ihn erinnerte. Trotz ihrer Aufmachung hatte sie entschieden etwas von einem Kinderfräulein an sich.

«Sie ist mir unentbehrlich.» Mr. Prestcotts Ton wurde wieder weinerlich. «Wozu mußte sie auf den schlüpfrigen Felsen herumklettern? Verrückt, so etwas! Wir haben doch einen so netten Strand. Warum konnte sie nicht dort baden? Aber sie mußte ausgleiten und fallen und sich den Knöchel verletzen! Das hätte sie mir nicht antun dürfen. Tänzerinnen müssen auf ihre Knochen aufpassen. Ich war sehr böse. Das war nicht fair dem Hotel gegenüber.»

Melchett unterbrach ihn ungerührt.

«Und dann schlug sie vor, daß dieses Mädchen – ihre Cousine – herkommen sollte?»

Prestcott bestätigte murrend: «Jawohl. Das schien eine ganz gute Idee zu sein. Bedenken Sie, ich hatte nicht die Absicht, etwas extra zu zahlen. Das Mädchen bekam hier im Hotel ein Zimmer und Essen. Was das Honorar betrifft, so hatten sie und Josie das miteinander auszumachen. So wurde das arrangiert. *Ich* wußte gar nichts über das Mädchen.»

«Aber sie hat sich ganz gut gemacht?»

«O ja, es war alles in Ordnung. Sie war natürlich, sehr jung, vielleicht ein bißchen gewöhnlich für den Stil unseres Hotels. Aber sie hatte gute Manieren – ruhig und brav. Hat gut getanzt. Die Leute mochten sie.»

«Hübsch?»

Der Polizeichef konnte die Frage nicht selbst beantworten, denn er hatte nur das blaue, geschwollene Gesicht des Opfers gesehen.

Mr. Prestcott überlegte.

«So mittel. Bißchen mager und bleichsüchtig, wenn Sie verstehen, was ich meine. Hätte ungeschminkt nicht viel vorgestellt. Aber sie brachte es fertig, ganz anziehend zu wirken.»

«Sind ihr viele junge Männer nachgelaufen?»

«Ich weiß, worauf Sie aus sind, Sir.» Mr. Prestcott wurde aufgeregt. «*Ich* habe nie etwas gesehen. Nichts Besonderes. Ein oder zwei Burschen machten ihr den Hof, aber in ganz alltäglicher Weise, sozusagen. Nett und lustig, aber nicht mordlustig, möchte ich sagen. Auch mit den älteren Herren kam sie sehr gut aus. Sie hatte so etwas Verspieltes an sich, schien noch ein völliges Kind zu sein. Verstehen Sie, was ich meine? Das hat die Leute amüsiert.»

Superintendent Harper sagte mit tiefer, melancholischer Stimme:

«Mr. Jefferson, zum Beispiel?»

«Ja, an Mr. Jefferson habe ich gerade gedacht. Sie war sehr viel mit ihm und seiner Familie zusammen. Er nahm sie manchmal auf Autoausflüge mit. Mr. Jefferson hat junge Menschen sehr gern und ist sehr gut zu ihnen. Ich möchte absolut nicht, daß Sie mich mißverstehen. Mr. Jefferson ist ein Krüppel; er kann sich nicht vom Platz bewegen – nur in seinem Rollstuhl. Aber er hat es schrecklich gern, wenn junge Leute sich unterhalten. Sieht ihnen beim Tennis und beim Schwimmen zu und so weiter – und lädt sie zu Gesellschaften ein. Er liebt eben die Jugend, und er ist gar nicht verbittert, was er doch leicht sein könnte. Ein sehr beliebter Gentleman und, möchte ich sagen, ein sehr vornehmer Charakter.»

Melchett fragte:

«Und er interessierte sich für Ruby Keene?»

«Ihr Geplauder amüsierte ihn wahrscheinlich.»

«Teilte Mr. Jeffersons Familie seine Sympathie für die Kleine?»

«Sie waren immer sehr freundlich zu ihr.»

Harper bemerkte:

«Und *er* war es, der ihr Verschwinden der Polizei meldete?»

Es gelang ihm, diese Worte so vielsagend und vorwurfsvoll zu äußern, daß der Direktor augenblicklich darauf reagierte.

«Versetzen Sie sich doch einmal an meine Stelle, Mr. Harper! Nicht einen Moment habe ich auch nur im Traum daran gedacht, daß etwas geschehen sein könnte. Mr. Jefferson kam in mein Büro, tobend, ganz außer sich. Das Mädchen habe nicht in seinem Zimmer geschlafen. Ruby sei gestern nicht zu ihrer Tanznummer erschienen. Sie müsse einen Autoausflug gemacht haben und sei möglicherweise verunglückt! Mr. Jefferson war in einem schrecklichen Zustand. Die Polizei müsse sofort verständigt und Nachforschungen angestellt werden! Auf der Stelle rief er selbst bei der Polizei an.»

«Ohne sich mit Miss Turner abzusprechen?»

«Josie war es nicht sehr angenehm, das habe ich bemerkt. Sie war sehr ärgerlich über die ganze Sache – ärgerlich über Ruby, meine ich. Aber was konnte sie tun?»

«Wir sollten», meinte Melchett, «uns jetzt einmal mit Mr. Jefferson unterhalten. Wie, Harper?»

Superintendent Harper war einverstanden.

Mr. Prestcott führte die drei Herren in das Appartement von Conway Jefferson hinauf. Es befand sich im ersten Stock; aus allen Fenstern hatte man den herrlichsten Blick aufs Meer.

Melchett bemerkte nebenbei: «Geht ihm nicht schlecht, wie? Reicher Mann?»

«Außerordentlich wohlhabend, glaube ich. Es wird an nichts gespart, wenn er herkommt. Die schönsten Zimmer, Essen meistens *à la carte*, teure Weine – mit einem Wort, das Beste vom Besten.»

Melchett nickte.

Prestcott klopfte an eine der Türen. Eine Frauenstimme rief: «Herein!»

Der Direktor trat ein, die andern folgten ihm.

Mr. Prestcott sprach zu der Dame, die ihm von ihrem Fensterplatz her den Kopf zuwandte, in entschuldigendem Ton.

«Bitte vielmals, die Störung zu verzeihen, Mrs. Jefferson, aber diese Herren hier sind – von der Polizei. Es liegt ihnen sehr viel daran, kurz mit Mr. Jefferson zu sprechen. Erlauben Sie – Colonel Melchett, Superintendent Harper, Inspektor – äh – Slack – Mrs. Jefferson.»

Mrs. Jefferson nahm die Vorstellung durch ein Neigen ihres Kopfes zur Kenntnis.

Eine nicht besonders schöne Frau, war Melchetts erster Eindruck. Aber dann, als ein leichtes Lächeln auf ihren Lippen erschien und sie zu sprechen begann, änderte er seine Meinung. Sie hatte eine einzigartige, reizvolle und sympathische Stimme, und ihre Augen, helle, haselnußbraune Augen, waren schön. Ihre Kleidung war einfach, aber geschmackvoll, und sie mochte ungefähr fünfunddreißig Jahre alt sein.

«Mein Schwiegervater schläft. Er ist nicht sehr kräftig, und dieses Ereignis war ein furchtbarer Schock für ihn. Wir mußten den Arzt rufen, und der gab ihm ein Schlafmittel. Sobald er wieder wach ist, wird er Sie sehen wollen. Inzwischen kann ich Ihnen vielleicht irgendwie behilflich sein? Wollen Sie nicht Platz nehmen?»

Mr. Prestcott, der darauf brannte, wieder zu verschwinden, flüsterte Colonel Melchett zu: «Ja – äh – wenn das alles ist, was ich für Sie tun kann ...?» Und dankbar empfing er die Erlaubnis, sich zurückzuziehen.

Kaum hatte er die Tür hinter sich geschlossen, nahm die Atmosphäre einen angenehmeren, ja gesellschaftlicheren Charakter an. Adelaide Jefferson hatte die Fähigkeit, Ruhe und Behaglichkeit um sich zu verbreiten. Sie war eine Frau, die scheinbar nie etwas Besonderes sagte, der es aber gelang, andere Leute zum Sprechen zu bringen. Man mußte sich in ihrer Gegenwart einfach wohl fühlen. Auch jetzt schlug sie den richtigen Ton an.

«Dieses Unglück hat uns alle sehr getroffen. Wir waren nämlich sehr viel mit dem armen Mädchen zusammen, wissen Sie. Man kann es kaum fassen. Mein Schwiegervater ist ganz verstört. Er hat Ruby sehr gern gehabt.»

Colonel Melchett fragte:

«Soviel ich gehört habe, war es Mr. Jefferson, der ihr Verschwinden der Polizei meldete?»

Er wollte *genau* sehen, wie sie auf diese Worte reagieren würde. Es war ein Anflug – nur ein Anflug – von – Ärger? Unruhe? – er hätte nicht bestimmt sagen können, was, aber *etwas* trübte sekundenlang ihren Blick. Es schien, als müsse sie sich nun zusammennehmen wie vor einer unangenehmen Aufgabe, ehe sie fortfuhr:

«Ja, das stimmt. Da er leidend ist, regt er sich schnell auf. Wir versuchten ihn zu überreden, daß schon alles gut werden würde, daß die Sache irgendeine natürliche Erklärung finden und daß das Mädchen selbst verzweifelt sein würde, wenn man die Polizei seinetwegen benachrichtigte. Aber er bestand darauf. Nun» – sie machte eine Handbewegung –, «er hatte recht, und wir hatten unrecht.»

Melchett: «Ich würde gern ganz genau wissen, wie gut Sie Ruby Keene kannten, Mrs. Jefferson.»

Sie überlegte.

«Schwer zu sagen. Mein Schwiegervater liebt junge Menschen und umgibt sich gern mit ihnen. Ruby war für ihn ein ganz neuer Typ. Ihr Geplauder amüsierte ihn. In der Hotelhalle saß sie sehr viel bei uns, und mein Schwiegervater nahm sie auf Autoausflüge mit.»

Ihre Stimme klang jetzt ganz unbeteiligt. Melchett dachte: Wenn sie wollte, könnte sie mehr erzählen.

Laut bat er: «Würden Sie mir, bitte, über die Ereignisse des gestrigen Abends alles berichten, was Sie wissen.»

«Gewiß. Aber ich fürchte, es wird Ihnen sehr wenig Neues bringen. Nach dem Dinner kam Ruby zu uns in die Halle. Sogar als das Tanzen schon begonnen hatte, blieb sie noch bei uns sitzen. Wir hatten verabredet, später Bridge zu spielen, aber wir warteten noch auf Mark – Mark Gaskell ist mein Schwager, er war mit Mr. Jeffersons Tochter verheiratet, wissen Sie. Mark hatte noch ein paar wichtige Briefe zu schreiben. Und Josie war auch noch nicht da. Sie sollte die Vierte im Bunde sein.»

«Spielt Josie oft mit Ihnen?»

«Sehr oft. Sie spielt natürlich erstklassig und ist riesig angenehm. Mein Schwiegervater ist ein leidenschaftlicher Bridgespieler und bittet Josie, wann immer es nur möglich ist, unser vierter ‹Mann› zu sein. Da sie hier Bridgedame ist, kann sie freilich nicht immer nur mit uns spielen, aber sie tut es, sooft es nur geht, und» – sie lächelte ein wenig – «da mein Schwiegervater hier im Hotel sehr viel Geld ausgibt, ist es der Direktion kaum unrecht, daß Josie uns bevorzugt.»

«Und Sie mögen Josie?»

«Ja, sehr. Sie ist immer gut gelaunt und freundlich, arbeitet schwer und scheint ihren Beruf zu lieben. Sie ist klug, obwohl sie nicht sehr gebildet ist, und – ja – sie macht sich auch nie wichtig. Sie ist ganz natürlich.»

«Fahren Sie bitte fort, Mrs. Jefferson.»

«Wie ich schon sagte, Josie hatte noch mit ihren Bridgetischen zu tun, und Mark schrieb Briefe. Also plauderte Ruby mit uns etwas länger als gewöhnlich. Dann kam Josie, und Ruby ging zu ihrem ersten Solotanz mit Raymond. Er ist der Tänzer und Tennistrainer. Sie kam nachher zu uns zurück, gerade als Mark auch erschien. Dann ging sie hinüber und tanzte mit einem jungen Mann, und wir vier begannen mit unserer Bridgepartie.»

Mit einer kleinen, hilflosen Geste hielt sie inne.

«Und das ist alles, was ich weiß! Ich habe gerade noch einen Blick auf sie geworfen, während sie tanzte. Aber Bridge ist ein Spiel, das einen völlig in Anspruch nimmt. Ich habe kaum mehr durch die Glaswand hinüber in den Tanzsaal gesehen. Um Mitternacht kam Raymond sehr aufgeregt zu Josie und fragte sie, wo denn Ruby sei. Josie versuchte natürlich, ihn zum Schweigen zu bringen, aber –»

Superintendent Harper unterbrach sie mit ruhiger Stimme: «Warum *‹natürlich›*, Mrs. Jefferson?»

«Weil –» Sie zögerte und sah, wie es Melchett schien, ein wenig verwirrt drein. «Josie wollte doch nicht, daß Rubys Abwesenheit auffiel. Sie fühlte sich gewissermaßen für ihre Cousine verantwortlich. Sie meinte, das Mädchen sei wahrscheinlich oben in seinem Zimmer, es hätte vor einer Weile über Kopfschmerzen geklagt. Ich glaube übrigens nicht, daß das stimmte. Josie hat es nur als Entschuldigung gesagt. Raymond ging, um in Rubys Zimmer raufzutelefonieren, aber offenbar erhielt er keine Antwort und kam ganz außer sich zurück – wütend, verstehen Sie. Jetzt ging Josie mit ihm und versuchte ihn zu beruhigen. Schließlich tanzte sie an Stelle von Ruby. Das war sehr tapfer, denn hinterher konnte man sehen, daß sie Schmerzen hatte. Als der Tanz vorüber war, kam sie zu uns zurück und redete meinem Schwiegervater, der nun schon ganz aufgeregt war, gut zu. Schließlich brachten wir ihn so weit, daß er zu Bett ging. Wir sagten ihm, Ruby habe wahrscheinlich eine Spritztour in einem Auto unternommen und unterwegs eine Panne gehabt. Er ging sehr besorgt schlafen, und heute morgen benachrichtigte er dann sofort die Polizei.» Sie machte eine Pause. «Das übrige wissen Sie.»

«Danke, Mrs. Jefferson. Jetzt muß ich Sie fragen, ob Sie eine Ahnung haben, wer das Verbrechen begangen haben könnte?»

Augenblicklich antwortete sie: «Nicht die leiseste. Ich kann Ihnen nicht den kleinsten Hinweis geben.»

Melchett drängte: «Haben Sie niemanden in Verdacht? Hat das Mädchen nie irgend etwas gesagt? Über Eifersucht? Über einen Mann, vor dem sie Angst habe oder mit dem sie in Beziehungen stehe?»

Bei jeder Frage schüttelte Adelaide Jefferson den Kopf.

Sie schien tatsächlich nicht mehr zu wissen.

Der Superintendent schlug vor, jetzt George Bartlett zu

verhören und dann später zu Mr. Jefferson zurückzukehren. Colonel Melchett stimmte zu. Die drei Herren verabschiedeten sich, und Mrs. Jefferson versprach, nach ihnen zu schikken, sobald ihr Schwiegervater erwacht sei.

«Nette Frau», sagte der Colonel, als sich die Tür hinter ihnen geschlossen hatte.

«Eine ganz besonders nette Frau», meinte auch Superintendent Harper.

7

George Bartlett war ein magerer, unscheinbarer Jüngling mit einem großen Adamsapfel und noch größeren Schwierigkeiten, seine Gedanken in Worte zu fassen. Er war so aufgeregt und fahrig, daß es fast unmöglich war, ihn zu einer ruhigen Aussage zu bringen.

«Ich muß sagen, entsetzlich ist das, nicht wahr? So etwas liest man doch sonst nur in den Zeitungen – aber es ist nicht zu glauben, daß es wirklich passieren kann – verstehen Sie?»

«Unglücklicherweise besteht kein Zweifel daran, daß es *passiert ist*, Mr. Bartlett», sagte der Superintendent.

«Nein, nein, natürlich nicht, aber es ist doch – irgendwie ganz irre. Und noch dazu so weit weg von hier. Und überhaupt – in einem Landhaus, nicht wahr? Schrecklich herrschaftlich – und überhaupt. Hat wohl einen großen Rummel in der ganzen Nachbarschaft gemacht – wie?»

Colonel Melchett nahm sich der Sache an.

«Kannten Sie das Opfer gut, Mr. Bartlett?»

George Bartlett erschrak.

«Oh, g-g-g-ar nicht gut, S-s-sir! Nein, fast überhaupt nicht – verstehen Sie mich. Ein- oder zweimal mit ihr getanzt – die Zeit vertrieben – ein bißchen Tennis – verstehen Sie mich?»

«Sie waren die letzte Person, die Ruby Keene gestern abend noch lebend sah.»

«Ja, ich glaube, ich war der letzte – klingt entsetzlich, nicht wahr? Ich meine, sie war ganz gesund, als ich mit ihr zusammen war – ganz gesund und lebendig und – überhaupt.»

«Um wieviel Uhr war das, Mr. Bartlett?»

«Also, wissen Sie, ich weiß nie, wie spät es ist – es war nicht sehr spät – verstehen Sie?»

«Sie haben mit ihr getanzt?»

«Ja – sozusagen – ja, also tatsächlich, ich habe mit ihr getanzt. Aber am frühen Abend, müssen Sie wissen. Hören Sie, es war gerade nach ihrer Tanznummer mit diesem Tennisburschen. Muß zehn Uhr gewesen sein, oder halb elf oder elf, ich weiß nicht.»

«Die genaue Stunde ist jetzt unwichtig, das können wir feststellen, wenn wir wollen. Bitte erzählen Sie uns alles, was geschehen ist.»

«Also, wir haben getanzt, wissen Sie. Ich kann nicht behaupten, daß ich *sehr gut* tanze.»

«Wie Sie tanzen, ist im Augenblick nicht so wichtig, Mr. Bartlett.»

George Bartlett starrte den Colonel an. Dann stotterte er:

«Nein – äh – n-n-nein, nicht wichtig, das glaube ich auch. Also, wie ich Ihnen sagte, wir tanzten. Rum und rum, und ich hab was gesagt, aber Ruby hat nicht viel gesagt, und sie hat gegähnt. Wie ich Ihnen schon erzählt habe, tanze ich nicht so schrecklich gut, und darum haben die Mädchen – nun ja – sie hören gern wieder auf – verstehen Sie. Sie sagte, sie habe Kopfweh – na, ich weiß, wann ich überflüssig bin. Also sagte ich – geht in Ordnung – und damit war's erledigt.»

«Was war das letzte, was Sie von ihr sahen?»

«Sie ging hinauf.»

«Hat sie nichts von einem Rendezvous gesagt? Oder von einer Autofahrt? Oder von einer Verabredung?»

Bartlett schüttelte den Kopf.

«Zu mir nicht.» Er schien betrübt. «Hat mich einfach stehenlassen.»

«Wie war ihre Stimmung? Schien sie ängstlich zu sein, zerstreut, bedrückt?»

George Bartlett überlegte. Dann schüttelte er wieder den Kopf.

«Schien mir gelangweilt. Gähnte – und überhaupt – nichts weiter.»

Colonel Melchett fragte:

«Und was haben *Sie* gemacht, Mr. Bartlett?»

«Äh –?»

«Was taten Sie, nachdem Ruby Keene Sie verlassen hatte?»

George Bartlett starrte ihn an.

«Warten Sie mal – je, nun – *was habe ich eigentlich gemacht*?»

«Das wollen wir ja eben von Ihnen hören.»

«Ja, ja – natürlich – gar nicht so leicht, sich an so was zu erinnern – verstehen Sie? Woll'n mal sehen. Gar nicht so unwahrscheinlich, daß ich in die Bar gegangen bin und was getrunken habe.»

«Sind Sie nun *tatsächlich* in die Bar gegangen und haben etwas getrunken?»

«Das ist es ja gerade, *ich habe etwas getrunken.* Glaube allerdings nicht, daß es gerade um diese Zeit war. Kommt mir so vor, als wäre ich ein bißchen nach draußen gegangen, verstehen Sie? Bißchen Luft schnappen. Ziemlich warm für September. Sehr schön draußen. Ja – so war's. Ich bin ein wenig spazierengegangen, dann zurückgekommen – was getrunken – dann in den Tanzsaal reingeguckt. War nicht viel los. Ist mir nur aufgefallen, daß diese – wie heißt sie doch – Josie wieder tanzte. Mit dem Tennisburschen. Sie war eine Zeitlang krank gemeldet – Knöchel verstaucht – und überhaupt.»

«Damit ist die Zeit Ihrer Rückkehr in den Tanzsaal auf Mitternacht festgelegt. Wollen Sie also zu verstehen geben, daß Sie über eine Stunde in der Nacht umherspaziert sind?»

«Nun – ich habe auch noch etwas getrunken, wissen Sie. Ich habe – na ja – ich habe so über verschiedenes nachgedacht.»

Diese Aussage erschien unglaubwürdiger als jede andere. Colonel Melchett fragte scharf:

«Worüber haben Sie nachgedacht?»

«Oh, ich weiß nicht. Alles mögliche», meinte Mr. Bartlett unbestimmt.

«Haben Sie ein Auto, Mr. Bartlett?»

«O ja.»

«Wo war es? In der Hotelgarage?»

«Nein, es war im Hof, wissen Sie. Dachte, ich würde vielleicht eine Spritztour machen, sehen Sie.»

«Vielleicht *haben* Sie eine Spritztour gemacht?»

«Nein, nein – sicher nicht. Das schwöre ich.»

«Sie haben nicht vielleicht zufällig Miss Keene auf eine Spritztour mitgenommen?»

«Donnerwetter noch mal – hören Sie mal, worauf wollen Sie hinaus? Ich habe sie nicht mitgenommen – ich schwöre es. Wirklich nicht.»

«Danke, Mr. Bartlett. Ich glaube, das ist im Augenblick alles. *Im Augenblick*», wiederholte Colonel Melchett mit Nachdruck.

Mr. Bartlett blieb zurück, kindischer Schrecken zeigte sich auf seinem wenig geistvollen Gesicht.

«Kompletter Idiot», sagte Melchett, «finden Sie nicht auch?»

Superintendent Harper schüttelte den Kopf.

«Wir haben noch einen langen Weg vor uns», sagte er.

8

Weder der Nachtportier noch der Barmixer konnten wesentliche Aussagen machen. Der Nachtportier erinnerte sich daran, daß er kurz nach zwölf Uhr Miss Keenes Zimmer antelefoniert hatte, ohne eine Antwort zu erhalten. Ob Mr. Bartlett das Hotel verlassen habe oder zurückgekehrt sei, wußte er nicht. In einer schönen Nacht schlenderten unzählige Herren und Damen andauernd aus und ein. Auch gab es neben dem Haupteingang in der Halle im Korridor noch einige Seitentüren, die ins Freie führten. Der Portier war ziemlich sicher, daß Miss Keene den Haupteingang nicht benützt hatte. Aber von ihrem Zimmer im ersten Stock konnte sie eine Treppe am anderen Ende des Korridors hinuntergehen und von dort aus auf die Seitenterrasse gelangen. Auf diese Weise konnte sie ohne weiteres ungesehen hinausschlüpfen.

Der Barmixer erinnerte sich, daß Mr. Bartlett am vorhergehenden Abend die Bar besucht hatte; er konnte aber nicht sagen, um welche Zeit. Seiner Meinung nach war es weder früh noch spät gewesen. Mr. Bartlett hatte in einer Ecke gesessen und ziemlich melancholisch ausgesehen. Wie lange er dageblieben war, wußte der Mixer nicht. Viele Gäste, auch von auswärts, kamen und gingen während des ganzen Abends.

Als die Herren die Bar verließen, wurden sie von einem kleinen Jungen angehalten. Er war etwa neun Jahre alt. Augenblicklich begann er aufgeregt zu plappern.

«Hören Sie, sind Sie die Detektive? Ich heiße Peter Carmody. Es war mein Großvater, Mr. Jefferson, der die Polizei angerufen hat, wegen Ruby. Sind Sie von Scotland Yard? Sie sind doch nicht böse, daß ich Sie anspreche, nicht wahr?»

Colonel Melchett sah aus, als wolle er den Kleinen kurz

abfertigen, aber Superintendent Harper legte sich ins Mittel. Er sprach sehr freundlich und aufmunternd.

«Aber nein, mein Junge. Das interessiert dich natürlich alles sehr, nicht wahr?»

«Riesig! Mögen Sie Detektivromane? Ich schon! Ich lese alle. Und ich habe schon Autogramme von Dorothy Sayers und von Agatha Christie und von Dickson Carr und H. C. Bailey. Werden die Zeitungen über den Mord schreiben?»

«Worauf du dich verlassen kannst», versicherte Superintendent Harper grimmig.

«Ich gehe nämlich nächste Woche zurück in die Schule. Dann werde ich den Jungen erzählen, daß ich sie gekannt habe – wirklich *sehr gut* gekannt.»

«Und wie hat sie dir gefallen, hm?»

Peter überlegte.

«Na, ich habe mir nicht viel aus ihr gemacht. Ich glaube, sie war ein ziemlich dummes Mädchen. Mum und Onkel Mark konnten sie auch nicht ausstehen. Nur Großvater. Der möchte Sie übrigens sprechen. Edwards sucht Sie.»

Superintendent Harper bemerkte ermutigend:

«Also deine Mutter und dein Onkel konnten Ruby Keene nicht ausstehen? Warum wohl?»

«Ach, ich weiß nicht. Sie hat immer so wichtig getan, und Mum und Onkel konnten es nicht leiden, daß Großvater so viel Getue um sie machte. Ich glaube», meinte Peter fröhlich, «die sind froh, daß sie tot ist.»

Nachdenklich betrachtete der Superintendent ihn.

«Hast du – äh – gehört, daß sie das sagten?»

«Das nicht gerade, aber Onkel Mark sagte: ‹Na, das ist jedenfalls ein Ausweg›, und Mum darauf: ‹Ja, aber ein entsetzlicher›, und Onkel Mark meinte, es nützte ja doch nichts zu heucheln.»

Die Männer sahen einander vielsagend an. In diesem Augenblick kam ein würdevoller, sauber rasierter und proper gekleideter Mann auf sie zu.

«Ich bitte um Entschuldigung, meine Herren. Ich bin der Diener von Mr. Jefferson. Er ist jetzt wach und hat mich nach Ihnen geschickt; er würde Sie jetzt gern sprechen.»

Sie begaben sich wieder hinauf in Conway Jeffersons Appartement. Im Salon sprach Adelaide Jefferson mit einem hochgewachsenen Mann, der unruhig und nervös im Zimmer auf und ab ging.

«Ach ja. Gut, daß Sie da sind», begrüßte er die Eintretenden. «Mein Schwiegervater hat schon nach Ihnen gefragt. Er ist jetzt wach. Regen Sie ihn möglichst wenig auf, ja? Mit seiner Gesundheit steht es nicht zum besten. Es ist wirklich ein Wunder, daß dieser Schock ihn nicht umgebracht hat.»

Harper bemerkte:

«Ich hatte keine Ahnung, daß er *so* krank ist.»

«Er weiß es selber nicht», erklärte Mark Gaskell, «es ist das Herz, wissen Sie. Der Arzt hat es Addie gesagt und vor Aufregung und Schrecken gewarnt. Er hat sozusagen angedeutet, daß es jeden Moment aus sein könnte – nicht wahr, Addie?»

Mrs. Jefferson nickte.

«Es ist erstaunlich, daß er sich so weit erholt hat.»

Melchett bemerkte trocken:

«Ein Mord ist nicht gerade ein Beruhigungsmittel. Wir werden so behutsam wie möglich vorgehen.»

Während des Gesprächs hatte er Mark Gaskell beobachtet. Der Bursche gefiel ihm nicht besonders. Ein wildes, skrupelloses Raubvogelgesicht. Ein Mann, der gewohnt ist zu tun, was er will, und den die Frauen bewundern.

Aber keiner, dem ich allzusehr traue, dachte der Colonel.

Skrupellos – das war das richtige Wort.

So einem Burschen war alles zuzutrauen ...

In dem großen Schlafzimmer mit Aussicht auf das Meer saß Conway Jefferson im Rollstuhl am Fenster.

Kaum befand man sich im gleichen Raum mit diesem merkwürdigen Mann, als man sich auch schon von seiner starken Persönlichkeit, seiner geistigen Kraft angezogen und beeindruckt fühlte. Es war, als ob das Unglück, das ihn zum Krüppel gemacht hatte, die Lebensflamme in seinem verstümmelten Körper zu noch hellerer Glut angefacht hatte.

Er besaß einen gutgeformten Kopf. Sein rotes Haar war leicht ergraut, das derb geschnittene, ausdrucksvolle Gesicht war von der Sonne tiefbraun gebrannt, und die Augen leuchteten stahlblau. Kein Zeichen von Krankheit oder Gebrechlichkeit war an ihm zu bemerken. Die tiefen Furchen auf Stirn und Wangen sprachen von Leid, aber nicht von Schwäche. Dies war ein Mann, der keine sinnlosen Kämpfe *gegen* das Schicksal focht, sonern der *hinnahm*, was das Los ihm bestimmte, und *trotzdem* Sieger blieb.

«Gut, daß Sie kommen.» Ein rascher, prüfender Blick. «Sie sind der Polizeichef von Radfordshire? Schön. Und Sie Superintendent Harper? Nehmen Sie Platz. Zigaretten stehen auf dem Tisch dort.»

Die beiden Herren dankten und setzten sich. Melchett begann:

«Soviel ich höre, interessierten Sie sich für die – Verstorbene?»

Ein leicht spöttisches Lächeln überflog das durchfurchte Gesicht.

«Ja. All die guten Leutchen hier haben wohl nichts Eiligeres zu tun gehabt, als Ihnen das zu berichten. Na – es ist kein Geheimnis. Und wieviel haben Sie von meiner Familie erfahren?»

Bei dieser Frage blickte er schnell von einem zum andern. Schließlich antwortete Melchett:

«Mrs. Jefferson erzählte uns nur, daß die Kleine Sie mit ihrem Geplauder amüsiert habe, daß sie so eine Art Schützling von Ihnen gewesen sei. Mit Mr. Gaskell haben wir kaum ein halbes Dutzend Worte gewechselt.»

Conway Jefferson lächelte.

«Addie ist ein sehr diskretes Geschöpf. Mark hätte sich

schon deutlicher ausgedrückt. Ich glaube, Melchett, es wird gut sein, wenn ich Ihnen ein paar Tatsachen klar und deutlich mitteile. Mir ist es wichtig, daß Sie meine Haltung in dieser Sache verstehen. Dazu muß ich zunächst die große Tragödie meines Lebens erwähnen. Vor acht Jahren verlor ich meine Frau, meinen Sohn und meine Tochter durch einen Flugzeugabsturz. Seither bin ich nur noch ein halber Mensch – und damit spreche ich nicht von meinem physischen Zustand. Meine Familie bedeutete mir alles! Mein Schwiegersohn und meine Schwiegertochter waren sehr gut zu mir, sie taten, was sie konnten, um mir mein eigen Fleisch und Blut zu ersetzen. Aber es ist mir klargeworden – besonders in der letzten Zeit –, daß sie schließlich und endlich auch ein eigenes Leben zu leben haben.

Ich bin also im Grunde einsam, das werden Sie verstehen. Ich liebe junge Menschen, sie tun mir gut. Ein- oder zweimal habe ich schon mit dem Gedanken gespielt, ein Mädchen oder einen Jungen zu adoptieren. Während dieser letzten Monate gewann ich das arme Kind, das getötet worden ist, lieb. Die Kleine war so natürlich – vollkommen naiv. Sie erzählte mir von ihrem Leben, von ihren Erfahrungen; sie sprach von Mum und Dad, von ihrer Kinderzeit in der kleinen, armseligen Wohnung ... Durch sie lernte ich eine Welt kennen, die so ganz anders war als alles, was mich bisher umgeben hatte! Sie klagte nie, sie fühlte sich nie zurückgesetzt. Sie war ein schlichtes, tapferes, schwer arbeitendes Kind, unverdorben und reizend. Vielleicht keine Lady. Aber Gott sei Dank weder vulgär noch – gräßliches Wort – *ladylike.*

Meine Zuneigung zu Ruby wuchs immer mehr. Ich faßte den Entschluß, sie zu adoptieren. Meine Herren, Ruby sollte – vor dem Gesetz – meine Tochter werden. Ich hoffe, das erklärt mein Verhältnis zu ihr und die Schritte, die ich unternahm, sobald ich von ihrem unerklärlichen Verschwinden hörte.»

Er machte eine Pause. Dann fragte Harper mit seiner ruhigen, unbeteiligten Stimme: «Und würden Sie uns noch berichten, was Ihr Schwiegersohn und Ihre Schwiegertochter zu Ihren Plänen gesagt haben.»

Jefferson antwortete sofort:

«Was konnten sie schon sagen? Sie waren vielleicht nicht gerade entzückt darüber. In solchen Angelegenheiten gibt es viele Vorurteile. Aber sie haben sich sehr gut benommen – ja, sehr gut. Wissen Sie, die beiden sind keineswegs abhängig von mir. Als mein Sohn Frank heiratete, überschrieb ich ihm die Hälfte meines Vermögens. Ich hielt das für richtig. Man soll seine Kinder nicht warten lassen, bis man tot ist. Sie brauchen das Geld, solange sie jung sind, nicht erst, wenn sie älter werden. Im Fall meiner Tochter Rosamund machte ich es genauso. Als sie darauf bestand, einen armen Mann zu heiraten, erhielt sie eine große Mitgift in barem Geld. Diese Summe erbte Mark Gaskell nach ihrem Tod. Sie sehen also, vom finanziellen Standpunkt aus war die Sache ganz einfach.»

«Ja, ganz einfach, Mr. Jefferson», wiederholte Superintendent Harper.

Doch in seiner Stimme lag eine gewisse Zurückhaltung. Conway Jefferson reagierte sofort darauf.

«Sie sind anderer Ansicht, wie?»

«Es kommt mir nicht zu, das zu sagen, Sir, aber meiner Erfahrung nach benehmen Familienmitglieder sich oft merkwürdig.»

«Da haben Sie wohl recht, Superintendent; aber Sie müssen bedenken, daß Mr. Gaskell und Mrs. Jefferson genaugenommen nicht wirklich meine *Familie* sind. Sie sind nicht meine Blutsverwandten.»

«Das macht natürlich einen Unterschied», gab Harper zu.

Conway Jefferson blinzelte. «Das soll natürlich nicht heißen, daß die beiden mich nicht für einen alten Narren hielten. Jeder normale Mensch mußte das von mir denken. Aber ich war kein Narr. Ich kenne das Leben. Mit etwas Bildung und Erziehung hätte Ruby Keene in jeder Gesellschaft ihren Platz behaupten können.»

Nun sprach Melchett:

«Ich fürchte, Sie werden uns für indiskret und zudringlich halten; aber es ist sehr wichtig für uns, über alle Tatsachen genau Bescheid zu wissen. Sie beabsichtigten, das Mädchen zu adoptieren, aber Sie hatten es noch nicht getan? Sie hatten noch keine finanziellen Verfügungen getroffen?»

«Ich weiß, worauf Sie hinauswollen. Sie suchen nach jemandem, dem durch den Tod des Mädchens ein Vorteil erwächst. Doch so liegen die Dinge nicht. Die notwendigen Formalitäten für die gesetzliche Adoption waren eingeleitet, aber noch nicht abgeschlossen.»

Melchett sagte langsam:

«Wenn also Ihnen etwas zugestoßen wäre ...»

Schnell entgegnete Jefferson:

«Unwahrscheinlich, daß mir etwas zustoßen könnte! Ich bin ein Krüppel – aber ich bin nicht krank. Wenn die Ärtze sich auch gern wichtig machen und mich vor Überanstrengung warnen. Überanstrengung! Ich bin so stark wie ein Pferd! Trotzdem ist mir natürlich klar, daß jedes Leben jederzeit gefährdet ist. Mein Gott, wer sollte das besser wissen als ich! Der stärkste Mann kann plötzlich sterben. Aber ich habe vorgesorgt. Vor etwa zehn Tagen habe ich ein neues Testament gemacht.»

«Ja?» Harper beugte sich gespannt vor.

«Ich hinterließ Ruby Keene die Summe von fünfzigtausend Pfund. Mit fünfundzwanzig Jahren, wenn sie großjährig geworden wäre, hätte sie das Geld erhalten.»

Die beiden Herren machten große Augen. Beinahe ehrfürchtig bemerkte Harper:

«Das ist sehr viel Geld, Mr. Jefferson.»

«Ja, heutzutage ist das viel.»

«Und das wollten Sie einem Mädchen hinterlassen, das Sie erst wenige Wochen kannten?»

In den lebhaften Augen blitzte Ärger auf.

«Muß ich wieder und wieder dasselbe sagen? Ich habe keine Blutsverwandten mehr – keine Nichten oder Neffen, nicht einmal entfernte Cousins! Ich hätte das Geld einem Wohltätigkeitsverein vermachen können. Aber ein einzelner Mensch, den ich kenne, bedeutet mir mehr.» Er lachte. «Aschenbrödel wurde über Nacht zur Prinzessin! Ein Feen-Vater anstatt einer Feen-Mutter. Warum nicht. Es ist *mein* Geld. *Ich* habe es verdient.»

Colonel Melchett fragte:

«Haben Sie noch andere Legate ausgesetzt?»

«Eine kleine Summe erhält Edwards, mein Diener – der Rest wird zwischen Mark und Addie geteilt.»

«Und dieser Rest – verzeihen Sie –, wäre der bedeutend gewesen?»

«Wahrscheinlich nicht. Genau kann ich es nicht sagen. Nach Abzug aller nötigen Zahlungen und Steuern würden wahrscheinlich fünf- bis zehntausend Pfund netto übrigbleiben.»

«Hm.»

«Glauben Sie nicht, daß ich Mark und Addie gegenüber kleinlich bin. Wie ich Ihnen schon sagte, habe ich mein Vermögen aufgeteilt, als meine Kinder heirateten. Ich habe für mich selbst tatsächlich nur eine relativ kleine Summe zurückbehalten. Aber nach – nach der Tragödie – brauchte ich eine Beschäftigung. Ich stürzte mich in die Arbeit. Ich ließ mein Schlafzimmer in meinem Londoner Haus durch eine direkte Telefonleitung mit meinem Büro verbinden. So arbeitete ich beinahe Tag und Nacht. Das half mir in meinem großen Kummer, und es gab mir das Gefühl, trotz meiner – meiner Verstümmelung – noch etwas leisten zu können. Ich ließ mich auf verschiedene riskante Unternehmungen ein» – sein Tonfall veränderte sich, als spräche er mehr zu sich selbst als zu seinen Zuhörern –, «und dank der Ironie des Schicksals gelang mir einfach alles. Meine wildesten Spekulationen hatten Erfolg. Was immer ich auch riskierte, ich hatte Glück. Was ich berührte, verwandelte sich in Gold. Ich sollte wohl für meine Verluste entschädigt werden.»

Er schwieg bitter. Die Linien um seinen Mund vertieften sich.

Dann nahm er sich zusammen und lächelte.

«Sie sehen also, das Geld, das ich Ruby vermachen wollte, war ganz und gar mein eigenes. Ich konnte damit tun, was mir beliebte.»

Melchett entgegnete schnell:

«Ganz zweifellos, Mr. Jefferson, das steht außer Frage.»

«Gut. Jetzt aber möchte ich *Sie* etwas fragen, wenn ich darf. Ich möchte Näheres über diese schreckliche Tat erfahren. Alles, was ich weiß, ist, daß sie – daß die kleine Ruby erwürgt aufgefunden wurde, etwa zwanzig Meilen von hier.»

«Das stimmt. In Gossington Hall.»

Jefferson stutzte.

«Gossington? Aber das ist –»

«Colonel Bantrys Haus.»

«Bantry! *Arthur Bantry?* Den kenne ich doch, ihn und seine Frau! Vor ein paar Jahren habe ich die beiden im Ausland kennengelernt. Ich wußte gar nicht, daß sie in dieser Gegend leben. Das ist doch –» Er brach ab.

Harper bemerkte leichthin:

«Colonel Bantry dinierte vorigen Dienstag hier im Hotel. Haben Sie ihn nicht gesehen?»

«Dienstag? Dienstag? Nein, wir kamen erst sehr spät zurück. Wir hatten einen Tagesausflug gemacht und nahmen das Dinner unterwegs ein.»

Melchett fragte:

«Hat Ruby Keene niemals von den Bantrys gesprochen?»

Jefferson schüttelte den Kopf.

«Nie. Ich glaube auch nicht, daß sie sie gekannt hat. Sicher nicht. Sie kannte nur Artisten und ähnliche Leute.» Er machte eine Pause, dann fragte er plötzlich:

«Was sagt Bantry dazu?»

«Er hat keinerlei Erklärung. Er war gestern auf einem Treffen der Conservative Association. Die Leiche wurde heute früh entdeckt. Colonel Bantry sagt, er habe das Mädchen noch nie im Leben gesehen.»

Jefferson nickte. «Eine phantastische Geschichte.»

Superintendent Harper räusperte sich:

«Haben Sie irgendeinen Verdacht, wer den Mord begangen haben könnte?»

«Guter Gott, ich wollte, ich hätte einen!» Auf Jeffersons Stirn schwollen die Adern. «Es ist unglaublich, unvorstellbar! Ich würde sagen, so etwas kann nicht passieren – wenn es nicht passiert wäre!»

«Hatte sie vielleicht einen Freund aus der Zeit vor Ihrer Bekanntschaft – einen Mann, der ihr nachstellte, sie bedrohte?»

«Nein, da bin ich mir ganz sicher. Das hätte sie mir erzählt. Ruby hat noch nie einen wirklichen *Freund* gehabt. Das hat sie mir selbst gesagt.»

«Das glaube ich gern, daß *sie* Ihnen das gesagt hat!»

Jefferson fuhr fort:

«Vor allem würde Josie es wissen, wenn jemand Ruby nachgestellt oder sie bedroht hätte. Kann sie Ihnen keinen Hinweis geben?»

«Sie sagt, sie wisse nichts.»

Jefferson runzelte die Stirn.

«Ich habe einfach das Gefühl, daß es die Tat eines Wahnsinnigen sein muß. Diese besondere Roheit – und dann der Einbruch in das Landhaus ... Das Ganze ist so unlogisch, so sinnlos.»

Harper sagte: «Gewiß, so etwas kommt vor. Aber wir hätten schon davon gehört, wenn in dieser Gegend ein solcher Mensch sein Unwesen treiben würde.»

«Ich habe schon an alle Männer gedacht, die ich je mit Ruby gesehen habe. Hotelgäste und Besucher von auswärts –

die Herren, mit denen sie zu tanzen pflegte. Alle erscheinen mir vollständig harmlos. Alltagsmenschen. Mit keinem von ihnen war sie näher bekannt oder befreundet.»

Harpers Gesicht blieb unbeweglich. Aber unbemerkt von Conway Jefferson war ein leiser Zweifel darin aufgetaucht.

Es war trotz allem ganz gut möglich, daß Ruby Keene einen Freund gehabt hatte, auch wenn Conway Jefferson nichts davon wußte.

Aber Harper sagte nichts. Der Polizeichef warf ihm einen fragenden Blick zu, dann erhob er sich.

«Vielen Dank, Mr. Jefferson. Das ist alles, was wir im Augenblick wissen wollten.»

«Werden Sie mich über Ihre Fortschritte auf dem laufenden halten?»

«Gewiß, wir bleiben mit Ihnen in Verbindung.»

Die beiden Herren verließen das Zimmer.

Conway Jefferson lehnte sich im Stuhl zurück.

Die Lider senkten sich über das strahlende Blau seiner Augen. Er sah plötzlich sehr müde aus.

Dann, nach ein oder zwei Minuten, rief er: «Edwards?»

Der Dienter trat sofort aus dem Nebenzimmer herein. Edwards kannte seinen Herrn besser als jeder andere. Sogar seine Nächsten sahen Conway Jefferson nur kraftvoll und energiegeladen. Edwards kannte auch seine Schwäche. Er hatte Jefferson müde gesehen, entmutigt, lebensüberdrüssig, in Augenblicken, da Verzagtheit und Einsamkeit ihn zu Boden drückten.

«Ja, Sir?»

Jefferson sagte:

«Rufen Sie Sir Henry Clithering an. Er ist in Melborne Abbas. Ich lasse ihn bitten, wenn irgend möglich noch heute herzukommen. Sagen Sie ihm, es sei dringend.»

9

Als sie Mr. Jeffersons Zimmertür hinter sich geschlossen hatten, sagte Superintendent Harper:

«Jetzt sind wir immerhin einen Schritt weiter. Wir haben ein *Motiv* gefunden, Sir!»

«Hm, fünfzigtausend Pfund, was?»

«Ja, Sir. Es ist schon wegen viel kleinerer Summen gemordet worden.»

«Ja, aber . . .»

Colonel Melchett beendete den Satz nicht. Harper verstand ihn trotzdem.

«Sie halten es in diesem Fall nicht für wahrscheinlich? Ich eigentlich auch nicht. Trotzdem darf man auch diese Möglichkeit nicht außer acht lassen.»

«Nein, natürlich nicht.»

Harper fuhr fort:

«Wenn es stimmt, was Mr. Jefferson sagt – daß Mr. Gaskell und Mrs. Jefferson gut versorgt sind und ein schönes Einkommen haben –, nun, dann ist es höchst unwahrscheinlich, daß sie einen brutalen Mord begehen sollten, um an noch mehr Geld zu kommen.»

«Ganz meine Meinung. Ihre finanziellen Verhältnisse müssen wir natürlich genau überprüfen. Ich könnte übrigens nicht behaupten, daß mir dieser Gaskell besonders sympathisch ist. Ein wilder, skrupelloser Bursche, aber das ist noch kein Grund, ihn für einen Mörder zu halten.»

«Gewiß, Sir, wie ich schon sagte, ist es *unwahrscheinlich*, daß die beiden mit der Sache zu tun haben. Nach allem, was Josie aussagte, hatten sie auch praktisch gar keine Möglichkeit dazu. Gaskell und Mrs. Jefferson spielten den ganzen Abend lang Bridge, und zwar von zehn Uhr vierzig bis Mitternacht. Nein, meiner Ansicht nach gibt es eine andere, viel wahrscheinlichere Möglichkeit.»

«Sie meinen, daß Ruby Keene einen Freund hatte . . .»

«Jawohl, Sir. Irgendeinen eifersüchtigen, verrückten jungen Bengel – vielleicht nicht allzu hell im Kopf. Einer, der sie schon kannte, bevor sie hierherkam. Dieser Adoptionsplan hat ihn, sobald er Wind davon bekam, zum Äußersten getrieben. Er fühlt, daß er Ruby verlieren wird, daß sie in Zukunft in anderen gesellschaftlichen Kreisen verkehren wird – und er dreht durch vor Wut und Verzweiflung! Gestern abend nun veranlaßte er sie, sich mit ihm zu treffen. Es kommt zu einem Streit, er verliert völlig den Kopf – *und so geschieht es.*»

«Und wie kam sie in Bantrys Bibliothek?»

«Auch das läßt sich erklären, glaube ich. Nehmen wir mal an, daß er sie in seinem Wagen mitgenommen hatte und der Mord unterwegs geschah. Dann kommt er wieder zur Besinnung, sieht, was er angerichtet hat, und sein erster Gedanke ist: Wohin mit der Leiche? Nehmen wir an, daß sie zufällig gerade vor dem Parkgitter eines Herrenhauses halten. Er hat eine Idee: Wenn man sie dort, in jenem Haus, findet, dann werden sich die ganze Aufmerksamkeit und Aufregung auf das Haus und seine Bewohner konzentrieren, und auf ihn wird keinerlei Verdacht fallen. Sie ist ein kleines, zartes Ding. Er kann sie leicht tragen. In seinem Wagen befindet sich ein Meißel. Er bricht ein Fenster des Hauses auf, dringt in die Bibliothek ein und legt die Leiche auf den Kaminteppich. Da sie erwürgt wurde, gibt es keine Blutspuren im Auto, die ihn verraten könnten. – Was halten Sie davon, Sir?»

»Gewiß, Harper, das ist alles durchaus möglich. Es fehlt nur noch das eine: *cherchez l'homme!*»

«Wie? Ach ja – ausgezeichnet, Sir!»

Superintendent Harper lächelte taktvoll über den Scherz seines Vorgesetzten, obwohl er aufgrund Colonel Melchetts ungewöhnlicher französischer Aussprache den Sinn seiner Worte nur mühsam verstanden hatte.

«Ach – äh – hören Sie mal – äh – k-k-könnte ich Sie einen Augenblick sprechen?»

George Bartlett war es, der die beiden Herren aufhielt.

Colonel Melchett, der nicht sehr viel für Mr. Bartlett übrig hatte und außerdem darauf brannte, zu hören, was Slack bei der Durchsuchung von Rubys Zimmer und beim Verhör der Stubenmädchen herausgefunden hatte, stieß schroff hervor:

«Was wollen Sie? Was ist los?»

Mr. Bartlett taumelte ein paar Schritte zurück, öffnete und schloß seinen Mund wie ein Fisch auf dem Trockenen.

«Ja – äh – wahrscheinlich ist es ganz unwichtig – wissen Sie –. Dachte, ich müßte es Ihnen doch erzählen – und überhaupt. Tatsache ist, ich kann – äh – meinen Wagen nicht finden.»

«Was meinen Sie damit, Sie können Ihren Wagen nicht finden?»

Unter heftigem Stottern erklärte Mr. Bartlett, er meine damit, daß er seinen Wagen nicht finden könne.

Superintendent Harper fragte:

«Glauben Sie, daß er gestohlen wurde?»

Dankbar für diesen etwas milderen Ton, wandte George Bartlett sich Harper zu.

«Ja, das ist es eben, wissen Sie. Ich meine, man kann es doch nicht wissen, nicht wahr? Ich meine – jemand kann doch einfach damit fortgesaust sein, ohne sich was Böses dabei zu denken – verstehen Sie?»

«Wann haben Sie Ihr Auto zum letzten Mal gesehen, Mr. Bartlett?»

«Ja – äh – ich hab schon versucht, mich zu besinnen. Komisch, wie schwer es ist, sich auf etwas zu besinnen, nicht wahr?»

Kalt bemerkte Melchett:

«Für einen Menschen von normaler Intelligenz wohl kaum, sollte man meinen. Soweit ich verstanden habe, sagten Sie vorhin, Ihr Wagen habe gestern abend auf dem Hof des Hotels gestanden –»

Mr. Bartlett war so kühn, den Polizeichef zu unterbrechen.

«Das ist's ja gerade – stimmt das?»

«Was wollen Sie damit sagen? Sie haben uns erklärt, *es sei so gewesen.*»

«Na ja – ich meine – das heißt, ich meinte – ich *glaubte*, es sei so – verstehen Sie? Ich meine – äh – hinausgegangen und nachgesehen, ob die Karre wirklich da steht – und überhaupt – das habe ich nicht – verstehen Sie?»

Melchett seufzte. Er nahm seine ganze Geduld zusammen.

«Jetzt passen Sie mal auf. Wir wollen die Sache mal ganz ruhig und klar besprechen. Wann haben Sie Ihren Wagen das letzte Mal gesehen – tatsächlich *gesehen*? Was für ein Modell ist es übrigens?»

«Minoan 14.»

«Und zuletzt sahen Sie den Wagen – wann?»

George Bartletts Adamsapfel zuckte konvulsivisch auf und ab.

«Hab versucht, mir das zu überlegen. Vor dem Lunch gestern hab ich ihn rausgeholt. Wollte am Nachmittag 'ne kleine Spritztour machen. Aber irgendwie – Sie wissen ja, wie das so geht – bin ich statt dessen eingeschlafen. Dann, nach dem Tee, hab ich eine Partie Tennis gespielt – und so – und nachher gebadet.»

«Und während der ganzen Zeit stand der Wagen auf dem Hof?»

«Wahrscheinlich. Ich meine, dort hatte ich ihn hingestellt. Wissen Sie, ich dachte mir nämlich, vielleicht nehme ich jemanden auf eine kleine Tour mit. Nach dem Dinner, meine ich. Aber ich hatte kein Glück an diesem Abend. War nichts los. Hab die Karre seither nicht mehr gebraucht.»

Harper fragte:

«Aber soweit Sie wissen, stand das Auto noch immer auf dem Hof?»

«Ja, natürlich. Ich meine – ich hab es dort hingestellt – nicht wahr?»

«Hätten Sie es gemerkt, wenn es *nicht mehr* dort gewesen wäre?»

Mr. Bartlett schüttelte den Kopf.

«Das glaube ich nicht – verstehen Sie. Viele Wagen fahren die ganze Zeit ein und aus – und überhaupt. – Haufenweise Minoans.»

Der Superintendent nickte. Er hatte eben einen Blick aus dem Fenster geworfen. Gerade jetzt standen nicht weniger als acht Minoan 14 im Hof. Es war die preiswerte Modemarke dieses Jahres.

«Stellen Sie Ihren Wagen für gewöhnlich über Nacht in die Garage?» fragte Colonel Melchett.

«Kümmere mich nicht viel darum. Schönes Wetter – und überhaupt. Schrecklich langweilig, sich um so ein Auto zu kümmern, wissen Sie.»

Harper wandte sich an den Colonel: «Ich treffe Sie oben, wenn Sie erlauben, Sir. Jetzt will ich nur schnell Sergeant Higgins holen. Er kann eine detaillierte Aussage Mr. Bartletts zu Protokoll nehmen.»

«In Ordnung, Harper.»

Mr. Bartlett murmelte wichtigtuerisch:

«Hab mir gedacht, ich muß es Ihnen doch sagen – wissen Sie. Könnte Ihnen doch helfen – nicht wahr?»

Mr. Prestcott gewährte seiner zweiten Tänzerin nur Kost und Logis. Wie immer die Kost gewesen sein mochte, das Logis war erbärmlich.

Die Zimmer von Josephine Turner und Ruby Keene befanden sich am äußersten Ende eines trübseligen und düsteren Korridors. Es waren kleine Räume, nach Norden gelegen, mit einer Aussicht auf die Felsen, die hinter dem Hotel emporragten. Die Einrichtung bestand aus schäbigen, ausgemusterten «Prachtstücken», die vor etwa dreißig Jahren die herrschaftlichen Appartements geziert hatten. Jetzt, nachdem das Hotel modernisiert worden war und man in den Schlafzimmern praktische Wandschränke eingebaut hatte, standen die viktorianischen Ungetüme aus Mahagoni- und Eichenholz in den Zimmern der Angestellten und in drittklassigen Gastzimmern, die nur während der Hochsaison vermietet wurden.

Wie Melchett sofort sah, eignete sich die Lage von Ruby Keenes Zimmer vortrefflich dazu, das Hotel unbemerkt zu verlassen. Allerdings wurden die Bemühungen, das geheimnisvolle Verschwinden der Tänzerin aufzuklären, durch eben diese Lage außerordentlich erschwert.

Am Ende des Korridors führte eine schmale Treppe hinunter auf einen ebenso düsteren Flur. Hier befand sich eine Glastür, durch die man auf eine kaum benutzte Seitenterrasse gelangte; von dort aus konnte man auf die große Hauptterrasse des Hotels gehen, oder aber man konnte über einen kleinen Pfad auf die Wiese hinaus und einen Klippenweg entlangwandern, der in sehr schlechtem Zustand war und deshalb nur selten betreten wurde.

Inspektor Slack hatte sich eifrig damit befaßt, die Stubenmädchen zu verhören und Rubys Zimmer nach Spuren abzusuchen. Er hatte das Glück gehabt, den Raum genauso vorzufinden, wie er am Abend vorher verlassen worden war.

Ruby Keene war keine Frühaufsteherin gewesen. Slack stellte fest, daß sie gewöhnlich bis zehn oder halb elf Uhr geschlafen hatte, um dann nach dem Frühstück zu läuten. Da Conway Jefferson sehr früh am Morgen beim Hoteldirektor vorgesprochen hatte, war es der Polizei möglich gewesen, das Zimmer zu versiegeln, bevor eines der Stubenmädchen etwas hätte berühren können. Noch niemand vom Hotelpersonal hatte an diesem Tag den Korridor betreten. Die übrigen Zimmer dieses Flügels wurden jetzt, da keine Hochsaison war, nur einmal in der Woche geöffnet und abgestaubt.

«Alles schön und gut», erklärte Slack mürrisch. «Das bedeutet: *Wenn* etwas zu finden wäre, dann hätten wir es gefunden. Aber es ist nichts zu finden.»

Die Polizei von Glenshire hatte das Zimmer schon auf Fingerabdrücke hin untersucht, aber alle vorhandenen waren durchaus unverdächtig. Da waren Rubys eigene Fingerspuren sowie die von Josie und den beiden Stubenmädchen, die sich in den Morgen- und Abendservice teilten.

Es fanden sich auch ein paar Fingerabdrücke, die Raymond Starr hinterlassen hatte, als er – gemäß seiner Aussage – zusammen mit Josie seine kleine Partnerin, die nicht zur zweiten Tanznummer erschienen war, suchen kam.

In den großen Fächern des schweren Mahagonischreibtisches lagen Briefe und jede Menge Krimskrams. Slack hatte alles sorgfältig durchforstet, aber nichts Aufschlußreiches gefunden. Rechnungen, Quittungen, Programme, Kinokarten, Zeitungsausschnitte, Magazine mit kosmetischen Ratschlägen. Unter den Briefen befanden sich mehrere von «Lil», offenbar eine Freundin aus dem Palais de Danse. Verschiedene kleine Ereignisse und Klatschgeschichten wurden darin erzählt, es wurde versichert, daß man «große Sehnsucht nach Ruby» hatte. «... Mr. Findeison fragt so oft nach Dir. Ganz unglücklich, der arme Kerl. Der kleine Freddy hält sich jetzt, da Du fort bist, an May. Barny fragt ab und zu nach Dir. Sonst ist alles so ziemlich beim alten. Mr. Grouser ist zu uns Mädchen so gemein wie immer. Ada hat er rausgeschmissen, weil sie mit einem Burschen ging ...»

Slack hatte die erwähnten Namen gewissenhaft notiert. Man würde Nachforschungen anstellen und möglicherweise nützliche Informationen erhalten. Melchett und Harper stimmten ihm zu. Das war aber auch das ganze Ergebnis von Slacks Arbeit in Rubys Zimmer.

In der Mitte des Raumes prangte das leichte rosa Tanzkleid, das Ruby am frühen Abend getragen hatte – nachlässig über einen Stuhl geworfen. Ein paar rosa Seidenpumps mit hohen Absätzen lagen achtlos hingeschleudert auf dem Boden. Hauchdünne Seidenstrümpfe fand man zusammengerollt daneben. In einem Strumpf war eine Laufmasche. Melchett erinnerte sich daran, daß die Leiche nackte Beine hatte. Wie Slack zu berichten wußte, war dies eine von Rubys Gewohnheiten gewesen: Anstatt Strümpfe zu tragen, schminkte sie ihre Beine und lackierte die Fußnägel; auf diese Weise sparte sie Geld. Nur zum Tanzen zog sie manchmal Strümpfe an. Die Tür des Kleiderschranks stand offen. Man sah mehrere wohlfeile Abendkleider und eine Reihe von Schuhen. Etwas Schmutzwäsche befand sich im Wäschesack. Spuren der Maniküre, wie Wattereste mit rotem Lack und abgeschnittene Nägel, lagen zusammen mit gebrauchten Abschminktüchern im Papierkorb – also absolut nichts Ungewöhnliches! Alles Vorgefundene sprach klar und deutlich: Ruby Keene war in ihr Zimmer hinaufgeeilt, hatte sich umgezogen und war wieder fortgegangen – *wohin*?

Josephine Turner, von der man annehmen konnte, daß sie Rubys Leben und Freunde am besten kannte, hatte sich als unfähig erwiesen zu helfen. Laut Inspektor Slacks Meinung war dies durchaus begreiflich.

«Wenn das, was Sie mir erzählen, wahr ist, Sir – ich meine diese Adoptionsgeschichte –, nun, dann hätte Josie ihr möglichstes getan, um Ruby dazu zu bringen, mit alten Freunden zu brechen, die ihr – sozusagen – in die Suppe spucken könnten. Soviel ich höre, war dieser Mr. Jefferson ganz außer sich über dieses süße, unschuldige, kindliche kleine Goldstück namens Ruby Keene. Angenommen, Ruby hatte einen Freund – vielleicht sogar einen ‹schweren Jungen› –, das würde der alte Herr nicht so ohne weiteres geschluckt haben. Also mußte Ruby es geheimhalten. Viel weiß Josie keinesfalls über ihre Cousine, über deren Freunde und so weiter. Aber eines hätte sie ganz sicher zu verhindern gesucht: nämlich daß Ruby sich ihre große Chance verdirbt, indem sie die Beziehung zu einem unerwünschten Liebsten aufrechterhält. Es ist also ganz selbstverständlich, daß Ruby (die meiner Meinung nach ein schlaues kleines Aas war!) ihren Mund hielt, wenn sie sich mit einem alten Freund treffen wollte. Besonders Josie erzählte sie kein Wort davon; denn die hätte gesagt: ‹Nein, Mädel, das tust du nicht!› Aber Sie wissen ja, wie die Mädchen sind – besonders die jungen –, einem flotten Burschen zuliebe begehen sie die größten Dummheiten. Ruby will ihren Schatz sehen. Er kommt her, hört von dem alten Jefferson und vom Adoptieren, kriegt einen Koller und dreht dem Mädchen den Hals um.»

«Ich glaube, Sie haben recht, Slack», meinte Colonel Melchett, indem er den Widerwillen, der ihn bei Slacks rauher Art, eine Sache darzustellen, meistens überkam, unterdrückte. «In diesem Fall sollte es uns ein leichtes sein, die Identität des ‹schweren Jungen› festzustellen.»

«Überlassen Sie das ganz mir, Sir», sagte Slack mit dem ihm eigenen Selbstvertrauen. «Ich werde mir diese ‹Lil› aus dem Palais de Danse mal vornehmen und sie um- und umdrehen wie einen Handschuh. Wir werden die Wahrheit bald heraushaben.»

Melchett fragte sich, ob sie wirklich bald soweit sein würden. Slacks Energie und Tatendurst ermüdeten ihn immer.

«Noch eine andere Person gibt es, von der man vielleicht einen Fingerzeig bekommen könnte», fuhr Slack fort, «und das ist der Tanz- und Tennistrainer. Er muß sehr viel mit der Kleinen zusammengewesen sein und weiß vielleicht mehr über sie als Josie. Nicht unwahrscheinlich, daß sie sich ihm gegenüber ein bißchen gehenließ und etwas ausplauderte.»

«Darüber habe ich mit Superintendent Harper auch schon gesprochen.»

«Gut, Sir; die Stubenmädchen habe ich gründlich ins Gebet genommen! Die wissen gar nichts. Ich habe den Eindruck, daß sie die beiden Tänzerinnen ein wenig verachteten. Jedenfalls haben sie sich nicht sonderlich um sie bemüht. Das eine Stubenmädchen war gestern abend um sieben Uhr zuletzt oben, richtete das Bett für die Nacht her, zog die Vorhänge zu und so weiter. Nebenan ist noch ein Badezimmer, möchten Sie es sehen?»

Das Badezimmer lag zwischen Rubys Zimmer und dem von Josie, das ein wenig größer war. Colonel Melchett wunderte sich im stillen über die Unmengen von Schönheitsmitteln, die Frauen zu benützen imstande sind. Ganze Bataillone von Tiegeln und Tuben mit Gesichtscreme, Reinigungscreme, Abdeckcreme, Nährcreme! Dosen mit Puder in allen Schattierungen. Ein unordentlicher Haufen von verschiedenen Lippenstiften, Brauenstiften und Lidschatten. Mindestens zwölf verschiedene Fläschchen mit Nagellack, Abschminktüchern und Wattebäuschchen, gebrauchte Puderquasten, Flaschen mit Gesichtswasser – Adstringens, Tonic, Cleanser usw.

Der Polizeichef murmelte erschüttert: «Wollen Sie behaupten, daß die Frauen all das Zeug *wirklich* benutzen?»

Inspektor Slack, der immer alles wußte, war so freundlich, ihn aufzuklären.

«Im Privatleben benützt eine Dame eine oder zwei diskrete Pudersorten, eine für den Abend und eine für den Tag. Meistens weiß sie, was ihr steht, und bleibt dabei. Aber diese Artistinnen müssen sozusagen immer anders aussehen. Sie haben Tanzvorführungen. Den einen Abend ist es ein Tango, und am nächsten ein Biedermeier-Walzer, dann wieder eine Art Apachentanz oder einfach ein moderner Rumba. Und natürlich müssen sie sich jedesmal anders schminken.»

«Du lieber Himmel! Kein Wunder, daß die Hersteller dieser Cremes und Mixturen ein Vermögen machen.»

«Leicht verdientes Geld, das kann man wohl sagen, leicht verdientes Geld. Natürlich, die viele Reklame kostet sie auch etwas.»

Colonel Melchett riß sich von dem faszinierenden, jahrhundertealten Problem der weiblichen Verschönerungskunst los. Er wandte sich Harper zu, der eben eintrat:

«Da ist noch dieser Tanzbursche. Nehmen Sie ihn auf sich, Harper?»

«Mach ich, Sir.»

Während sie hinuntergingen, fragte Harper:

«Was halten Sie von Mr. Bartletts Geschichte, Sir?»

«Über seinen Wagen? Ich glaube, Harper, auf diesen jungen Mann muß man ein Auge haben. Faule Geschichte. Angenommen, er hat gestern abend *doch* Ruby Keene in seinem Wagen mitgenommen?»

10

Superintendent Harpers Wesen war ruhig, freundlich und sehr zurückhaltend. Fälle, mit denen sich die Polizei zweier Grafschaften gemeinsam zu befassen hatte, waren immer schwierig. Harper schätzte Colonel Melchett und hielt ihn für einen fähigen Polizeichef. Trotzdem war er froh, dieses Verhör allein erledigen zu können. Niemals zuviel auf einmal unternehmen, das war Harpers Prinzip. Eine rein sachliche, beinahe unbeteiligte Art der Fragestellung schien ihm für das erste Mal das richtige. Das flößt dem Verhörten Vertrauen ein und veranlaßt ihn, sich bei einem späteren Verhör offener zu geben.

Harper kannte Raymond Starr schon vom Sehen. Eine gute Erscheinung, hochgewachsen, schlank, geschmeidig und charmant, mit sehr weißen Zähnen im bronzefarbigen Gesicht. Seine Haare waren dunkel, seine Bewegungen voller Anmut. Er hatte angenehme, freundliche Manieren und war bei den Hotelgästen sehr beliebt.

«Ich fürchte, ich kann Ihnen wenig nützen, Superintendent. Natürlich habe ich Ruby ganz gut gekannt, sie war mehr als einen Monat hier. Wir studierten unsere Tänze miteinander ein und so weiter. Aber ich habe wirklich nichts Interessantes zu berichten. Sie war ein ganz nettes, aber ziemlich dummes Mädchen.»

«Es liegt uns vor allem daran, etwas über Miss Keenes Bekanntschaften zu erfahren. Über ihre Bekanntschaften mit Männern.»

«Das kann ich mir vorstellen. Aber ich habe keine Ahnung! Sie hatte ein paar Verehrer hier im Hotel, aber niemand Speziellen. Wissen Sie, Ruby war fast ausschließlich mit der Familie Jefferson zusammen.»

«Ja, die Familie Jefferson.» Nachdenklich hielt Harper inne. Er warf dem jungen Mann einen schlauen Blick zu. «Was halten Sie eigentlich von der ganzen Sache, Mr. Starr?»

Kühl erwiderte Raymond Starr: «Von welcher Sache?»

«Wußten Sie, daß Mr. Jefferson im Begriff war, Ruby Keene zu adoptieren?»

Das schien dem Tänzer neu zu sein. Er spitzte die Lippen und stieß einen Pfiff aus. Dann rief er:

«So ein schlaues kleines Biest! Na ja, kein Narr ist so närrisch wie ein alter Narr.»

«So sehen Sie die Sache also?»

«Wie soll man sie denn sonst sehen? Wenn der alte Junge schon jemanden adoptieren wollte, warum suchte er sich dann nicht ein Mädchen aus seinen eigenen Kreisen aus?»

«Hat Ruby Keene Ihnen nie etwas davon erzählt?»

»Nein, nie. Ich habe schon bemerkt, daß sie in letzter Zeit aus irgendeinem Grund mächtig aufgeblasen war, aber ich wußte nicht, weshalb.»

«Und Josie?»

«Ach, ich glaube, Josie muß gewußt haben, was im Gange war. Wahrscheinlich war sie es überhaupt, die diesen Plan ausgeheckt hat. Josie ist nicht dumm. Sie hat einen hellen Kopf auf ihren Schultern.»

Harper nickte. Josie hatte Ruby Keene kommen lassen. Josie hatte zweifellos die Freundschaft mit Conway Jefferson begünstigt. Kein Wunder, daß sie sich aufgeregt hatte, als Ruby an jenem Abend nicht zu ihrer Tanznummer erschien und der alte Herr darüber ganz außer sich geriet. Sie mußte befürchten, daß ihre Pläne scheitern könnten.

Der Superintendent fragte:

«Glauben Sie, daß Ruby Keene imstande war, ein Geheimnis zu bewahren?»

«Ja – so gut wie die meisten Mädchen. Sie sprach nicht viel über ihre eigenen Angelegenheiten.»

«Hat sie jemals etwas erwähnt – irgend etwas – über einen Freund – einen aus ihrem früheren Leben, der sie hier besuchen wollte oder mit dem sie Schwierigkeiten hatte? Sie verstehen ja sicher, was ich meine.»

«Ich verstehe Sie vollkommen. Aber soviel ich weiß, gab es niemanden dieser Art. Jedenfalls sagte sie nie etwas.»

«Danke, Mr. Starr. Würden Sie mir jetzt, bitte, nur noch Ihre persönliche Darstellung geben von dem, was gestern abend vorgefallen ist?»

«Gewiß. Um zehn Uhr dreißig absolvierten Ruby und ich unsere Tanznummer –»

«Bemerkten Sie dabei irgend etwas Ungewöhnliches an ihr?»

Raymond überlegte.

«Ich glaube nicht. Was sie danach tat, habe ich nicht beachtet. Ich mußte mich um meine Kundinnen kümmern – die Damen, mit denen ich zu tanzen habe, verstehen Sie. Ich erinnere mich nur, bemerkt zu haben, daß Ruby nicht mehr im Tanzsaal war. Um zwölf Uhr erschien sie nicht. Ich ärgerte mich ziemlich und ging deshalb zu Josie. Josie spielte mit den Jeffersons Bridge. Sie hatte keine Ahnung, wo Ruby sein könnte. Ich glaube, sie war ziemlich erschrocken. Ich sah, wie sie Mr. Jefferson verstohlen mit einem ängstlichen Blick streifte. Dann bat ich die Jazzband, noch einen Tanz zu spielen, und ging ins Büro, um Ruby anrufen zu lassen. Sie nahm aber nicht ab. Ich ging zu Josie zurück. Die vermutete, daß Ruby vielleicht in ihrem Zimmer eingeschlafen sei. Eine idiotische Vermutung, wirklich. Aber sie hat das natürlich nur wegen der Jeffersons gesagt! Sie kam mit mir und sagte, wir würden zusammen hinaufgehen.»

«Was hat sie gesagt, als sie mit Ihnen allein war?»

«Soweit ich mich erinnern kann, schaute sie sehr wütend drein und sagte: ‹Verdammte kleine Närrin. Solche Sachen kann sie hier nicht aufführen. Sie macht sich all ihre Chancen kaputt. Weißt du, mit wem sie weg ist?›»

«Ich sagte, ich hätte keine blasse Ahnung. Zuletzt sah ich sie mit dem jungen Bartlett tanzen. Josie sagte: ‹Mit *dem* ist sie bestimmt nicht losgezogen. Was mag sie bloß treiben? Sie ist doch nicht etwa mit diesem Filmmenschen fort, wie?›»

Harper fragte heftig:

«*Filmmensch?* Wer ist das?»

«Ich weiß nicht, wie er heißt. Er hat nie hier gewohnt. Sieht sehr merkwürdig aus, der Bursche – schwarzes langes Haar, ein ganz theatralischer Typ. Er hat, glaube ich, etwas mit dem Film zu tun – wenigstens hat er Ruby das erzählt. Zwei- oder dreimal kam er zum Dinner her, und nachher tanzte er mit Ruby. Aber ich glaube nicht, daß sie ihn näher kannte. Darum war ich auch ganz überrascht, als Josie ihn erwähnte. Ich sagte: ‹Ich glaube nicht, daß der heute abend hier war.› Josie erwiderte: ‹Na, mit *irgend jemandem* muß sie doch fortgegangen sein. Was um alles in der Welt soll ich denn bloß Jefferson sagen?› Ich sagte: ‹Was geht denn das die Jeffersons an?› Und Josie sagte: *‹Es geht sie etwas an.›* Und dann sagte sie noch, daß sie es Ruby nie verzeihen würde, wenn sie mit dieser Dummheit etwas angerichtet hätte.

Dann kamen wir in Rubys Zimmer. Die war natürlich nicht da, aber sie war dagewesen, denn das Kleid, das sie getragen hatte, lag auf einem Stuhl. Josie schaute im Schrank nach und meinte, Ruby hätte wohl ihr altes weißes Kleid angezogen. Normalerweise hätte sie jetzt ein schwarzes Samtkleid tragen sollen – für unseren spanischen Tanz. Jetzt war ich wirklich schon sehr wütend darüber, daß die Kleine mich so im Stich ließ. Josie tat, was sie konnte, um mich zu beruhigen, und sagte, sie würde selber tanzen, so daß der alte Prestcott uns beiden nichts vorzuwerfen hätte. Sie zog sich um, und dann gingen wir hinunter und tanzten einen Tango – etwas stilisiert, ganz wirkungsvoll, aber nicht anstrengend. Josie war schrecklich verärgert, denn ihr Knöchel tat ihr hinterher ziemlich weh. Später bat sie mich, ihr zu helfen, die Jeffersons zu beruhigen. Sie sagte, das sei wichtig. Da hab ich natürlich getan, was ich konnte.»

Superintendent Harper nickte.

«Danke, Mr. Starr.»

Und er dachte: Es *war* wichtig, das kann man wohl sagen! Fünfzigtausend Pfund!

Er blickte Raymond Starr nach, der sich mit elastischen Schritten entfernte, die Treppe der Terrasse hinunterging und unterwegs ein Netz mit Tennisbällen und einen Schläger ergriff. Mrs. Jefferson, die ebenfalls einen Tennisschläger trug, gesellte sich zu ihm, und beide begaben sich auf den Tennisplatz.

«Verzeihung, Sir.» Sergeant Higgins stand atemlos vor Harper. «Eben ist eine Nachricht für Sie von der Polizeistation gekommen. Arbeiter haben gemeldet, sie hätten heute morgen einen Feuerschein gesehen. Vor einer halben Stunde fand man in einem Steinbruch ein ausgebranntes Auto. Es ist Venn's Quarry – ungefähr zwei Meilen von hier entfernt. In dem Wagen liegt eine verkohlte Leiche.»

Harpers kräftige Züge überflog ein plötzliches Rot. Er rief: «Was ist nur mit Glenshire los? Eine Mordepidemie? Haben Sie noch ein paar Schauerdramen auf Lager?»

Dann fragte er: «Ist die Wagennummer noch erkennbar?»

«Nein, Sir, aber wir können sie natürlich über die Motornummer feststellen lassen. Man glaubt, daß es ein Minoan 14 ist.»

11

Als Sir Henry Clithering durch die Hotelhalle schritt, sah er sich kaum um. Er war tief in Gedanken versunken. Trotzdem machte sein Unterbewußtsein gewisse Wahrnehmungen, die sich – wie das so geht – unwillkürlich in ihm festsetzten, um zu gegebener Zeit wieder aufzutauchen.

Im Lift überlegte Sir Henry, was wohl seinen Freund so plötzlich in derart große Aufregung versetzt haben mochte. Conway Jefferson war nicht der Mann, ohne triftigen Grund so dringende Botschaften zu senden. Also mußte etwas ganz Ungewöhnliches vorgefallen sein.

Jefferson verlor keine Zeit mit Redensarten. Er sagte nur:

«Ich danke dir, daß du gekommen bist. Edwards, bringen Sie Sir Henry etwas zu trinken. Setz dich, Mann. Ich vermute, du hast noch nichts gehört – wie? Es steht wohl noch nichts in den Zeitungen?»

Sir Henry schüttelte den Kopf, seine Neugier erwachte.

«Was ist geschehen?»

«Ein Mord ist geschehen. Ich bin von dem Ereignis betroffen, ebenso deine Freunde, die Bantrys.»

«Arthur und Dolly Bantry?» Clitherings Stimme klang ungläubig.

«Ja. Du mußt wissen, die Leiche wurde in ihrem Haus gefunden.»

Klar und logisch erzählte Conway Jefferson nun, was geschehen war. Sir Henry lauschte, ohne zu unterbrechen. Beide Männer waren gewöhnt, einer Sache rasch und methodisch auf den Grund zu gehen. Während seiner Dienstzeit als Comissioner in der Hauptstadt war Sir Henry bekannt gewesen für seinen scharfen Blick, mit dem er die wesentlichsten Punkte eines Falles sofort auszumachen verstand.

«Eine ganz ungewöhnliche Geschichte», meinte er, als sein Freund geendet hatte. «Was glaubst du – wie kam es, daß die Bantrys darin verwickelt wurden?»

«Eben das macht mir Sorgen. Siehst du, Henry, die bloße Tatsache, daß ich die Bantrys kenne, muß eine Rolle spielen bei der ganzen Sache. Das ist die einzige Beziehung, die ich sehe. Weder Arthur noch Dolly haben das Mädchen gekannt. Das haben sie ausgesagt – und es besteht kein Grund, daran zu zweifeln. Es ist überhaupt höchst unwahrscheinlich, daß sie Ruby je gesehen haben. Es ist also meiner Meinung nach ganz gut möglich, daß das Mädchen fortgelockt wurde und man ihre Leiche absichtlich im Hause einer mir befreundeten Familie ließ.»

Clithering sagte: «Ich glaube, das ist recht weit hergeholt.»

«Aber es ist doch *möglich*», beharrte der andere.

«Ja, aber unwahrscheinlich. Was willst du eigentlich von *mir*?»

Bitter entgegnete Conway Jefferson:

«Ich bin ein Krüppel. Eine Tatsache, die ich meistens ignoriere. Aber jetzt nützt mir das Versteckspiel nichts. Ich kann nicht herumgehen, wie ich will – die Leute ausfragen, Nachforschungen anstellen. Ich muß hier im Rollstuhl hocken und dankbar sein, wenn die Polizei mir gnädigst ein paar Brocken Neuigkeiten zuwirft. Kennst du übrigens zufällig Colonel Melchett, den Polizeichef von Radfordshire?»

«Ja, ich habe ihn mal getroffen.»

Etwas regte sich in Clitherings Bewußtsein. Ein Gesicht – eine Gestalt, die er beim Durchschreiten der Halle unwillkürlich wahrgenommen hatte: eine aufrecht dasitzende alte Dame, deren Züge ihm bekannt vorkamen. Irgendwie erinnerte sie ihn an seine letzte Begegnung mit Melchett . . .

Er sagte:

«Mutest du mir zu, den Amateurdetektiv zu spielen? Das liegt mir nicht.»

«Du bist eben *kein* Amateur! Das ist es ja gerade!»

«Ich bin nicht mehr im Amt. Du weißt, ich habe mich zurückgezogen.»

Jefferson entgegnete:

«Das vereinfacht die Sache.»

«Du meinst, wenn ich noch in Scotland Yard wäre, könnte ich mich nicht einmischen? Das ist allerdings richtig.»

«Wie die Dinge liegen, bist du durch deine Stellung und deine Erfahrungen absolut berechtigt, dich für diesen Fall zu interessieren. Jede von dir angebotene Mitarbeit wird willkommen sein.»

«Ich gebe zu, daß rein formal gesehen meiner Mithilfe nichts im Wege stehen würde; aber was willst du nun *wirklich*, Conway? Willst du den Mörder dieses Mädchens finden?»

«Genau das.»

«Du selbst hast keine Ahnung, wer es sein könnte?»

«Keine.»

Sir Henry sagte langsam:

«Du wirst mir wahrscheinlich nicht glauben. Aber unten, in der Halle, sitzt jetzt in diesem Augenblick eine Person, die es meisterhaft versteht, Geheimnisse zu enthüllen. Jemand, der tüchtiger ist als ich und der aller Wahrscheinlichkeit nach in dieser Sache auch verschiedene wichtige lokale Details kennt.»

«Von wem sprichst du?»

«Unten in der Halle, an der dritten Säule links, sitzt eine alte Dame mit einem reizenden, sanften Altjungferngesicht und mit einem Geist, der alle Tiefen des menschlichen Wesens kennt und sie als etwas Alltägliches hinnimmt. Ihr Name ist Miss Marple. Sie kommt aus dem Dorf St. Mary Mead, eineinhalb Meilen von Gossington entfernt. Sie ist mit den Bantrys befreundet. In allem, was mit dem Aufspüren eines Verbrechens zusammenhängt, ist sie ganz groß, Conway!»

Mit finster gerunzelten Brauen starrte Jefferson seinen Freund an. Er sagte böse:

«Du scherzest.»

«Nein, ich scherze nicht. Du hast eben von Melchett gesprochen. Zum letztenmal traf ich Melchett anläßlich einer Dorftragödie. Ein Mädchen – man glaubte, es habe sich ertränkt. Die Polizei hatte den berechtigten Verdacht, es sei nicht Selbstmord, sondern Mord gewesen. Man glaubte zu wissen, wer der Täter war. Da kommt die alte Miss Marple zu mir, zitternd und bebend. Sie habe Angst, sagte sie, man würde den Falschen hängen. Sie habe keine Beweise, aber sie wisse, wer es getan hat. Gibt mir ein Stück Papier, auf dem ein Name geschrieben steht. Und, bei Gott, Jefferson – *sie hatte recht*!»

Conway Jeffersons Brauen zogen sich noch dichter zusammen. Ungläubig brummte er:

«Weibliche Intuition, vermutlich.»

«Nein, so nennt sie es nicht. Sie nennt es *Spezialwissen*.»

«Was heißt das?»

«Siehst du, Jeff, es gibt ein System, dessen wir uns bei der Polizei auch bedienen. Bei einem Einbruch wissen wir zum Beispiel meistens ziemlich genau, wer ihn verübt haben könnte. Bei einem unkomplizierten Fall natürlich nur. Wir kennen die bestimmten Typen von Einbrechern und die bestimmte Methode, mit der jeder von ihnen arbeitet. Das gibt uns entscheidende Anhaltspunkte. Miss Marple wiederum hält sich an interessante, wenn auch oft ganz triviale Parallelfälle aus dem Dorfleben. Sie hat ganze Serien davon auf Lager, vergleicht die Reaktionen und kommt damit oft zu erstaunlich richtigen Schlüssen.»

Jefferson meinte skeptisch:

«Was kann sie schon über ein Mädchen wissen, das in einem Artistenmilieu aufgewachsen ist und wahrscheinlich nie im Leben in einem Dorf war?»

«Sie könnte», sagte Sir Henry Clithering überzeugt, «gewisse Ideen haben ...»

Miss Marple errötete vor Freude, als sie Sir Henry auf sich zukommen sah.

«Oh, Sir Henry! Das nenne ich wirklich Glück, Sie hier zu treffen!»

Sir Henry erklärte galant:

«Für mich ist es jedenfalls ein großes Vergnügen.»

Miss Marple murmelte:

«Wie nett von Ihnen ...»

«Wohnen Sie hier im Hotel?»

«Ja, wir sind heute angekommen.»

«Wir?»

«Mrs. Bantry ist auch da.» Sie sah ihn scharf an. «Wissen Sie schon Bescheid? Ja, ich sehe es Ihnen an. Schrecklich, nicht wahr?»

«Was macht denn Dolly Bantry hier? Ist ihr Mann auch mit?»

«Nein. Die beiden reagieren natürlich ganz verschieden. Colonel Bantry, der Arme, sperrt sich nur in sein Arbeitszimmer ein oder verkriecht sich draußen auf dem Gut, wenn etwas passiert. Wie eine Schildkröte, die ihren Kopf einzieht und hofft, daß man sie dann nicht bemerkt. Dolly ist da anders. *Ganz* anders.»

«Dolly – das glaub ich!» rief Sir Henry, der seine alten Freunde wirklich gut kannte. «Sie genießt es beinahe, wie?»

«Na – eh – ja. Das arme Herz.»

«Und *Sie* mußten mitkommen, um für Dolly die Kaninchen aus dem Zylinder zu zaubern, wie?»

Miss Marple erwiderte gelassen:

«Dolly meinte, daß ein Tapetenwechsel ihr guttun würde, und allein wollte sie nicht fahren.» Ihre Augen trafen sich, sie zwinkerte leicht. «Ganz unrecht haben Sie übrigens nicht. Das ist ein bißchen beschämend für mich, weil ich natürlich nicht das geringste zustande bringen werde.»

«Keine ‹Ideen›? Keine Parallelfälle aus dem Dorfleben?»

«Ich kenne den Fall noch zu wenig.»

«Dem kann ich, glaube ich, abhelfen. Wir wollen Kriegsrat halten, Miss Marple.»

Er gab eine kurze Darstellung der Ereignisse. Miss Marple lauschte mit lebhaftem Interesse.

«Armer Mr. Jefferson», sagte sie. «Was für eine traurige Geschichte. Diese schrecklichen Unfälle! Daß er allein am Leben bleiben mußte, und noch dazu als Krüppel, scheint mir grausamer, als wenn er auch umgekommen wäre.»

«Ja, da haben Sie recht. Darum bewundern ihn auch alle seine Freunde so sehr; wegen der Tapferkeit, mit der er sein Schicksal trägt, mit der er gegen Schmerz und Kummer und körperliche Beschwerden ankämpft.»

«Ja, das ist großartig.»

«Das einzige, was ich nicht verstehen kann, ist diese plötzliche Zuneigung zu der kleinen Tänzerin. Sie mag natürlich hervorragende Eigenschaften gehabt haben.»

«Wahrscheinlich nicht», meinte Miss Marple sanft.

«Nicht?»

«Ich glaube nicht, daß ihre Eigenschaften etwas damit zu tun hatten.»

Sir Henry sah sie nachdenklich an.

«Er ist kein *dirty old man,* verstehen Sie.»

«Aber nein, nein!» Miss Marple wurde ganz verlegen. «Das wollte ich damit auch absolut nicht andeuten. Ich habe mich schlecht ausgedrückt – ich wollte nur sagen, daß Mr. Jefferson ein nettes, fröhliches Mädchen suchte, das den Platz seiner verstorbenen Tochter einnehmen konnte. Und Ruby Keene sah ihre große Chance und spielte diese Rolle, so gut sie es vermochte! Das klingt vielleicht ein bißchen herzlos, ich weiß, aber solche Fälle habe ich schon oft gesehen. Das junge Dienstmädchen von Mr. Harbottle, zum Beispiel. Ein *sehr* gewöhnliches Mädchen, aber manierlich und freundlich. Mr. Harbottles Schwester wurde zur Pflege eines sterbenden Verwandten abberufen. Bei ihrer Rückkehr war das Mädchen ganz überheblich und frech geworden, saß im Wohnzimmer, lachte und trug weder Häubchen noch Schürze. Miss Harbottle wies sie scharf zurecht, aber das junge Ding wurde unverschämt. Und dann sagte der alte Harbottle zu seiner Schwester, er sei der Meinung, daß sie ihm lange genug den Haushalt geführt habe und daß er es ab jetzt anders haben wolle. Sie war wie vom Donner gerührt.

Dieser Skandal im Dorf! Aber die arme Miss Harbottle mußte gehen und wohnt jetzt sehr unbequem in einem möblierten Zimmer in Eastbourne. Die Leute haben natürlich alles mögliche geredet. Aber ich glaube nicht, daß Mr. Harbottle intime Beziehungen zu dem Mädchen unterhielt. Es war ganz einfach so, daß es dem alten Herrn viel angenehmer war, ein junges, fröhliches Geschöpf um sich zu haben, das ihm erzählte, wie klug und amüsant er sei, anstelle seiner Schwester, die ihn dauernd auf seine Fehler aufmerksam machte – mochte sie eine noch so gute und sparsame Hausfrau sein.»

Es trat eine kleine Pause ein. Dann begann Miss Marple von neuem:

«Und dann gab es da noch die Geschichte mit Mr. Badger, der die große Drogerie hat. Er machte ein furchtbares Getue um eine junge Person, die in der Kosmetikabteilung arbeitete. Sagte seiner Frau, sie sollten sie als Tochter betrachten und sie zu sich ins Haus nehmen. Mrs. Badger war da ganz anderer Ansicht.»

Sir Henry meinte: «Wenn sie nur ein Mädchen aus seinen Kreisen gewesen wäre – das Kind eines Freundes –»

Miss Marple unterbrach ihn:

«Oh! Aber das wäre von seinem Standpunkt aus lange nicht so befriedigend gewesen. Es ist wie die Geschichte vom König und dem Bettelmädchen. Wenn man wirklich ein einsamer, müder alter Mann ist und wenn einen die eigene Familie vielleicht ein wenig vernachlässigt, dann ist man –» Sie hielt einen Augenblick inne. «Nun, für jemanden etwas zu tun, der von dieser Großzügigkeit ganz überwältigt ist – um es etwas melodramatisch auszudrücken – ja, das ist viel interessanter. Man fühlt sich viel bedeutender – wie ein leutseliger Monarch! Der empfangende Teil wird eher hingerissen sein, und das ist für den Geber natürlich immer ein angenehmes Gefühl.»

Nach einer Pause fuhr sie fort: «Dieser Mr. Badger, wissen Sie, der kaufte dem Mädchen wirklich phantastische Geschenke. Ein Diamantarmband und ein sehr teures Radio-Grammophon. Ist dafür sogar an seine Ersparnisse gegangen. Nun, Mrs. Badger war viel schlauer als die arme Miss Harbottle (die Ehe – Sie verstehen!). Sie machte sich die Mühe, ein paar Dingen auf die Spur zu kommen. Als Mr. Badger entdeckte, daß sein Schützling es mit einem äußerst zweifelhaften jungen Mann hielt, der seine ganze Zeit auf der Rennbahn verbrachte, und daß sie das Armband sofort versetzt hatte, um ihrem Freund Geld zu geben – nun, da war Mr. Badger direkt angeekelt, und die ganze Geschichte ging gut aus. Zum nächsten Weihnachtsfest schenkte er seiner Frau einen Brillantring.»

Ihre schönen, klugen blauen Augen begegneten denen von Sir Henry. Er fragte sich, ob ihre Worte ein Hinweis sein sollten.

«Wollen Sie damit andeuten, daß die Haltung meines Freundes Ruby Keene gegenüber sich geändert hätte, wenn da ein junger Mann in ihrem Leben gewesen wäre?»

«Das glaube ich schon. Möglicherweise hätte Mr. Jefferson in ein oder zwei Jahren den Wunsch gehabt, sie seinem eigenen Geschmack entsprechend zu verheiraten. Noch wahrscheinlicher ist, daß er sie lieber unverheiratet bei sich behalten hätte. Die Männer sind meistens ziemlich egoistisch. Aber ich bin überzeugt, wenn Ruby Keene einen Freund gehabt hat, so ist sie sicher bemüht gewesen, dies streng geheimzuhalten.»

«Und das hätte dem jungen Mann mißfallen?»

«Das wäre sicher die einleuchtendste Erklärung. Es hat mich merkwürdig berührt, daß ihre Cousine, die junge Dame, die heute früh in Gossington war, ausgesprochen *zornig* über Ruby zu sein schien. Nach allem, was Sie mir erzählt haben, glaube ich auch zu verstehen, *warum.* Zweifellos hat sie sich schon darauf gefreut, aus der Adoption ihre Vorteile zu ziehen.»

«Eine ziemlich kaltherzige Dame, nicht wahr?»

«Das ist vielleicht zu streng geurteilt. Das arme Ding muß sich seinen Lebensunterhalt schwer verdienen. Man kann von ihr nicht viel Sentimentalität erwarten, nur weil zwei wohlhabende Leute – als welche Sie mir Mr. Gaskell und Mrs. Jefferson beschrieben haben – um eine weitere große Geldsumme kommen sollen, auf die sie keinerlei moralisches Recht haben. Ich halte Miss Turner für eine eigenwillige, ehrgeizige junge Person, keineswegs bösartig, mit sehr viel *joie de vivre.* Ein bißchen», fügte Miss Marple hinzu, «wie Jessie Golden, die Tochter des Bäckers.»

«Was ist mit der passiert?»

«Sie war Kinderpflegerin und heiratete den Sohn des Hauses, der gerade auf Urlaub daheim war. Er hat eine schöne Stellung in Indien. Sie ist ihm eine sehr brave Ehefrau geworden, glaube ich.»

Sir Henry kam wieder zur Sache.

«Gibt es Ihrer Ansicht nach einen bestimmten Grund, warum mein Freund plötzlich diesen ‹König-und-Bettelmädchen-Komplex› entwickelt hat?»

«Das könnte wohl sein.»

«Und zwar?»

Etwas zögernd erwiderte Miss Marple:

«Ich halte es für möglich – es ist natürlich nur eine Vermutung –, daß sein Schwiegersohn und seine Schwiegertochter sich vielleicht wieder verheiraten wollten.»

«Dagegen könnte er doch gewiß nichts einzuwenden haben?»

«Oh, nein, nein – *einwenden* würde er nichts! Aber Sie müssen es einmal von *seinem* Standpunkt aus betrachten. Sehen Sie, er hat Furchtbares durchgemacht, einen entsetzlichen Verlust erlitten – die beiden jungen Leute ebenfalls.

Diese drei verwaisten Menschen leben nun zusammen, und das Band zwischen ihnen ist der Schmerz um die geliebten Verstorbenen. Aber – wie meine gute Mutter immer zu sagen pflegte –, die Zeit heilt alle Wunden. Mr. Gaskell und Mrs. Jefferson sind jung. Ohne es selbst zu wissen, haben sie wohl angefangen, unruhig zu werden, sich gegen die Fesseln, die sie an ihr vergangenes Leid schmieden, aufzubäumen. Infolgedessen mag es geschehen sein, daß der alte Herr plötzlich spürte, wie sich die Wärme und Zuneigung seiner Schwiegerkinder ihm gegenüber abzukühlen begann, ohne daß er eine Ursache dafür hätte entdecken können. So geht es meistens. Männer fühlen sich so leicht vernachlässigt. Bei Mr. Harbottle kam es, weil Miss Harbottle zu den Verwandten reiste. Und bei den Badgers, weil Mrs. Badger sich so für Spiritismus interessierte und immer häufiger zu Séancen ging.»

«Ich muß sagen», erklärte Sir Henry bedrückt –, «die Art, wie Sie uns alle über einen Leisten schlagen, berührt mich irgendwie unangenehm.»

Miss Marple schüttelte traurig den Kopf.

«Die Menschen sind überall so ziemlich gleich, Sir Henry.»

Verärgert rief Henry Clithering:

«Mr. Harbottle! Mr. Badger! Und der arme Conway! Ich möchte nicht persönlich werden, aber haben Sie vielleicht für meine Wenigkeit auch schon einen Doppelgänger in Ihrem Dorf entdeckt?»

«Aber gewiß! Briggs.»

«Wer ist Briggs?»

«Er war der Obergärtner in Old Hall. Der beste, den sie je hatten. Er wußte es *genau*, wenn einer der Untergärtner irgendwo im Park nachlässig arbeitete – es war direkt unheimlich! Er kam mit nur drei Mann und einem Burschen aus, und alles war besser in Schuß, als wenn ein anderer mit sechs Leuten geschafft hätte. Für seine Wicken hat er mehrere erste Preise bekommen. – Jetzt hat er sich zurückgezogen.»

«So wie ich.»

«Aber gelegentlich nimmt er noch Arbeit an – wenn ihm die Leute sympathisch sind.»

«Ah – wiederum so wie ich! Das mache ich gerade jetzt – Gelegenheitsarbeit –, um einem alten Freund zu helfen.»

«Zwei alten Freunden.»

«Zwei . . .?» Sir Henry war etwas verdutzt.

Miss Marple erklärte:

«Wahrscheinlich meinen Sie Mr. Jefferson. Aber an den habe ich nicht gedacht. Ich dachte an Colonel Bantry und seine Frau.»

«Ja – ach ja – ich verstehe –» Dann fragte er unvermittelt: «Haben Sie Dolly Bantry deshalb ‹armes Herz› genannt – vorhin, zu Beginn unseres Gesprächs?»

«Ja. Sie hat die Situation noch nicht erfaßt. *Ich* schon, denn ich habe mehr Erfahrung. Sehen Sie, Sir Henry, es besteht unbedingt die Möglichkeit, daß dieses Verbrechen eines der vielen sein wird, die niemals aufgeklärt werden. So wie die Sache in Brighton mit der Leiche im Koffer. Aber in unserem Fall wäre das für die Bantrys geradezu katastrophal. Colonel Bantry ist, wie übrigens fast alle pensionierten Militärs, ausgesprochen überempfindlich. Er ist von der öffentlichen Meinung sehr abhängig. Eine Weile wird er nichts bemerken. Aber dann wird es anfangen, ihm zuzusetzen. Hier ein kühles Wort – dort ein abweisender Blick – Einladungen werden nicht angenommen, Ausreden werden vorgebracht – und nach und nach wird es ihm dämmern – und er wird sich in sich selbst zurückziehen und schrecklich elend und verzweifelt sein.»

«Wenn ich Sie recht verstehe, Miss Marple, so meinen Sie, die Leute werden glauben, daß *er* etwas mit der Sache zu tun habe, weil die Leiche in seiner Bibliothek gefunden wurde?»

«Natürlich! Ich zweifle nicht daran, daß sie es jetzt schon behaupten. Es wird immer ärger werden. Man wird den Bantrys die kalte Schulter zeigen und sie meiden. Darum *muß* die Wahrheit ans Licht kommen, und darum habe ich auch eingewilligt, Mrs. Bantry hierher zu begleiten. – Eine offene Anklage ist etwas anderes. Einem alten Soldaten wird es leichtfallen, ihr zu begegnen. Er kann sich entrüsten, er kann kämpfen. Aber dieses heimliche Getuschel wird ihn zerbrechen – wird alle beide zerbrechen. Sie sehen also, Sir Henry, wir *müssen* einfach die Wahrheit herauskriegen.»

«Haben Sie eine Idee, warum die Leiche gerade in Bantrys Haus gefunden wurde? Dafür muß es doch eine Erklärung geben – gewisse Zusammenhänge!»

«Oh, natürlich.»

«Das Mädchen wurde zu letztenmal etwa zwanzig Minuten vor elf Uhr gesehen. Um Mitternacht war Ruby Keene, laut ärztlichem Befund, schon tot. Gossington ist etwa zwanzig Meilen von hier entfernt. Sechzehn Meilen guter Fahrweg, und dann kommt man auf die Hauptstraße. Ein starker Wagen könnte es leicht in einer knappen halben Stunde schaffen. Tatsächlich würde kein Wagen länger als fünfunddreißig Minuten brauchen. Aber warum jemand sie hier töten und dann ihre Leiche nach Gossington schleppen sollte – oder sie nach Gossington bringen sollte, um sie dort zu erdrosseln –, das weiß ich nicht.»

«Natürlich wissen Sie das nicht, weil es nicht geschehen ist.»

«Sie glauben also, daß sie von einem Burschen erwürgt wurde, der sie im Auto mitgenommen hatte und der sich dann entschloß, sie im erstbesten Haus abzuladen?»

«Ich glaube nichts Derartiges. Ich glaube, daß alles nach einem sehr sorgfältig ausgearbeiteten Plan durchgeführt wurde. Die Sache ist nur die – der Plan mißlang.»

Sir Henry starrte sie an.

«Wieso mißlang der Plan?»

Miss Marple sagte beinahe entschuldigend:

«So etwas kann doch vorkommen, nicht wahr? Wenn ich

jetzt sagen würde, daß gerade dieser Plan mißlang, weil die menschliche Seele soviel wunderbarer, empfindsamer und unberechenbarer ist, als man denkt – so würde das nicht sehr logisch klingen, nicht wahr? Aber das ist meine Meinung und –»

Sie brach ab. «Und da kommt Mrs. Bantry.»

12

Mrs. Bantry, die in Begleitung von Adelaide Jefferson war, ging auf Sir Henry zu und rief: *«Sie?»*

«Ja – ich persönlich.» Er nahm ihre beiden Hände und drückte sie warm. «Ich kann Ihnen nicht sagen, wie leid mir das alles tut, Mrs. B.»

Mrs. Bantry erwiderte mechanisch:

«Nennen Sie mich nicht Mrs. B.» Dann fuhr sie fort: «Arthur ist nicht da. Er nimmt die ganze Geschichte sehr ernst. Miss Marple und ich sind hergekommen, um Detektiv zu spielen. Kennen Sie Mrs. Jefferson?»

«Ja, natürlich.»

Sie begrüßten einander. Adelaide fragte:

«Haben Sie meinen Schwiegervater schon gesprochen?»

«Ja.»

«Das freut mich. Wir sind besorgt um ihn. Es war ein furchtbarer Schlag.»

Mrs. Bantry schlug vor:

«Wir wollen auf die Terrasse gehen, etwas trinken und alles besprechen!»

Die vier begaben sich hinaus und trafen dort Mark Gaskell, der ganz allein am äußersten Ende der Terrasse saß.

Nachdem ein paar beiläufige Worte gewechselt und die verschiedenen Getränke gebracht worden waren, stürzte Mrs. Bantry sich mit dem ihr eigenen Eifer sofort mitten in das Thema, das allen am Herzen lag.

«Wir können doch darüber sprechen, nicht wahr? Wir alle sind doch alte Freunde – bis auf Miss Marple –, und die kennt sich mit Verbrechen aus! Sie will uns helfen.»

Mark Gaskell sah Miss Marple etwas irritiert an. Unsicher fragte er:

«Sind Sie – schreiben Sie Kriminalromane?» Wie er wußte, schrieben manchmal Personen, von denen man es niemals für möglich halten würde, Kriminalromane. Miss Marple in ihrer unmodernen altjüngferlich-properen Aufmachung schien so ein Fall zu sein.

«O nein – dazu bin ich bei weitem nicht geschickt genug!»

«Sie ist großartig», rief Mrs. Bantry ungeduldig, «ich kann euch nicht erklären, wieso – aber sie ist wirklich großartig! Also Addie, ich möchte jetzt mal alles über die Sache wissen. Wie war sie *wirklich* – diese Tänzerin?»

«Nun –», Adelaide Jefferson hielt inne, blickte zu Mark hinüber und sagte lachend: «Du bist so direkt.»

«War sie dir sympathisch?»

«Nein, natürlich nicht.»

«Wie war sie nun wirklich?» Dolly Bantry nahm jetzt Mark Gaskell ins Verhör. Der überlegte.

«Eine ganz gewöhnliche ‹Goldgräberin›. Und sie verstand ihr Handwerk. Hat sich Jeff ganz hübsch geködert.»

Beide nannten ihren Schwiegervater Jeff.

Sir Henry schaute Mark mißbilligend an und dachte: Indiskreter Bursche. Sollte nicht alles so geradeheraus sagen.

Er hatte Mark Gaskells Wesen schon immer mißbilligt. Der Mann war charmant, aber unzuverlässig – sprach zuviel, prahlte öfters, man konnte ihm nicht so recht trauen, dachte Henry Clithering. Manchmal hatte er sich gefragt, ob Conway Jefferson diese Ansicht teilte.

«Aber konntet ihr denn nichts dagegen tun?» fragte Mrs. Bantry.

«Vielleicht hätten wir etwas tun können», entgegnete Mark trocken, «wenn wir es rechtzeitig bemerkt hätten.»

Er warf seiner Schwägerin einen Blick zu. Sie errötete leicht. Der Blick war vorwurfsvoll gewesen.

«Mark meint», erklärte sie, «ich hätte es voraussehen müssen.»

«Du hast den alten Jungen zuviel allein gelassen, Addie, Tennisstunden und all das.»

«Ich mußte doch ein bißchen Bewegung haben», verteidigte sie sich. «Wie konnte ich mir träumen lassen, daß ...»

«Nein. Keiner von uns hat sich das träumen lassen. Jeff war immer ein so vernünftiger, klar denkender alter Junge.»

Miss Marple beteiligte sich nun an der Konversation.

«Männer», sagte sie in ihrer altjüngferlichen Art, das andere Geschlecht zu erwähnen, als handle es sich um eine Horde wilder Tiere, «sind meistens keineswegs so klar denkend, wie sie scheinen.»

«Da haben Sie wirklich recht», sagte Mark. «Unglücklicherweise haben wir das nicht bedacht, Miss Marple. Wir fragten uns, was der alte Junge wohl an dieser langweiligen, raffinierten kleinen Talmischönheit fände. Wir dachten, sie sei ganz harmlos. Harmlos! Ich wollte, ich hätte ihr den Hals umgedreht!»

«Mark», meinte Addie, «du mußt dir wirklich ein bißchen überlegen, was du sagst.»

Er lächelte sie gewinnend an.

«Ja, du hast recht. Sonst denken die Leute noch, daß ich ihr *wirklich* den Hals umgedreht habe. Na ja, ich bin wahrscheinlich sowieso verdächtig. Wenn irgend jemand daran interessiert war, das Mädchen tot zu sehen, so waren es Addie und ich.»

«Mark», rief Mrs. Jefferson halb lachend und halb ärgerlich, «*wirklich, sprich nicht so*!»

«Schon gut, schon gut», sagte Mark Gaskell friedfertig, «aber ich rede gern so, wie ich denke. Fünfzigtausend Pfund wollte unser verehrter Schwiegervater diesem halbwüchsigen Flittchen aussetzen!»

«Mark, hör auf – sie ist tot.»

«Ja, sie ist tot, das arme Wurm. Und schließlich, warum sollte sie die Waffen nicht benutzen, die sie von der Natur mitbekommen hat? ‹Wer bin ich, daß ich richten dürfte?› Habe selbst in meinem Leben allerhand Gemeinheiten begangen. Nein, nein, Ruby hatte das Recht, berechnend, habgierig und raffiniert zu sein. Und wir waren Trottel, daß wir nicht früher gemerkt haben, was gespielt wurde.»

Sir Henry fragte:

«Was haben Sie denn gesagt, als Conway Ihnen seine Absicht, das Mädchen zu adoptieren, mitteilte?»

Mark hob die Schultern.

«Was konnten wir schon groß sagen? Addie, immer ganz Dame, zeigte bewundernswerte Selbstbeherrschung. Setzte ein tapferes Gesicht auf. Ich tat, was ich konnte, um ihrem Beispiel zu folgen.»

«Na, *ich* hätte einen schönen Krach geschlagen!» rief Mrs. Bantry.

«Offen gesagt, hatten wir gar kein Recht dazu, Krach zu schlagen. Es ist Jeffs Geld! Wir sind nicht blutsverwandt. Er war sowieso immer verdammt nett zu uns. Es blieb uns nichts anderes übrig, als in den sauren Apfel zu beißen.» Nachdenklich fügte er hinzu: «Aber geliebt haben wir die kleine Ruby wahrhaftig nicht.»

Adelaide Jefferson meinte:

«Wenn das Mädchen nur anders gewesen wäre. Jeff hat zwei Patenkinder, wissen Sie. Wenn es eines von diesen beiden gewesen wäre – gut, dann hätte man es wenigstens *verstanden.*» Mit einem Hauch von Gekränktheit fügte sie hinzu: «Und Jeff schien Peter immer so gern zu haben.»

«Natürlich wußte ich, daß Peter das Kind deines ersten Mannes ist – aber ich dachte gar nicht mehr daran», erklärte Mrs. Bantry. «Für mich war er immer Mr. Jeffersons Enkel.»

«Für mich auch», sagte Adelaide. Ihre Stimme hatte bei

diesen Worten einen Klang, der Miss Marple veranlaßte, sich umzudrehen und die junge Frau anzublicken.

«Josie war schuld», rief Mark. «Josie hat sie hergebracht.»

Adelaide meinte:

«Aber du glaubst doch sicher nicht, daß sie das *absichtlich* gemacht hat? Oder? Mark, du hast doch Josie immer gemocht!»

«Ja, das hab ich. Ich hielt sie für einen guten Kameraden.»

«Es war purer Zufall, daß sie die Kleine herbrachte.»

«Josie ist ein kluges Mädchen, meine Liebe.»

«Ja, aber sie konnte doch nicht voraussehen . . .»

«Nein, das konnte sie nicht. Das gebe ich zu. Ich behaupte auch nicht, daß sie sich das Ganze ausgedacht hat und den guten Jeff durch Ruby einfangen wollte. Aber ich zweifle nicht, daß sie schon längst gewittert hat, woher der Wind weht. Lange bevor wir etwas bemerkten, und sie hat uns mit keinem Wort gewarnt.»

Adelaide seufzte.

«Auch daraus kann man ihr keinen Vorwurf machen.»

«Man kann keinem Menschen einen Vorwurf machen!»

Mrs. Bantry fragte:

«War Ruby Keene sehr hübsch?»

Mark starrte sie an. «Ich dachte, Sie hätten sie . . .»

Hastig erwiderte Mrs. Bantry:

«O ja, ich habe sie gesehen – ihre Leiche. Aber sie ist doch erwürgt worden, wissen Sie. Und da kann man nicht erkennen –»

Sie schauderte.

Mark sagte nachdenklich:

«Meiner Meinung nach war sie überhaupt nicht hübsch. Ohne Make-up wäre sie beinahe häßlich gewesen. Ein mageres, kleines Proletengesicht, ein viel zu kurzes Kinn, winzige, eingebogene Mäusezähnchen, eine undefinierbare Nase –»

«Das klingt ja geradezu abstoßend», rief Mrs. Bantry.

«O nein, das war sie nicht. Wie ich schon sagte, mit ziemlich viel Schminke brachte sie es fertig, ganz gut auszusehen. Findest du nicht auch, Addie?»

«Ja, so eine Seifenschachtel-Schönheit, rosa und weiß. Sie hatte hübsche blaue Augen.»

«Mit einem so unschuldigen Babyblick. Die Wimpern tuschte sie sich ganz schwarz, damit die Augen noch blauer wirkten. Ihr Haar war natürlich gebleicht. Wirklich, wenn ich es mir so überlege, dann hatte sie in ihren Farben – es waren künstliche Farben, aber immerhin –, in ihren Farben hatte sie eine ganz leise Ähnlichkeit mit Rosamund, meiner Frau, wissen Sie. Ich denke, daß es vor allem *das* war, wodurch sie die Aufmerksamkeit des alten Herrn auf sich lenkte.»

Er seufzte.

«Ja, ja, eine böse Sache. Das Schreckliche dabei ist, daß Addie und ich nicht umhinkönnen, froh zu sein, daß sie tot ist.»

Er unterdrückte einen Widerspruch seiner Schwägerin.

«Es nützt nichts, Addie; ich weiß, was du fühlst. Ich fühle genauso. Und ich will mich nicht verstellen! Aber gleichzeitig – Sie werden mich vielleicht verstehen – tut mir die ganze Sache wegen Jeff wahnsinnig leid. Es hat ihn sehr schwer getroffen. Ich –»

Mark hielt inne und starrte auf die Tür, die von der Hotelhalle zur Terrasse führte.

«Sieh mal an – wer kommt denn da? Was bist du doch für eine skrupellose Frau, Addie.»

Mrs. Jefferson blickte über ihre Schulter, stieß einen kleinen Schrei aus und erhob sich, während eine leichte Röte ihr ins Gesicht stieg. Schnell schritt sie über die Terrasse und trat zu einem hochgewachsenen Mann in mittleren Jahren. Er hatte ein schmales, braunes Gesicht und sah sich verlegen um.

Mrs. Bantry fragte: «Ist das nicht Hugo McLean?»

Gaskell bestätigte:

«Das ist Hugo McLean. Alias William Dobbin.»

«Er ist sehr treu, nicht wahr?» flüsterte Mrs. Bantry.

«Er ist Addie ergeben wie ein Hund», sagte Mark, «sie braucht nur zu pfeifen, und Hugo kommt angetrabt, und sei es vom anderen Ende der Welt. Er hofft eben immer noch, daß sie ihn eines Tages heiraten wird. Und ich glaube, sie *wird* ihn auch heiraten.»

Miss Marple sah strahlend zu den beiden rüber. «Ich verstehe! Eine Romanze!»

«Eine ganz altmodische», versicherte ihr Mark. «Das geht schon seit Jahren. Addie ist eben so eine Frau.» Nachdenklich fügte er hinzu: «Ich vermute, daß Addie ihn heute früh angerufen hat. Davon hat sie mir aber nichts erzählt.»

Edwards trat bescheiden auf die Terrasse und blieb neben Mark stehen.

«Verzeihung, Sir. Mr. Jefferson läßt Sie bitten zu kommen.»

«Ich komme sofort.» Mark sprang auf. Er nickte den anderen zu, rief: «Bis nachher», und ging.

Sir Henry beugte sich zu Miss Marple hinüber.

«Nun, was halten Sie von den beiden Herrschaften, die durch dieses Verbrechen so viel gewonnen haben?»

Miss Marple betrachtete nachdenklich Adelaide Jefferson, die sich mit ihrem alten Freund unterhielt.

«Ich glaube, daß sie eine sehr zärtliche Mutter ist.»

«Ja, das ist sie», bestätigte Mrs. Bantry. «Sie vergöttert den kleinen Peter geradezu.»

«Sie ist eine von diesen Frauen», erklärte Miss Marple, «die jedermann gern hat. Eine Frau, die immer wieder und wieder heiraten könnte. Damit meine ich nicht, daß sie der *Weibchen-Typ* ist – das wäre etwas ganz anderes.»

«Ich weiß, was Sie meinen», sagte Sir Henry.

«Ich weiß, was Sie beide meinen», rief Mrs. Bantry, «Adelaide ist ganz einfach eine gute Zuhörerin.»

Sir Henry lachte. «Und Mark Gaskell?»

«Ah», machte Miss Marple, «ein dunkler Ehrenmann.»

«Ich bitte um einen Parallelfall aus Ihrem Dorf.»

«Mr. Cargill, der Bildhauer. Er brachte viele Leute dazu, dies und jenes an ihren Häusern machen zu lassen, was sie eigentlich gar nicht wollten. Und was er ihnen für Rechnungen stellte! Aber er konnte ihnen immer einreden, daß seine Forderungen recht und billig seien. Ein dunkler Ehrenmann. Ihm gelang es schließlich, eine reiche Frau zu heiraten. Das hat Mr. Gaskell auch getan, soviel ich hörte.»

«Er gefällt Ihnen nicht?»

«Doch, er gefällt mir. Er gefällt wohl den meisten Frauen. Aber ich falle nicht auf ihn herein. Er ist sehr anziehend, aber es ist vielleicht ein bißchen unklug von ihm, soviel zu reden.»

«Unklug ist das richtige Wort», bemerkte Sir Henry. «Mark wird sich noch in Unannehmlichkeiten reinreden, wenn er nicht besser aufpaßt.»

Ein schlanker junger Mann im weißen Flanellanzug kam die Stufen der Terrasse herauf und hielt einen Augenblick inne, als er Adelaide Jefferson und Hugo McLean erblickte.

«Und das», sagte Sir Henry bedeutungsvoll, «ist X, den wir auch noch in unseren Kreis der Verdächtigen einbeziehen müssen. Er ist der Tennistrainer und Eintänzer Raymond Starr, Ruby Keenes Partner.»

Miss Marple betrachtete den jungen Mann neugierig.

«Er ist sehr hübsch, nicht wahr?»

«Ja, ich glaube.»

«Seien Sie nicht albern, Sir Henry», fiel Mrs. Bantry ein, «da gibt es kein ‹ich glaube›. Er ist ein schöner Mensch!»

Miss Marple flüsterte:

«Mrs. Jefferson hat Tennisstunden genommen, das hat sie doch vorhin gesagt, nicht wahr?»

«Meinst du damit etwas Bestimmtes, Jane, oder nicht?»

Miss Marple hatte keine Möglichkeit mehr, auf diese

überraschende Frage zu antworten. Peter Carmody kam über die Terrasse und trat zu ihnen. Er wandte sich an Sir Henry:

«Hören Sie, sind Sie auch ein Detektiv? Ich habe gesehen, wie Sie mit dem Superintendent gesprochen haben. Der Dicke ist doch Superintendent, nicht wahr?»

«Jawohl, mein Sohn.»

«Und jemand hat mir erzählt, daß Sie ein schrecklich wichtiger Detektiv aus London sind. Der Erste von Scotland Yard oder so etwas.»

«Der Erste von Scotland Yard ist in den Detektivromanen meistens ein vollkommener Trottel, nicht wahr?»

«O nein, heutzutage nicht mehr. Es ist völlig überholt, die Polizei lächerlich zu machen. Wissen Sie schon, wer der Mörder ist?»

«Nein. Ich fürchte, noch nicht.»

«Macht dir das Ganze großen Spaß, Peter?» fragte Mrs. Bantry.

«Na ja, ziemlich großen. Es ist doch mal eine Abwechslung, nicht wahr. Ich war auf der Jagd nach Spuren, aber ich hatte kein Glück. Immerhin habe ich ein Souvenir. Möchten Sie es gern sehen? Denken Sie nur, Mum wollte, daß ich es wegwerfe! Ich finde, Eltern sind manchmal wirklich unvernünftig!»

Er holte aus seiner Tasche eine kleine Zündholzschachtel, öffnete sie und zeigte ihren kostbaren Inhalt.

«Schau'n Sie – *es ist ein Fingernagel! Ihr Fingernagel!* Ich werde auf die Schachtel schreiben: *Fingernagel der Ermordeten* und ihn in die Schule mitnehmen. Eine schöne Erinnerung, finden Sie nicht?»

«Woher hast du ihn?» fragte Miss Marple.

«Es war wirklich ein Glücksfall. Denn *damals* wußte ich natürlich noch nicht, daß sie ermordet werden würde. Es war gestern abend, vor dem Dinner. Ruby verfing sich mit ihrem Nagel in Josies Shawl und riß ihn ein – den Nagel, meine ich. Mum hat ihn ihr abgeschnitten und mir gegeben und gesagt: Wirf ihn in den Papierkorb, und das wollte ich eigentlich auch tun, aber dann hab ich's vergessen und ihn in die Tasche gesteckt – den Nagel, meine ich –, und heute früh habe ich mich daran erinnert und hab schnell nachgeschaut, ob er noch da ist – und er war noch da, und jetzt hab ich ihn also – als Souvenir!»

«Ekelhaft!» rief Mrs. Bantry, und Peter fragte höflich:

«Ja? Finden Sie?»

«Hast du noch mehr solche ‹Souvenirs›?» forschte Sir Henry.

«Na, ich weiß nicht. Ich hab etwas, das vielleicht eines sein könnte.»

«Erklär dich näher, junger Mann!»

Peter überlegte. Dann zog er einen Briefumschlag aus der Tasche und brachte eine braune, faserige Substanz zum Vorschein, die er darin aufbewahrt hatte.

«Ein kleines Stück vom Schuhband dieses Kerls, George Bartlett. Ich sah heute früh seine Schuhe vor seiner Zimmertür stehen – und da habe ich ein Stück Schuhband geklaut, nur so, für den Fall, daß ...»

«Für den Fall, daß was?»

«Für den Fall, daß er der Mörder ist, natürlich. Er war doch der letzte, der sie gesehen hat, und das ist immer entsetzlich verdächtig, wissen Sie. Glauben Sie, ist es bald Zeit zum Dinner? Ich bin schrecklich hungrig! Die Zeit zwischen Tee und Dinner kommt mir immer so lang vor. Hallo, da ist ja Onkel Hugo! Ich wußte gar nicht, daß Mum ihn gebeten hat herzukommen. Sie ruft ihn immer, wenn sie in der Tinte sitzt. Da kommt Josie! He, Josie!»

Josie, die über die Terrasse daherkam, blieb stehen und sah sehr erstaunt aus, als sie Mrs. Bantry und Miss Marple erkannte.

Mrs. Bantry begrüßte sie liebenswürdig:

«Guten Tag, Miss Turner. Wir sind hergekommen und wollen ein wenig Detektiv spielen.»

Josie blickte sich unbehaglich um. Sie sagte mit gedämpfter Stimme: «Es ist scheußlich. Noch weiß es niemand. Es steht nämlich noch nicht in den Zeitungen. Jetzt werden mich wahrscheinlich alle ausfragen, und das ist so unangenehm. Ich weiß gar nicht, was ich sagen soll.»

Ihre Augen wanderten beinahe hilfesuchend zu Miss Marple, die bemerkte: «Ja, ich fürchte, es wird eine ziemlich schwierige Situation werden für Sie.»

Josie tat diese Teilnahme wohl.

«Sehen Sie, Mr. Prestcott sagte zu mir: ‹Sprechen Sie nicht darüber.› Das ist ja schön und gut, aber ganz bestimmt wird mich jeder fragen, und man kann doch die Leute nicht beleidigen, nicht wahr? Mr. Prestcott sagte, er hoffe, ich sei imstande, meine Arbeit fortzuführen wie bisher. Er war sehr ungehalten wegen der ganzen Affäre, darum will ich mich natürlich bemühen, alles so gut wie möglich zu machen. Ich weiß aber wirklich nicht, warum alles meine Schuld sein soll.»

Sir Henry wandte sich ihr zu.

«Erlauben Sie mir, eine offene Frage an Sie zu richten?»

«Oh, bitte, fragen Sie mich nur, was immer Sie wollen», erwiderte Josie nicht ganz aufrichtig.

«Gab es zwischen Mrs. Jefferson, Mr. Gaskell und Ihnen irgendwelche Unannehmlichkeiten wegen dieser Sache?»

«Sie meinen, wegen des Mordes?»

«Nein, ich meine nicht wegen des Mordes.»

Josie stand da und preßte ihre Finger zusammen. Sie erwiderte umständlich: «Unannehmlichkeiten? Ja und nein – wenn Sie verstehen, was ich damit sagen will. Keiner hat darüber *gesprochen.* Aber ich fürchte, sie machen mir doch einen Vorwurf – ich meine, daß Mr. Jefferson so eine Schwäche für Ruby hatte. Ich kann aber doch nichts dafür – nicht wahr? So etwas geschieht, und früher habe ich nie davon geträumt, daß es geschehen könnte – nie, keine Sekunde! Ich war selbst ganz sprachlos.»

Die Worte rangen sich mit offenbar unzweifelhafter Ehrlichkeit von ihren Lippen.

Sir Henry sprach freundlich:

«Das glaube ich Ihnen gern. Aber als es nun mal *geschehen war?*»

Josies Kinn hob sich.

«Nun, das war ein richtiger Glücksfall, nicht wahr? Jeder Mensch hat doch das Recht, einmal im Leben Glück zu haben.»

Sie blickte von einem zum andern, ein wenig kriegerisch und ein wenig fragend. Dann ging sie über die Terrasse und trat ins Hotel.

Peter meinte kritisch:

«Ich glaube eigentlich nicht, daß *sie's* getan hat.»

Miss Marple murmelte:

«Interessant ist dieses Stück Fingernagel. Ich habe mir nämlich schon Gedanken gemacht, wissen Sie – wie man sich die Fingernägel erklären soll.»

«Nägel?» fragte Sir Henry.

«Die Nägel des ermordeten Mädchens», erklärte Mrs. Bantry. «Sie waren ganz kurz. Jetzt, da Jane davon spricht, kommt es mir auch etwas merkwürdig vor. Solche Mädchen haben doch meistens geradezu Krallen.»

Miss Marple setzte den Gedankengang fort:

«Aber Ruby Keene hatte sich eben ihren einen Nagel eingerissen und mußte deshalb auch die anderen ganz kurz schneiden, damit es nicht auffällt. Hat man wohl Nagelschnipsel in ihrem Zimmer gefunden?»

Sir Henry betrachtete das alte Fräulein neugierig.

«Ich werde Harper fragen, sobald er zurückkommt.»

«Von wo zurück? Er ist doch nicht nach Gossington gefahren, oder?»

Sir Henry erwiderte ernst:

«Nein. Es hat sich schon wieder eine Tragödie ereignet.

Man hat in einem Steinbruch einen fast verbrannten Wagen gefunden ...»

Miss Marple hielt einen Augenblick den Atem an.

«War jemand in dem Wagen?»

«Ich fürchte – ja.»

Miss Marple meinte nachdenklich:

«Das wird wahrscheinlich die vermißte Pfadfinderin sein. Patience – nein, Pamela Reeves.»

Sir Henry starrte sie an.

«Was um alles in der Welt bringt Sie auf diesen Gedanken, Miss Marple?»

Miss Marple errötete tief.

«Nun, es wurde doch im Radio verkündet, daß sie vermißt sei – daß sie gestern abend nicht nach Hause gekommen ist. Und sie ist in Daneleigh Vale zu Hause; das ist nicht sehr weit von hier entfernt. Zuletzt wurde sie bei einer Pfadfinderinnen-Übung in den Danebury Downs gesehen. Das ist ganz nah. Sie mußte tatsächlich auf ihrem Heimweg durch Danemouth kommen. So paßt also alles ganz gut zusammen, nicht wahr. Ich meine, es sieht so aus, als hätte sie etwas gesehen – oder vielleicht gehört –, etwas, das niemand hätte hören oder sehen dürfen. Wenn dem so war, dann wäre sie natürlich für den Mörder eine große Gefahr gewesen, und sie mußte – beseitigt werden. Zwei Morde wie diese hier *müssen* doch in Zusammenhang miteinander stehen, glauben Sie nicht auch?»

Sir Henry fragte mit gedämpfter Stimme:

«Sie denken also – an einen zweiten Mord?»

«Warum nicht?» Mit ruhigem, klarem Blick sah sie ihn an. «Wenn jemand einmal einen Mord begangen hat, schreckt er vor einem zweiten nicht zurück. Auch nicht vor einem dritten.»

«Einem dritten? Sie glauben doch nicht am Ende, daß noch ein dritter Mord geschehen wird?»

«Ich halte es für möglich ... Ich halte es sogar für wahrscheinlich.»

«Miss Marple», sagte Sir Henry, «Sie machen mir angst! Wissen Sie, wer ermordet werden wird?»

Miss Marple erklärte: «*Ich habe eine bestimmte Vermutung.*»

13

Superintendent Harper betrachtete den verkohlten, verbeulten Metallhaufen. Ein ausgebrannter Wagen ist immer etwas Aufregendes, auch ohne die schauerliche Zugabe einer schwarzverkohlten Leiche.

Venn's Quarry war ein sehr entlegener Ort, weit fort von jeder menschlichen Behausung. Obwohl ihn eigentlich nur zwei Meilen Luftlinie von Danemouth trennten, schien der Weg, der zu ihm führte, ziemlich lang; denn es war eine jener schmalen, gewundenen, steinigen Seitenstraßen, kaum mehr als ein Fußpfad, auf denen man nirgends hingelangte als nur in den Steinbruch selbst, der schon lange außer Betrieb war. Die einzigen Menschen, die hie und da jetzt noch vorbeikamen, waren Beerenpflücker. Als Versteck für ein Auto war dies ein idealer Platz. Der Wagen wäre wochenlang nicht gefunden worden, hätte der Taglöhner Albert Biggs auf seinem Weg zur Arbeit nicht den Feuerschein am Himmel gesehen.

Albert Biggs befand sich immer noch am Schauplatz, obwohl man alles, was er aussagen konnte, schon einige Male von ihm gehört hatte. Aber er wiederholte die aufregende Geschichte immer wieder und schmückte sie aus, so gut er konnte.

«Was los mit meinen Augen, sag' ich, was kann das bloß sein? Tüchtiger Feuerschein war's, droben am Himmel. Kann ein Kartoffelfeuer sein, sag' ich, aber wer macht ein Kartoffelfeuer drüben in Venn's Quarry? Nein, sag' ich, das ist 'n riesiges Feuer, aber sicher doch. Aber was kann's denn nur sein, sag' ich? Kein Haus, kein Gut in dieser Richtung. Das is drüben bei Venn, sag' ich, dort is es, aber sicher doch. Wußt' nun nicht ganz genau, was ich da tun muß. Da seh' ich doch Constable Gregg auf seinem Fahrrad, na, da erzähl' ich's ihm eben. War schon alles 'runtergebrannt, aber ich konnt' ihm noch genau sagen, wo's gewesen is. Dort, in dieser Richtung, sag' ich. Großer Feuerschein am Himmel droben, sag' ich. Ein Landstreicher, so sicher wie nur was, hat dort was angezündet. Aber hab' doch nicht gedacht, daß es ein Auto sein könnt' – noch weniger, daß jemand da drin verbrannt is, bei lebendigem Leib. Schreckliches Unglück, aber sicher doch.»

Die Glenshirer Polizei war eifrig am Werk gewesen. Fotoapparate waren in Aktion getreten, und die Lage der verkohlten Leiche war sorgfältig notiert worden, bevor dann der Polizeiarzt mit den Untersuchungen begonnen hatte. Der Doktor trat jetzt zu Harper, wischte sich schwarze Asche von den Händen und preßte die Lippen grimmig aufeinander.

«Gründliche Arbeit», sagte er, «ein Fuß und ein Schuh sind das einzige, was übriggeblieben ist. Ich persönlich könnte nicht sagen, ob es ein Mann oder eine Frau war. Durch die Untersuchung der Knochen werden wir wahrscheinlich Näheres erfahren. Aber der Schuh ist so ein schwarzer Schnürstiefel – wie ihn meist Schulmädchen tragen.»

«Ein Schulmädchen wird in der nächsten Grafschaft vermißt», erklärte Harper, «nicht weit von hier. Sechzehn oder so.»

«Dann ist sie es wahrscheinlich. Armes Kind.»

Harper fragte zögernd: «Sie war doch nicht mehr am Leben, als . . .»

«Nein, nein, ich glaube nicht. Nichts deutet darauf hin, daß sie versucht hätte, aus dem Wagen herauszukommen. Der Körper war einfach so auf dem Sitz zusammengesunken, ein Fuß hing über das Trittbrett hinunter. Sie war höchstwahrscheinlich schon tot, bevor man sie da hineinsetzte. Dann steckte man den Wagen in Brand, um alle Beweise zu vernichten.»

Er machte eine Pause. Dann fragte er:

«Brauchen Sie mich noch?»

«Ich glaube nicht, danke.»

«Gut, dann fahre ich.»

Der Arzt ging zu seinem Wagen. Harper trat zu einem seiner Sergeants, der ein Autospezialist war. Der Mann war noch mit Untersuchungen beschäftigt und blickte jetzt auf.

«Ein ganz klarer Fall, Sir. Petroleum über den Wagen geschüttet und das Ganze angezündet. Drei leere Kannen liegen drüben in der Hecke.»

Etwas weiter entfernt war ein anderer Mann damit beschäftigt, ein paar kleine Gegenstände, die man aus den Trümmern gezogen hatte, sorgfältig zu sortieren. Da waren ein versengter schwarzer Lederschuh und ein paar schwarze, verkohlte Fetzen.

Als Harper sich näherte, blickte sein Untergebener auf und rief: «Sehen Sie sich das mal an, Sir. Da ist der Beweis.»

Harper nahm ihm einen kleinen Gegenstand aus der Hand.

«Der Knopf von einer Pfadfinderinnen-Uniform?»

«Ja, Sir.»

«Ja, jetzt können wir unserer Sache sicher sein.»

Harper war ein feinfühliger, warmherziger Mensch. Ihm war elend zumute. Zuerst Ruby Keene – jetzt Pamela Reeves.

Das nächste, was er zu tun hatte, war, seinen Polizeichef anzurufen, danach mußte er sich mit Colonel Melchett in Verbindung setzen. Pamela Reeves war in Radfordshire verschwunden, aber ihre Leiche war in Glenshire gefunden worden. Dann hatte er noch eine schwere Pflicht zu erfüllen. Er mußte Pamela Reeves' Eltern die Nachricht überbringen ...

Nachdenklich betrachtete Superintendent Harper das kleine Haus, in dem Pamela Reeves daheim gewesen war.

Eine saubere, kleine Villa, ein hübscher Garten rings um

das Haus. Eines dieser kleinen Anwesen, wie sie in den letzten zwanzig Jahren überall auf dem Lande entstanden waren. Pensionierte Offiziere, pensionierte Beamte pflegten sich derartige Heimstätten zu schaffen. Nette, anständige Leute; das Schlimmste, was man von ihnen hätte sagen können, war, daß sie ein wenig langweilig sein mochten. Alles Geld, das sie aufbringen konnten, steckten sie in die Erziehung ihrer Kinder. Diese Leute führten ein einfaches Leben, in dem kein Platz war für Tragödien. Und nun brach eine so furchtbare Tragödie in ihren Frieden ein. Harper seufzte.

Er läutete an der Eingangstür, und man führte ihn in ein Wohnzimmer, in dem ein Mann mit grauem Schnurrbart und steifer Haltung und eine Frau mit rotgeweinten Augen von ihren Plätzen aufsprangen. Mrs. Reeves rief aufgeregt:

«Wissen Sie etwas von Pamela?»

Dann fuhr sie zurück, von Harpers mitleidigem Blick wie von einem Schlag getroffen.

«Sie müssen sich leider auf eine traurige Nachricht gefaßt machen», murmelte Harper.

«Pamela . . .», stammelte die Frau.

Major Reeves fragte kurz:

«Ist dem Kind – etwas zugestoßen?»

«Ja, Sir.»

«Ist sie tot?»

«Nein, nein! O nein!» schrie Mrs. Reeves auf und brach in heftiges Weinen aus. Major Reeves legte den Arm um sie und zog sie an sich. Seine Lippen zitterten, aber er blickte fragend Superintendent Harper an, der mit gesenktem Kopf dastand.

«Ein Unfall?»

«Eigentlich nicht, Major Reeves. Man fand sie in einem ausgebrannten Wagen, der in einem Steinbruch zurückgelassen worden war.»

«In einem Wagen? In einem Steinbruch?» Er war offenbar sehr verwirrt.

Jetzt brach Mrs. Reeves völlig zusammen, sank auf das Sofa nieder und schluchzte hemmungslos.

Harper fragte:

«Soll ich nicht lieber ein paar Minuten warten?»

Aber Major Reeves stieß hervor:

«Was bedeutet das? Ein Verbrechen?»

«Es sieht so aus, Sir. Darum würde ich gern einige Fragen an Sie richten, wenn es Sie nicht zu sehr belästigt.»

«Nein, nein. Sie haben ganz recht. Wenn das, was Sie meinen, wahr ist, dann darf keine Zeit verloren werden. Aber ich kann es nicht glauben. Wer sollte einem Kind wie Pamela etwas zuleide tun?»

Harper sagte hilflos:

«Sie haben die Umstände des Verschwindens Ihrer Tochter bei der hiesigen Polizei schon gemeldet. Sie ging von zu Hause fort, um an einer Pfadfinderinnen-Übung teilzunehmen, und Sie erwarteten sie zum Abendessen. Stimmt das?»

«Ja.»

«Sie sollte im Autobus zurückfahren?»

«Ja.»

«Soviel ich dem Bericht ihrer Kameradinnen entnehmen konnte, sagte Pamela, als die Übung vorbei war, daß sie noch nach Danemouth ins Warenhaus gehen wolle und mit einem späteren Autobus heimfahren werde. Sie finden daran nichts Auffallendes?»

«Absolut nichts. Pamela ging sehr gern in das Warenhaus. Sie ging oft nach Danemouth, um dort Einkäufe zu machen. Die Autobusstation ist nur zehn Minuten von hier, auf der Hauptstraße.»

«Und Sie wissen nicht, ob sie noch irgend etwas anderes vorhatte?»

«Nichts.»

«Wollte sie sich in Danemouth vielleicht mit jemandem treffen?»

«Nein, ganz sicher nicht. Das hätte sie uns gesagt. Wir erwarteten sie zum Abendessen. Darum riefen wir ja die Polizei an, als es so spät wurde und sie noch immer nicht erschien. Es sah ihr gar nicht ähnlich, nicht heimzukommen.»

«Ihre Tochter hatte wohl keinen schlechten Umgang – ich meine Freunde, mit denen Sie nicht einverstanden waren?»

«Nein, sie hat uns niemals derlei Sorgen gemacht.»

Mrs. Reeves sagte weinend:

«Pam war ja noch ein Kind. Für ihr Alter war sie noch ganz kindlich. Sie dachte nur an Freundinnen, an Sport und Spiele. Sie war in keiner Weise frühreif.»

«Kennen Sie vielleicht einen Mr. George Bartlett aus dem Majestic Hotel in Danemouth?»

Major Reeves starrte ihn an.

«Nie von ihm gehört.»

«Und Sie glauben auch nicht, daß Ihre Tochter ihn kannte?»

«Ganz sicher nicht!» rief der Major. Dann fügte er hastig hinzu: «Was hat er mit der Sache zu tun?»

«Er ist der Eigentümer des Wagens, in dem Ihre Tochter gefunden wurde.»

Mrs. Reeves stammelte: «Aber dann – muß er ja ...»

Schnell fiel Harper ein:

«Er meldete heute früh, daß sein Wagen verschwunden sei. Gestern um die Mittagszeit hat Mr. Bartlett ihn in den Hotelhof gestellt; möglicherweise hat jemand den Wagen dort weggenommen.»

«Hat man nicht gesehen, wer ihn weggenommen hat?»

«Dutzende von Wagen fahren dort ein und aus, den ganzen Tag hindurch. George Bartlett hatte einen Minoan 14, das ist die häufigste Marke.»

Mrs. Reeves schrie:

«Aber tun Sie doch etwas! Finden Sie ihn doch – fangen Sie ihn doch – diesen Teufel, der das getan hat! Mein kleines Mädchen – oh, mein kleines Mädchen! Sie ist doch nicht lebendig verbrannt worden, nicht wahr? Oh, Pam, Pam ...!»

«Sie hat nicht gelitten, Mrs. Reeves. Ich versichere Ihnen, sie war schon tot, bevor der Wagen angezündet wurde.»

Reeves fragte zitternd:

«Und wie wurde sie getötet?»

Harper sah ihn vielsagend an.

«Das wissen wir nicht. Das Feuer hat uns jede Möglichkeit genommen, das festzustellen.» Er wandte sich an die verzweifelte Mutter: «Glauben Sie mir, Mrs. Reeves, wir tun alles, was wir können. Wir müssen genaue Nachforschungen anstellen. Früher oder später wird sich jemand finden, der Ihre Tochter in Danemouth gesehen hat und uns vielleicht sagen kann, mit wem sie zusammen war. Das braucht alles seine Zeit, verstehen Sie. Dutzende, Hunderte von Meldungen werden wir bekommen über eine Pfadfinderin, die hier und da und überall gesehen wurde. Alle diese Aussagen müssen wir genau prüfen – dazu braucht es viel Sorgfalt und viel Geduld. Aber schließlich werden wir die Wahrheit ans Licht bringen – Sie können ganz sicher sein!»

Mrs. Reeves fragte:

«Wo – wo ist sie? Darf ich zu ihr?»

«Der Polizeiarzt hat seine Untersuchungen noch nicht abgeschlossen. Ich schlage vor, daß Ihr Gatte jetzt mit mir kommt und die Formalitäten erledigt. Inzwischen versuchen Sie vielleicht, sich alles ins Gedächtnis zurückzurufen, was Pamela gesagt hat. Dinge, worauf Sie vielleicht damals nicht geachtet haben, die uns jetzt aber nützlich sein könnten. Sie verstehen, was ich meine – auch ganz beiläufig geäußerte Worte oder Sätze. Auf diese Weise können Sie uns am besten helfen.»

Bevor die beiden Männer das Zimmer verließen, zeigte Reeves noch auf eine Fotografie:

«Das ist sie.»

Harper betrachtete das Bild aufmerksam. Es war eine Gruppe Hockeyspielerinnen. In der Mitte des Teams stand Pamela.

Was für ein liebes Kind, dachte Harper, während er das ernste Gesichtchen zwischen den dunklen Zöpfen ansah.

Er dachte an die verkohlte Leiche im Auto, und seine Lippen preßten sich aufeinander. Der Mord an Pamela Reeves sollte keines der ungelösten Rätsel von Glenshire bleiben!

Ruby Keene – so überlegte er im stillen – hatte ihr Schicksal vielleicht herausgefordert; aber mit Pamela Reeves war es etwas ganz anderes. Ein liebes, unschuldiges Kind, das wußte er jetzt.

Und er wußte auch, daß er den Mörder zur Strecke bringen würde – koste es, was es wolle!

14

An Melchetts großem Schreibtisch saßen ein oder zwei Tage später der Colonel und Harper einander gegenüber.

Harper war zu dieser Besprechung nach Much Benham gekommen.

Melchett sagte mürrisch:

«Na, jetzt wissen wir wenigstens, wo wir stehen. Oder vielmehr, wo wir nicht stehen.»

«Wo wir nicht stehen, dürfte wohl richtiger sein, Sir.»

«Wir müssen zwei Tote in Betracht ziehen. Zwei Morde. Ruby Keene und Pamela Reeves. Viel ist uns nicht geblieben, um diese arme Kleine zu identifizieren – aber immerhin noch genug. Der Schuh, der nicht mitverbrannt ist, wurde vom Vater zweifelsfrei als der ihre erkannt, und außerdem ist da noch der Knopf von der Pfadfinderinnen-Uniform. Eine teuflische Geschichte, Harper.»

Der Superintendent entgegnete ganz leise:

«Das kann man wohl sagen, Sir.»

«Gott sei Dank wissen wir wenigstens ganz bestimmt, daß sie schon tot war, bevor der Wagen angezündet wurde.

Die Art, wie sie dalag, quer über dem Sitz, beweist das. Wahrscheinlich hat sie einen Schlag auf den Kopf bekommen.»

«Oder ist vielleicht erwürgt worden», bemerkte Harper.

Melchett warf ihm einen scharfen Blick zu.

«Sie glauben?»

«Solche Mörder soll es geben ...»

«Ich weiß. Ich habe übrigens mit den Eltern gesprochen. Die arme Mutter ist ganz außer sich. Verdammt traurig, die ganze Sache. Für uns handelt es sich zunächst darum, herauszufinden, ob diese beiden Morde etwas miteinander zu tun haben.»

«Das möchte ich entschieden bejahen.»

«Ich auch.»

Der Superintendent schnippte mit den Fingern.

«Pamela beteiligte sich an einer Pfadfinderinnen-Übung in den Dünen von Danebury. Ihre Kameradinnen sagen aus, daß ihr Benehmen normal und fröhlich war. Sie ist nicht mit ihren drei Freundinnen im Autobus nach Medchester zurückgekehrt, sondern erklärte ihnen, sie wolle noch nach Danemouth, ins Warenhaus, und von dort aus mit dem Bus heimfahren. Die Hauptstraße nach Danemouth macht von den Dünen aus eine große Kurve. Pamela Reeves nahm eine Abkürzung über zwei Felder und einen Wiesenpfad, der nahe am Majestic Hotel vorbei nach Danemouth führt. Tatsächlich läuft dieser Pfad direkt an der Westseite des Hotels entlang. Darum ist es möglich, daß sie etwas gehört oder gesehen hat – etwas, das Ruby Keene betrifft –, was gefährlich für den Mörder hätte werden können. Sagen wir mal, sie hört zum Beispiel, wie der Mörder mit Ruby Keene ein Rendezvous für jenen Abend um elf Uhr ausmacht. Er bemerkt, daß dieses Schulmädchen ihn belauscht hat, und nun muß er es zum Schweigen bringen.»

Colonel Melchett warf ein:

«Damit setzen Sie voraus, daß der Mord an Ruby Keene geplant worden ist – und nicht im Affekt begangen wurde.»

Superintendent Harper stimmte zu.

«Ich glaube, so war es, Sir. Es sieht zwar so aus, als handle es sich um eine plötzliche Gewalttat, um einen Mord aus Leidenschaft oder Eifersucht – aber ich fange an, meine Meinung darüber zu ändern. Würde es sich nämlich um ein Verbrechen aus Leidenschaft handeln, dann bliebe es ganz unerklärlich, wie man die Tat mit dem Tod der kleinen Reeves in Verbindung bringen sollte. Denn wenn sie den Mord selbst mit angesehen haben würde, dann hätte das doch spät in der Nacht sein müssen, ungefähr um elf Uhr; und was hätte sie um diese Zeit in der Nähe des Hotels zu suchen gehabt? Bedenken Sie doch: Schon um neun Uhr wurden ihre Eltern ängstlich, weil sie noch nicht zu Hause war.»

«Die andere Möglichkeit wäre, daß sie jemanden in Danemouth traf, jemanden, den weder ihre Familie noch ihre Freundinnen kennen, und daß ihr Tod mit dem anderen Mord in gar keinem Zusammenhang steht.»

«Gewiß, Sir, aber daran glaube ich nicht. Sehen Sie, sogar dieser alten Dame, Miss Marple, fiel sofort auf, daß da ein Zusammenhang bestehen müsse. Sie fragte sofort, ob die Leiche in dem verbrannten Wagen die vermißte Pfadfinderin sei. Wirklich, eine kluge alte Dame. So sind alte Damen manchmal. Schlau, wissen Sie. Sie sehen gleich den springenden Punkt.»

«Das ist Miss Marple mehr als einmal gelungen», bemerkte Colonel Melchett trocken.

«Und außerdem, Sir, vergessen Sie den Wagen nicht. Mir scheint es, daß durch ihn der Mord ganz entschieden mit dem Majestic Hotel in Verbindung gebracht wird. Der Wagen gehört Mr. George Bartlett.»

Die beiden Männer sahen einander an. Dann murmelte Melchett:

«George Bartlett? Möglich! Was meinen Sie?»

«Ruby Keene ist zuletzt mit George Bartlett gesehen worden. Er sagt, sie sei in ihr Zimmer gegangen (das wird bestätigt durch das Kleid, das sie an jenem Abend trug und das man in ihrem Zimmer fand), aber ist sie in ihr Zimmer gegangen und – hat sie sich umgezogen, um mit *Mr. Bartlett auszugehen*? Hatten sie schon vorher ausgemacht, miteinander auszugehen – wir wollen mal annehmen, vor dem Dinner –, und hat Pamela zufällig dieses Gespräch belauscht?»

«Erst am folgenden Morgen meldete er das Fehlen seines Wagens, und auch dann war er außerordentlich unsicher in seinen Angaben. Er behauptete, sich nicht mehr genau erinnern zu können, wann er das Auto zum letztenmal gesehen hatte.»

«Das kann Schlauheit sein, Sir. Meiner Meinung nach ist er entweder ein ganz Cleverer, der so tut, als wäre er ein Dummkopf, oder aber – na ja, oder er ist eben ein Dummkopf.»

«Was wir brauchen», rief Melchett, «ist ein Motiv. Wie die Dinge jetzt liegen, hat er doch keinerlei Motiv, Ruby Keene zu töten.»

«Ja – hier stocken wir jedesmal. Motiv. Wie ich höre, sind alle Informationen aus dem Palais de Danse in Brixwell negativ?»

«Absolut! Ruby Keene hatte keinen Geliebten. Slack hat sich mit dieser Angelegenheit gründlich befaßt. Alles was recht ist, Slack macht seine Arbeit gewissenhaft.»

«Stimmt, Sir. Er ist die Gründlichkeit selbst. Wenn etwas aufzuspüren gewesen wäre, dann hätte er es gewiß gefunden. Aber es ist eben nichts da. Er brachte eine Liste ihrer eifrigsten Tanzpartner – alle wurden überprüft, alle sind unverdächtig. Harmlose Burschen. Jeder einzelne konnte für die betreffende Nacht ein Alibi beibringen.»

Harper runzelte die Stirn. «Na ja, Alibis. Die muß man sich vielleicht ein bißchen näher ansehen – von allen.»

Melchett warf ihm einen forschenden Blick zu. «Sie meinen?»

«Ja, Sir. Wir haben die Londoner Polizei dabei um Hilfe gebeten.»

«Nun?»

«Mr. Conway Jefferson mag glauben, daß Mr. Gaskell und die junge Mrs. Jefferson in guten finanziellen Verhältnissen leben; das ist jedoch nicht der Fall. Sie sind beide in den allergrößten Schwierigkeiten.»

«Ist das wahr?»

«Absolut wahr, Sir. Wie Mr. Jefferson sagte, hat er seinem Sohn und seiner Tochter bei deren Heirat beträchtliche Summen überschrieben. Das ist aber mehr als zehn Jahre her. Mr. Jefferson junior bildete sich ein, sehr viel von Kapitalanlagen zu verstehen. Er investierte sein Geld nicht direkt in ganz sinnlose Unternehmungen, aber er hatte eine unglückliche Hand und bewies mehr als einmal seinen schwach entwickelten Geschäftssinn. Sein Besitz verringerte sich ständig. Offenbar kam es so weit, daß es der Witwe recht schwer wurde, ihre Existenz zu sichern und ihren Sohn auf eine gute Schule zu schicken.»

«Aber hat sie ihren Schwiegervater denn nicht um Hilfe gebeten?»

«Nein, Sir. Soviel ich sehen kann, lebte sie bei ihm und hat infolgedessen keine Ausgaben für den Haushalt.»

«Und seine Gesundheit ist derart, daß man nicht erwarten kann, er werde noch lange leben?»

«Richtig, Sir. Nun zu Mr. Mark Gaskell. Er ist ein Spieler, nicht mehr und nicht weniger. Hat sehr schnell das Geld seiner Frau durchgebracht. Gerade jetzt ist er in einer sehr kritischen Situation. Er braucht dringend Geld – viel Geld.»

«Ich kann nicht behaupten, daß er mir besonders gefällt», bemerkte Colonel Melchett. «Ein wildes Gesicht hat der Bursche, wie? Und er *hat* ein Motiv, ein ausreichendes. Wenn er das Mädchen aus dem Weg schafft, dann bedeutet das fünfundzwanzigtausend Pfund für ihn. Ja, das ist wohl ein Motiv.»

«Sie hatten beide ein Motiv.»

«Ich verdächtige Mrs. Jefferson nicht.»

«Nein, Sir, das weiß ich. Und jedenfalls bewährt sich das Alibi für alle beide. Sie können es unmöglich getan haben. So ist es nun einmal.»

«Sie haben einen detaillierten Bericht über jede Bewegung, die sie an jenem Abend gemacht haben?»

«Jawohl. Nehmen wir zuerst Mr. Gaskell. Er dinierte mit seinem Schwiegervater und Mrs. Jefferson, und nachher, als Ruby Keene dazukam, nahm er den Kaffee mit ihnen. Dann sagte er, er hätte Briefe zu schreiben, und ging fort. In Wirklichkeit nahm er seinen Wagen und machte eine kleine Spritztour die Küste entlang. Er sagte mir ganz offen, er könne es einfach nicht aushalten, einen ganzen Abend lang Bridge zu spielen. Der Alte spielt leidenschaftlich gern. Also redete Gaskell sich mit Briefeschreiben heraus. Ruby Keene blieb bei den anderen. Mark Gaskell kam zurück, als sie mit Raymond tanzte. Nach dem Tanz kam Ruby auf einen Cocktail zu den Jeffersons, danach ging sie mit dem jungen Bartlett wieder in den Saal. Gaskell und die anderen begannen mit dem Bridge. Das war zwanzig Minuten vor elf – und er verließ den Tisch nicht, bis Mitternacht vorbei war. Das alles ist ganz sicher, Sir. Jedermann sagt dasselbe. Die Familie, die Kellner, alle. Darum kann *er* es nicht getan haben. Und Mrs. Jeffersons Alibi lautet ebenso. Auch sie verließ den Spieltisch nicht. Sie scheiden aus, alle beide.»

Colonel Melchett lehnte sich zurück und klopfte mit einem Papiermesser auf den Tisch.

«Immer vorausgesetzt, daß das Mädchen *vor* Mitternacht getötet worden ist.»

«Dr. Haydock behauptet das. Und wenn er in solchen Fällen etwas sagt, dann ist es auch so.»

«Es kann doch irgendwelche Gründe geben – konstitutionelle, physische Dispositionen oder sonst etwas.»

«Ich werde ihn darauf hinweisen.» Melchett schaute auf die Uhr, nahm den Telefonhörer ab und verlangte eine Nummer. Dann wandte er sich wieder an Harper: «Haydock sollte um diese Zeit zu Hause sein. Nun, angenommen, daß sie *nach* Mitternacht getötet wurde?»

Harper entgegnete:

«Nach Mitternacht gab es ein stetes Kommen und Gehen. Wir wollen annehmen, daß Gaskell das Mädchen gebeten hat, ihn draußen irgendwo zu treffen – zum Beispiel um zwölf Uhr zwanzig. Er verschwindet für ein oder zwei Minuten, kommt zurück und bringt die Leiche später fort – in den frühen Morgenstunden.»

«Und fährt sie mehr als dreißig Meilen weit im Auto spazieren, um sie schließlich in Bantrys Bibliothek zu deponieren? Verdammt noch mal, das ist keine sehr wahrscheinliche Geschichte.»

«Nein, wirklich nicht», gab der Superintendent sofort zu.

Das Telefon läutete. Melchett nahm den Hörer ab.

«Hallo, Haydock, sind Sie's? Es handelt sich um Ruby Keene. Wäre es nicht doch möglich, daß sie *nach* Mitternacht getötet worden ist?»

«Ich habe Ihnen gesagt, daß sie zwischen zehn Uhr und Mitternacht getötet wurde.»

«Ja, ich weiß. Aber könnte man die Zeitspanne nicht doch ein wenig dehnen – wie?»

«Nein, kann man nicht. Wenn ich sage, daß sie vor Mitternacht tot war, dann meine ich vor Mitternacht. Bitte versuchen Sie nicht, an den medizinischen Tatsachen herumzudeuteln.»

«Gewiß, aber könnte es nicht irgend etwas physisches Ich-weiß-nicht-Was geben? Sie wissen, was ich meine.»

«Ich weiß, daß Sie nicht wissen, wovon Sie sprechen. Das Mädchen war vollkommen gesund und in keiner Weise anormal – und ich denke nicht daran, etwas anderes zu sagen, nur um Ihnen zu helfen, einem unglücklichen Burschen den Strick um den Hals zu legen, einem armen Unschuldigen, auf den Sie Ihre Polizeihunde gehetzt haben. Widersprechen Sie mir nicht! Ich kenne Sie. Nebenbei bemerkt: Das Mädchen war nicht bei Bewußtsein, als es erwürgt wurde – das heißt, es ist zuerst betäubt worden. Mit einem starken Narkotikum. Ruby Keene starb durch Erdrosselung, aber zuerst wurde sie betäubt.» Haydock legte den Hörer auf.

Melchett brummte: «So, da haben wir's.»

«Ich habe schon gedacht, ich hätte noch eine andere Möglichkeit gefunden», meinte Harper nachdenklich, «aber auch die scheidet aus.»

«Was? Wer?»

«Genaugenommen ist es Ihr spezieller Kunde, Sir. Basil Blake. Er wohnt in der Nähe von Gossington Hall.»

«Unverschämter junger Lümmel!» Die Miene des Colonels verdüsterte sich bei der Erinnerung an Blakes freches Auftreten.

«Was hat der damit zu tun?»

«Es scheint, daß er Ruby Keene gekannt hat. Er hat öfters im Majestic zu Abend gegessen und mit dem Mädchen getanzt. Erinnern Sie sich, was Josie zu Raymond sagte, als man entdeckte, daß Ruby fort war? ‹Sie ist doch nicht etwa mit diesem Filmmenschen – wie?› Ich habe herausgefunden, daß sie Blake damit meinte. Er ist bei der Lenville-Filmgesellschaft angestellt, wissen Sie. Josie hat keinerlei Anhaltspunkte, außer daß sie glaubte, daß Ruby sich sehr für ihn interessierte.»

«Vielversprechend, Harper, sehr vielversprechend.»

«Nicht so vielversprechend, wie es klingt, Sir. Basil Blake war an diesem Abend auf einem Atelierfest. Sie wissen doch, wie es bei derartigen Veranstaltungen zugeht. Das beginnt um acht Uhr mit Cocktails und geht immer so weiter und weiter, bis die Luft zum Schneiden dick ist, so daß man gar nicht mehr durchsehen kann. Einer nach dem anderen verdrückt sich. Laut dem Bericht von Inspektor Slack, der Blake verhört hat, verließ dieser ungefähr um Mitternacht die Gesellschaft. Um Mitternacht war Ruby Keene aber schon tot.»

«Hat jemand seine Aussage bestätigt?»

«Die meisten waren, glaube ich, ziemlich – hm – benebelt. Diese – hm – junge Frau in seinem Bungalow – Miss Dinah Lee – sagt, seine Aussage stimme.»

«Das beweist gar nichts!»

«Nein, Sir. Höchstwahrscheinlich nicht. Die Verhöre, die man mit anderen Teilnehmern der Gesellschaft angestellt hat, bestätigen Mr. Blakes Erklärungen im großen ganzen. Nur in bezug auf den Zeitpunkt seines Weggehens sind alle etwas unsicher.»

«Wo liegt dieses Atelier?»

«In Lenville, Sir. Dreißig Meilen südwestlich von London.»

«Hm – ungefähr gleich weit entfernt von hier?»

«Ja, Sir.»

Colonel Melchett rieb sich die Nase. Ziemlich unzufrieden stellte er fest:

«Na, es sieht nicht so aus, als ob wir ihm etwas nachweisen könnten.»

«Das glaube ich auch, Sir. Es gibt keine Beweise dafür, daß er sich ernsthaft für Ruby Keene interessierte. Im Gegenteil» – Superintendent Harper hüstelte –, «er scheint vollauf mit seiner eigenen jungen Lady beschäftigt zu sein.»

Melchett faßte zusammen:

«Nun, dann sitzen wir also da mit ‹X›, mit einem unbekannten Mörder – so unbekannt, daß nicht einmal Slack eine Spur von ihm entdecken kann! Oder mit Jeffersons Schwiegersohn, der das Mädchen möglicherweise gern getötet hätte – aber keine Gelegenheit dazu fand. Mit der Schwiegertochter - dito. Oder mit George Bartlett, der kein Alibi hat – aber unglücklicherweise auch kein Motiv. Oder mit dem jungen Blake, der ein Alibi hat und kein Motiv. So stehen unsere Aktien! Aber halt, ich glaube, wir müssen auch an diesen Tanzburschen denken – Raymond Starr. Schließlich war er sehr viel mit Ruby Keene zusammen.»

«Ich kann nicht glauben, daß sie ihm irgend etwas bedeutet hat – oder aber, er ist ein ausgezeichneter Schauspieler. Und was die Tatumstände betrifft: Auch er hat ein Alibi. Mehr oder weniger war er von zehn Uhr vierzig bis Mitternacht dauernd präsent und tanzte mit verschiedenen Damen. Soweit ich sehe, haben wir keine Möglichkeit, gegen ihn vorzugehen.»

«Wahrhaftig», rief Colonel Melchett, «wir haben keine Möglichkeit, gegen irgend jemanden vorzugehen.»

«Unsere ganze Hoffnung setzen wir auf George Bartlett. Wenn wir bei ihm nur ein Motiv aufspüren könnten!»

«Sie haben Nachforschungen über ihn angestellt?»

«Ja, Sir. Das einzige Kind. Verwöhnt von der Mutter. Nach ihrem Tod vor einem Jahr kam er zu ziemlich viel Geld. Hat es schnell durchgebracht. Eher schwach als schlecht.»

«Vielleicht ist er anormal», erwog Melchett hoffnungsvoll.

Superintendent Harper nickte.

«Ist Ihnen schon der Gedanke gekommen, Sir, daß dies eine Erklärung für den ganzen Fall sein könnte?»

«Pathologisches Verbrechen?»

«Ja, Sir. Einer dieser Typen, die herumgehen und junge Mädchen erwürgen. Die Ärzte haben dafür einen ganz langen Fachausdruck.»

«Das würde alles erklären», seufzte Melchett.

«Nur etwas ist daran, das mir nicht gefällt.»

«Was?»

«Es ist zu einfach.»

«Hm – ja – vielleicht. Also, wie ich zu Anfang sagte: Wo stehen wir?»

«Nirgends, Sir», sagte Superintendent Harper.

15

Conway Jefferson bewegte sich im Schlaf. Er streckte sich und breitete die Arme aus, lange, starke Arme, in denen sich seit dem Unfall die ganze Kraft seines Körpers konzentriert zu haben schien.

Durch die Vorhänge schimmerte sanft das Morgenlicht.

Conway Jefferson lächelte vor sich hin. Nach einer ruhigen Nacht erwachte er immer so, fröhlich, erfrischt, voller Dynamik und Vitalität. Ein neuer Tag!

So lag er einige Minuten lang da. Dann drückte er auf die Klingel, die neben seinem Bett angebracht war. Und plötzlich überflutete ihn eine Welle der Erinnerung.

Gerade als Edwards leise und gewandt eintrat, entrang sich seinem Herzen ein Stöhnen.

Mit der Vorhangschnur in der Hand hielt Edwards inne.

«Haben Sie Schmerzen, Sir?»

Barsch erwiderte Conway Jefferson:

«Nein. Vorwärts, aufziehen!»

Das helle Licht strömte ins Zimmer. Verständnisvoll vermied Edwards, seinen Herrn anzusehen.

Mit grimmigem Gesicht lag Jefferson da, erinnerte sich, dachte nach. Wieder sah er das hübsche, geistlose Gesicht der kleinen Ruby vor sich. Freilich gebrauchte er in Gedanken das Wort geistlos nicht. Gestern abend noch hatte er *unschuldig* gesagt. Ein naives, unschuldiges Kind! Und jetzt?

Tiefer Kummer überkam Conway Jefferson. Er schloß die Augen. Stimmlos flüsterte er: «Margaret ...»

Es war der Name seiner verstorbenen Frau ...

«Ihre Freundin gefällt mir», sagte Adelaide Jefferson zu Mrs. Bantry.

Die beiden Frauen saßen zusammen auf der Terrasse.

«Jane Marple ist eine bemerkenswerte Frau», rühmte Mrs. Bantry.

«Sie ist auch sehr nett», versicherte Addie lächelnd.

«Die Leute nennen sie eine Klatschbase. Aber das ist sie wirklich nicht.»

«Vielleicht hat sie nur eine niedrige Meinung von der menschlichen Natur?»

«So könnte man es nennen.»

«Das ist wirklich erfrischend», lächelte Adelaide Jefferson, «nachdem man genug vom Gegenteil genossen hat.»

Mrs. Bantry blickte sie forschend an.

Addie versuchte sich verständlich zu machen.

«Soviel Überschätzung – soviel Idealisierung eines wertlosen Geschöpfes!»

«Sie meinen Ruby Keene?»

Addie nickte.

«Ich möchte nicht häßlich über sie sprechen. Sie war ziemlich harmlos. Das arme Ding – um alles, was sie haben wollte, mußte sie kämpfen. Schlecht war sie nicht. Nur gewöhnlich und ziemlich dumm, aber eher gutmütig. Eine entschlossene kleine Goldgräberin. Ich glaube nicht einmal, daß sie bestimmte Vorstellungen oder Pläne hatte. Sie war nur sehr flink, wenn sich ihr die Möglichkeit bot, ihren Vorteil zu nutzen. Und sie wußte genau, wie man einem älteren Herrn gefällt, der – der einsam ist.»

Nachdenklich betrachtete Mrs. Bantry die junge Witwe.

«Und offenbar *war* Conway einsam?»

Unruhig rückte Addie auf ihrem Stuhl hin und her.

«Ja - wenigstens in diesem Sommer.» Sie hielt einen Augenblick inne, dann brach es aus ihr heraus: «Mark will es unbedingt so hinstellen, als sei alles meine Schuld. Vielleicht hat er recht. Ich weiß nicht.»

Sie schwieg eine Minute. Dann fuhr sie fort, von einem Drang zu sprechen getrieben, zögernd, fast widerwillig:

«Ich - ich habe ein so trauriges Leben geführt. So seltsam. Mike Carmody, mein erster Mann, starb bald nach unserer Heirat – das – das hat mich ganz zerbrochen. Peter ist, wie Sie wissen, erst nach seinem Tod geboren. Frank Jefferson war Mikes bester Freund. So kam es, daß ich ihn sehr oft sah. Er war Peters Pate – Mike hatte sich das gewünscht. Nach und nach gewann ich Frank lieb – und – oh! – Er tat mir so leid.»

«Leid?» forschte Mrs. Bantry interessiert.

«Ja, sehr leid. Es klingt merkwürdig. Frank hatte immer alles, was er wollte. Seine Eltern hätten gar nicht liebevoller zu ihm sein können. Und doch – wie soll ich es nur ausdrükken? – sehen Sie, der alte Mr. Jefferson ist eine so starke Persönlichkeit. Wenn man mit ihm lebt, kann man seine eigene Persönlichkeit kaum bewahren. Das hat Frank gefühlt.

Als wir heirateten, war er glücklich – sehr glücklich. Mr. Jefferson war außerordentlich großzügig. Er überschrieb Frank eine bedeutende Summe – und sagte, seine Kinder sollten unabhängig sein und nicht auf seinen Tod warten müssen. Das war so lieb von ihm – so großmütig. Aber es kam viel zu plötzlich. Wirklich, er hätte Frank erst nach und nach an Unabhängigkeit gewöhnen müssen.

Es ist Frank zu Kopf gestiegen. Er wollte ein ebenso großer Mann sein wie sein Vater, ebenso tüchtig in Geldsachen und in Geschäften, ebenso weitsichtig und ebenso erfolgreich. Und das alles war er natürlich nicht. Er hat nicht direkt spekuliert, aber er hat das Geld nicht in die richtigen Unternehmungen gesteckt und nicht zur richtigen Zeit. Wissen Sie, es ist erschreckend, wie schnell Geld dahinschwindet, wenn man nichts davon versteht. Je mehr Frank verlor, um so mehr war er darauf erpicht, es durch irgendeine kluge Maßnahme wieder zurückzugewinnen. Und so wurde alles immer schlimmer und schlimmer.»

«Aber, meine Liebe», rief Mrs. Bantry, «hätte Conway ihn nicht beraten können?»

«Er wollte keinen Rat. Das einzige, was er wollte, war, selbst alles richtig zu machen. Darum haben wir es Mr. Jefferson auch nie gesagt. Als Frank starb, war nur noch sehr wenig da – ich hatte nur ein winziges Einkommen. Und ich

– ich habe seinem Vater auch nichts davon gesagt. Sehen Sie . . .»

Sie richtete sich heftig auf.

«Es wäre mir so vorgekommen, als beginge ich Verrat an Frank. Es wäre für Frank so entsetzlich gewesen, wenn sein Vater etwas erfahren hätte. Mr. Jefferson war lange krank. Als er sich erholte, nahm er an, ich sei eine sehr wohlhabende Witwe. Ich habe ihn in diesem Glauben gelassen. Das war ein Ehrenpunkt. Er weiß, daß ich sehr sparsam bin – aber das gefällt ihm. Er hält mich für eine ausgezeichnete Hausfrau. Und natürlich haben Peter und ich seit dem Unfall immer bei ihm gewohnt, und er hat alle unsere Ausgaben bezahlt. Ich hatte also keine Sorgen.»

Zögernd fuhr sie fort:

«All diese Jahre hindurch haben wir wie eine Familie miteinander gelebt – nur – nur verstehen Sie (oder verstehen Sie mich nicht?), nie war ich für meinen Schwiegervater Franks *Witwe* – für ihn war ich immer Franks *Frau.*»

Mrs. Bantry erfaßte die Situation.

«Sie meinen, er wollte den Tod seiner Kinder nie wahrhaben?»

«Nein. Er war wunderbar. Die furchtbare Tragödie seines Lebens hat er dadurch bewältigt, daß er sich weigerte, den Tod zur Kenntnis zu nehmen. Mark ist Rosamunds Gatte, und ich bin Franks Frau – und wenn Frank und Rosamund augenblicklich auch nicht bei uns sind: Sie existieren immer noch.»

Mrs. Bantry flüsterte:

«Ein wunderbarer Triumph des Glaubens.»

«Gewiß. Jahr für Jahr haben wir das so mitgemacht. Aber plötzlich – in diesem Sommer – war etwas in mir nicht in Ordnung. Ich fühlte eine Rebellion in mir. Es ist schrecklich, daß ich das sage, aber ich wollte nicht mehr an Frank denken! All das ist vorüber – meine Liebe und meine Gemeinschaft mit ihm, und mein Schmerz um seinen Tod. All das war – und ist nicht mehr.

Es ist schrecklich schwer, das zu erklären. Es ist so, als wolle man seine Schiefertafel sauber abwischen und von vorn anfangen. Ich wollte ich selbst sein – Addie, noch ziemlich jung und stark und fähig zu spielen, zu schwimmen, zu tanzen –, eine junge Frau wie tausend andere auch. Sogar Hugo – Sie kennen doch Hugo McLean? – er ist sehr nett und will mich heiraten, aber ich habe natürlich niemals ernstlich daran gedacht – in diesem Sommer jedoch *habe* ich daran gedacht, nicht mit Bestimmtheit, nur ganz beiläufig ...»

Sie hielt inne und schüttelte den Kopf.

«Es ist also wahrscheinlich ganz richtig, *ich habe Jeff vernachlässigt*. Ich meine nicht, daß ich ihn tatsächlich vernachlässigt hätte, aber mein Denken und Fühlen war nicht bei ihm. Als ich bemerkte, daß Ruby ihn amüsierte, war ich ganz zufrieden. Ich bekam dadurch mehr Freiheit, meine eigenen Wege zu gehen. Nie habe ich auch nur im Traum daran gedacht – natürlich, auch nicht im Traum habe ich daran gedacht, daß er von ihr so – so – *betört* werden könnte!»

Mrs. Bantry fragte:

«Und als Sie es bemerkten?»

«Ich war wie vor den Kopf geschlagen – absolut fassungslos! Und leider auch wütend.»

«Na, ich wäre bestimmt wütend gewesen», versicherte Mrs. Bantry.

«Sehen Sie, ich dachte an Peter. Peters ganze Zukunft hängt von Jeff ab. Wie ich glaubte, betrachtete Jeff ihn wirklich als einen Enkelsohn – aber er ist natürlich nicht sein richtiger Enkel. Er ist überhaupt nicht mit Jeff verwandt. Und zu denken, daß mein Peter – enterbt werden sollte!» Ihre kräftigen, schön geformten Hände zitterten in ihrem Schoß. «So habe ich es nämlich angesehen – und alles wegen eines ordinären, habgierigen, albernen kleinen Dings ... oh! Ich hätte sie ermorden können!»

Entsetzt hielt sie inne. Ihre wundervollen braunen Augen

hefteten sich angstvoll und flehend auf Mrs. Bantry. Sie flüsterte:

«Gräßlich, so etwas zu sagen!»

Mit leisen Schritten tauchte Hugo McLean hinter ihnen auf und fragte:

«Was ist gräßlich?»

«Setzen Sie sich, Hugo. Sie kennen Mrs. Bantry, nicht wahr?»

McLean hatte die alte Dame schon begrüßt. Er fragte langsam und beharrlich:

«Was ist gräßlich?»

Addie Jefferson erwiderte:

«Daß ich Ruby Keene hätte ermorden können.»

Hugo McLean überlegte eine Weile. Dann meinte er:

«Nein, das würde ich an Ihrer Stelle nicht sagen. Das könnte mißverstanden werden.»

Seine Augen – ruhige, nachdenkliche graue Augen – blickten sie vielsagend an.

«Passen Sie auf, was Sie reden – passen Sie auf, was Sie tun, Addie.» Ein warmer Ton schwang in seiner Stimme.

Einige Minuten später, als Miss Marple aus dem Hotel trat und sich zu Mrs. Bantry gesellte, schritten Hugo McLean und Adelaide Jefferson zusammen den Weg zum Strand hinunter.

Miss Marple setzte sich und bemerkte:

«Er scheint sehr an ihr zu hängen.»

«Er hängt seit Jahren an ihr! So ist er nun mal!»

«Ich verstehe. Wie Major Bury. Zehn Jahre lang hat er sich um eine Witwe aus den Kolonien bemüht. Er war schon zum Gespött ihrer Freunde geworden! Schließlich gab sie nach – aber zehn Tage bevor die Heirat hätte stattfinden sollen, ging sie unglücklicherweise mit dem Chauffeur durch. Sie war eine hübsche Frau und hatte für gewöhnlich sehr viel Selbstbeherrschung.»

«Ja, ja, die Menschen tun oft komische Dinge», stimmte Mrs. Bantry zu. «Ich wollte, du wärst eben hiergewesen, Jane. Addie Jefferson hat mir alles über sich erzählt – wie ihr Mann sein ganzes Geld durchgebracht hat und wie sie das vor Mr. Jefferson verheimlicht haben. Und jetzt, diesen Sommer, fühlte sie sich ganz anders als bisher ...»

Miss Marple nickte.

«Ja. Wahrscheinlich lehnte sie sich dagegen auf, daß sie immer in der Vergangenheit leben sollte. Schließlich hat alles seine Zeit. Man kann nicht ewig in einem Haus mit geschlossenen Läden sitzen. Wahrscheinlich hat Mrs. Jefferson gerade eben die Läden ein wenig geöffnet, hat ihren Witwenschleier abgelegt, und das war ihrem Schwiegervater natürlich nicht recht. Er fühlte sich ausgeschlossen, obwohl ich nicht glaube, daß er auch nur eine Minute lang verstand, was in ihr vorging. Trotzdem war es ihm bestimmt nicht recht. Und so war er natürlich – wie der alte Mr. Badger, als seine Frau mit dem Spiritismus anfing – gerade reif für das, was kommen mußte. Jede halbwegs hübsche junge Person, die es verstand, aufmerksam zuzuhören, hätte das gleiche erreicht.»

«Glaubst du», forschte Mrs. Bantry, «daß diese Cousine, diese Josie, Ruby Keene absichtlich hierhergebracht hat? Daß es ein Familienkomplott war?»

Miss Marple schüttelte den Kopf.

«Nein, das glaube ich nicht. Ich glaube nicht, daß Josie imstande ist, menschliche Reaktionen vorauszusehen. In der Beziehung ist sie recht beschränkt. Sie hat diesen gewissen schlauen, begrenzten, praktischen Verstand, der niemals in die Zukunft blickt und meistens von den Ereignissen überrascht wird.»

«Es scheint, daß diesmal alle überrascht waren: Addie – und offenbar auch Mark Gaskell.»

Miss Marple lächelte.

«Der hat vor seiner eigenen Tür zu kehren, das kann man wohl sagen. Ein wilder Bursche mit Raubvogelaugen! Er ist nicht der Mann, der jahrelang ein trauernder Witwer bleibt. Auch wenn er seine Frau noch so sehr geliebt hat. Ich kann mir vorstellen, daß die beiden jungen Menschen unter dem dauernden Joch von Mr. Jeffersons Vergangenheitskult gelitten haben. Freilich», fügte Miss Marple zynisch hinzu, «ein Mann hat es da viel leichter.»

Miss Marples Meinung über Mark Gaskell wurde im gleichen Augenblick durch ein Gespräch zwischen ihm und Sir Henry Clithering bestätigt.

Mit der für ihn charakteristischen Offenheit ging Mark direkt auf den Kern der Angelegenheit los.

«Es dämmert mir soeben», begann er, «daß ich für die Polizei der Verdächtige Nummer 1 bin! Sie haben meine finanziellen Schwierigkeiten entdeckt. Ich bin nämlich ruiniert, müssen Sie wissen, oder wenigstens beinahe. Wenn der gute, alte Jeff planmäßig in ein oder zwei Monaten stirbt und wenn Addie und ich uns ebenso planmäßig die Moneten teilen, dann geht alles in Ordnung. Ehrlich gesagt, ich habe einen ganzen Haufen Schulden ... Wenn's einen Krach gibt, dann wird er gewaltig sein. Wenn ich ihn vermeiden kann, dann ist's gerade umgekehrt – dann bin ich obenauf und ein reicher Mann.»

«Sie sind ein Spieler, Mark?» warf Sir Henry ein.

«Das war ich immer. Alles riskieren – das ist mein Wahlspruch! Ja, es ist wirklich ein Glück für mich, daß jemand dieses arme Kind erwürgt hat. Ich hab's nicht getan. Ich bin kein Würger. Ich glaube nicht, daß ich jemals töten könnte. Ich bin zu oberflächlich. Aber wahrscheinlich kann ich von der Polizei nicht erwarten, daß sie mir das glaubt! Meine Existenz muß ihnen vorkommen wie die Erhörung eines Gebetes, das der Detektiv zum Himmel geschickt hat! Ich habe ein Motiv, ich war auf der Bildfläche, ich bin keineswegs mit starken, moralischen Skrupeln belastet! Ich verstehe überhaupt nicht, wieso ich nicht bereits im Gefängnis sitze!

Dieser Superintendent schaut mich schon die ganze Zeit so gemein an.»

«Sie haben etwas sehr Nützliches: ein Alibi.»

«Ein Alibi ist die faulste Sache auf Gottes Erde! Kein Unschuldiger hat ein Alibi! Außerdem kommt ja alles darauf an, um welche Stunde der Tod eingetreten ist. Und Sie können Gift darauf nehmen: Wenn drei Ärzte behaupten, daß die Kleine um Mitternacht ermordet worden ist, wird man mindestens sechs andere finden, die jeden Eid darauf ablegen, sie sei um fünf Uhr morgens gestorben – und was ist dann mit meinem Alibi?»

«Jedenfalls können Sie immer noch Ihre Witze darüber machen.»

«Zeugt von verdammt schlechtem Geschmack, nicht wahr?» meinte Mark fröhlich. «Ehrlich gesagt, ich habe ziemlich große Angst. Ein Mord kann einem schon angst machen. Und glauben Sie nicht, daß mir der alte Jeff nicht leid tut. Er tut mir leid. Aber es ist besser so – mag der Schock auch noch so groß gewesen sein –, besser, als wenn er ihr auf die Schliche gekommen wäre.»

«Was wollen Sie damit sagen?»

Mark blinzelte.

«Wohin ist sie an jenem Abend gegangen? Ich gehe jede Wette ein: Sie hat sich mit einem Mann getroffen. Das hätte Jeff nicht gefallen. Das hätte ihm ganz und gar nicht gefallen. Hätte er erfahren, daß sie ihn betrog, daß sie gar nicht das unschuldige kleine Plaudertäschchen war, als das sie sich gab – na, mein Schwiegervater ist ein seltsamer Mann. Er ist ein Mann von großer Selbstbeherrschung – aber diese Selbstbeherrschung kann plötzlich ins Gegenteil umschlagen. Und dann – hüte sich, wer kann!»

Neugierig betrachtete Sir Henry sein Gegenüber.

«Mögen Sie ihn nun eigentlich oder nicht?»

«Ich mag ihn sehr – und ärgere mich gleichzeitig über ihn. Ich will versuchen, Ihnen das zu erklären. Conway Jefferson ist ein Mann, der seine ganze Umgebung beherrschen will. Er ist ein wohltätiger Despot, freundlich, großmütig und liebevoll – aber *er* gibt den Takt an, und die anderen müssen nach seiner Pfeife tanzen.»

Einen Augenblick hielt Mark Gaskell inne. Dann fuhr er fort:

«Ich habe meine Frau geliebt. Nie werde ich dasselbe für eine andere empfinden können. Rosamund war eitel Sonnenschein, Lachen und Blühen. Als sie starb, fühlte ich mich wie der Boxer, der k. o. geschlagen wurde. Doch der Ringrichter hat mich jetzt lange genug ausgezählt. Schließlich bin ich ein Mann. Ich habe Frauen gern. Ich habe nicht die Absicht, wieder zu heiraten – nicht im entferntesten. Das ist soweit in Ordnung. Ich mußte Diskretion wahren – aber ich habe trotzdem mein Vergnügen gehabt. Nicht so die arme Addie. Addie ist eine wirklich nette Frau. Sie gehört zu jenen Frauen, mit denen Männer nicht nur schlafen, sondern die sie auch heiraten wollen. Wenn sie nur die geringste Chance hätte, würde sie wieder heiraten – und sehr glücklich sein und den Mann auch glücklich machen. Aber unser alter Jeff betrachtet sie immer noch als Franks Frau und suggeriert auch ihr, sich so zu fühlen. Er weiß es nicht, aber wir beide waren seine Gefangenen. Ich bin heimlich ausgebrochen, schon vor langer Zeit. Addie ist diesen Sommer ausgebrochen – und das hat dem Alten einen Schock versetzt. Seine Welt brach zusammen. Ergebnis: Ruby Keene – doch sie ist tot und liegt im Grab, gottlob!» skandierte er noch zum Abschied. «Kommen Sie, Clithering, gehen wir was trinken.»

Kein Wunder, dachte Sir Henry, daß Mark Gaskell der Polizei verdächtig erschien.

16

Dr. Metcalf war einer der bekanntesten Ärzte von Danemouth. Er hatte nicht die üblichen Krankenzimmer-Allüren, aber seine Gegenwart wirkte auf die Patienten unfehlbar aufheiternd. Er war ein Mann in mittleren Jahren, und seine Stimme hatte einen angenehmen Klang.

Aufmerksam hörte er Superintendent Harper zu und beantwortete mit höflicher Genauigkeit dessen Fragen.

«Dann kann ich also annehmen, Dr. Metcalf, daß die Auskunft, die Mrs. Jefferson mir gab, im großen und ganzen stimmt?»

«Ja. Mr. Jeffersons Gesundheitszustand ist außerordentlich kritisch. Schon seit einigen Jahren überanstrengt dieser Mann sich in grausamer Art und Weise. Da er fest entschlossen ist, genauso zu leben wie ein Gesunder, mutet er sich weitaus mehr zu als andere, normale Menschen seines Alters. Er lehnt es ab, sich mal Ruhe zu gönnen, sich die Arbeit oder das Leben etwas leichter zu machen oder irgendwelche Verhaltensmaßregeln zu befolgen, die ich ihm, übereinstimmend mit seinen anderen ärztlichen Ratgebern, erteilt habe. Die Folge ist, daß dieser Mann heute einem überbeanspruchten Motor gleicht. Herz, Lunge, Blutdruck – alles kaputt.»

«Sie sagen, daß Mr. Jefferson es entschieden ablehnt, auf seine Ärzte zu hören?»

«Ja. Ich verurteile ihn deswegen nicht. So etwas sage ich meinen Patienten natürlich nicht, Superintendent, aber meiner Meinung nach kann ein Mensch sich ebensogut verbrauchen – wie verrosten. Viele meiner Kollegen verbrauchen sich – und, glauben Sir mir, das ist nicht das Schlechteste. An einem Ort wie Danemouth sieht man meistens das Gegenteil: Kranke, die sich an das Leben klammern, in Todesangst vor Überanstrengung, vor einem Luftzug, vor Bazillen, vor einer unbekömmlichen Mahlzeit!»

«Da haben Sie wohl recht», entgegnete Harper. «Demnach

liegen die Dinge folgendermaßen: Conway Jefferson ist recht kräftig, aber nicht gesund. Was kann er übrigens tatsächlich mit seiner großen Muskelkraft anfangen?»

«Er kann außerordentlich geschickt mit seinem Rollstuhl umgehen und mit Hilfe von Krücken vermag er sich im Zimmer zu bewegen – zum Beispiel vom Bett zum Stuhl.»

«Könnte er keine Prothesen tragen?»

«In seinem Fall ist das unmöglich. Es liegt eine Verletzung des Rückgrats vor.»

«Ich verstehe. Lassen Sie mich nochmals zusammenfassen: Jeffersons Muskeln sind stark und gesund. Subjektiv fühlt er sich wohl.»

Metcalf nickte.

«Aber sein Herz ist in einem schlechten Zustand», fuhr Harper fort. «Übermüdung oder Anstrengung, ein Schock oder eine plötzliche Furcht – und er ist hinüber. Stimmt das?»

«Mehr oder weniger. Die Überanstrengung tötet ihn langsam, weil er nicht nachgeben will, wenn er müde ist. Das verschlimmert seinen Herzfehler. Es ist unwahrscheinlich, daß eine Anstrengung ihn plötzlich töten könnte. Ein Schock jedoch oder große Angst würden das leicht schaffen. Deshalb habe ich seine Familie ja auch ausdrücklich gewarnt.»

Gewichtig stellte der Superintendent fest:

«In Wirklichkeit hat ihn aber ein plötzlicher Schock *nicht* getötet. Ich meine, Doktor, daß es kaum einen schlimmeren Schock geben kann als diese Mordsache – und er lebt immer noch.»

Dr. Metcalf zuckte die Achseln.

«Ja, ich weiß. Aber wenn Sie meine Erfahrung hätten, Superintendent, dann würden Sie wissen, daß sämtliche Krankengeschichten beweisen, wie unmöglich es ist, eine genaue Prognose zu stellen. Die menschliche Konstitution ist viel zäher, als man sich vorstellt. Außerdem ist, meiner Erfahrung nach, ein *physischer* Schock viel häufiger verhängnisvoll als ein *seelischer* Schock. Einfacher ausgedrückt: Der Knall einer zuschlagenden Tür wird Mr. Jefferson wahrscheinlich eher töten als die Entdeckung, daß ein Mädchen, dem er zugetan war, auf besonders grauenvolle Art den Tod fand.»

«Warum wohl?»

«Das jähe Eintreffen einer schlechten Nachricht ruft im Empfänger meistens eine unbewußte Abwehrhaltung hervor. Man ist betäubt. Zunächst ist man unfähig, das Unglück wirklich zu erfassen. Es braucht Zeit, bis man alles voll und ganz begreift. Aber eine zuschlagende Tür, ein Mensch, der plötzlich aus einem Schrank springt, das Heranbrausen eines Wagens, während man die Straße überquert – all das hat eine unmittelbare Wirkung. Das Herz tut einen erschreckten Sprung, laienhaft ausgedrückt.»

Langsam sagte Superintendent Harper:

«Aber nach menschlichem Ermessen hätte Mr. Jeffersons Tod sehr leicht durch das Entsetzen über den Mord an Ruby Keene herbeigeführt werden können?»

«Gewiß, sehr leicht.» Der Arzt blickte den anderen neugierig an. «Sie glauben doch nicht ...»

«Ich weiß nicht, was ich glaube», entgegnete Superintendent Harper ärgerlich.

Etwas später erläuterte Harper Sir Henry Clithering seinen Standpunkt.

«Sie werden doch zugeben, Sir, daß das wunderbar zusammenpaßt. Zwei Fliegen auf einen Schlag sozusagen. Erst das Mädchen – dann rafft ihr Tod Mr. Jefferson ebenfalls dahin, ohne ihm Zeit zu lassen, sein Testament zu ändern.»

«Glauben Sie, daß er es ändern will?»

«Das dürften Sie besser wissen als ich. Was meinen Sie?»

«Ich weiß nicht. Bevor Ruby Keene auf der Bildfläche erschien, hatte, er, soviel mir durch Zufall bekannt ist, Mark Gaskell und Mrs. Jefferson zu seinen Erben bestimmt. Ich kann mir nicht vorstellen, warum er jetzt seine Absicht ändern sollte. Aber es ist natürlich möglich. Vielleicht hinterläßt er sein Geld einem Katzenheim oder einem Unterstützungsfonds für junge Tänzerinnen.»

Superintendent Harper stimmte ihm zu.

«Man kann nie wissen, was für Rosinen sich so ein Mann in den Kopf setzt. Besonders, wenn er sich beim Verfügen über sein Vermögen frei von jeder moralischen Verpflichtung fühlt. Er hat ja keine Blutsverwandten.»

Sir Henry wandte ein:

«Er hat den Jungen gern – den kleinen Peter.»

«Sie glauben, daß er ihn als seinen Enkel betrachtet? Ich kann das nicht beurteilen, Sir – Sie wissen mehr darüber.»

Zögernd antwortete Sir Henry:

«Nein – ich glaube nicht, daß Conway den Kleinen als Enkelsohn ansieht.»

«Es gibt noch etwas, das ich Sie fragen möchte, Sir. Etwas, das ich selber nicht beurteilen kann. Aber Sie sind ein Freund der Familie und haben da mehr Einblick. Ich würde gern wissen, wie groß Mr. Jeffersons Zuneigung zu Mr. Gaskell und der jungen Mrs. Jefferson eigentlich ist.»

Sir Henry runzelte die Stirn.

«Ich bin nicht sicher, ob ich Sie richtig verstanden habe, Superintendent?»

«Die Sache ist die: Liebt er die beiden auch rein menschlich – abgesehen von den verwandtschaftlichen Gefühlen?»

«Ah, jetzt begreife ich, was Sie meinen!»

«Gut, Sir. Niemand zweifelt daran, daß er sehr an den beiden hängt. Soweit ich es jedoch beurteilen kann, liebt er Mr. Gaskell und Mrs. Jefferson vor allem deswegen, weil sie mit seiner Tochter beziehungsweise seinem Sohn verheiratet waren. Was würde aber geschehen, wenn sich einer von ihnen zum Beispiel wieder verheiraten wollte?»

Sir Henry überlegte.

«Ein sehr interessantes Problem, das Sie da zur Sprache bringen. Ich weiß nicht. Ich bin eher geneigt anzunehmen –

das ist natürlich nur meine unmaßgebliche Meinung –, daß sich Conways Einstellung in einem solchen Fall wesentlich ändern würde. Er würde den jungen Leuten alles Gute wünschen, ihnen nichts nachtragen, aber ich glaube – ja – ich glaube ganz bestimmt, daß er sich kaum mehr für sie interessieren würde.»

«In beiden Fällen, Sir?»

«Ja, ich denke schon. Was Mr. Gaskell betrifft, so bin ich beinahe sicher. Aber ich glaube auch in Mrs. Jeffersons Fall; allerdings ist das nicht ganz so sicher. Mir scheint, *sie* hat er gern.»

«Wahrscheinlich, weil sie eine Frau ist. Es fällt ihm leichter, sie als Tochter zu sehen als Mark Gaskell als Sohn. Umgekehrt ist es ebenso. Frauen akzeptieren einen Schwiegersohn ohne weiteres als neues Familienmitglied; aber es kommt nicht oft vor, daß eine Frau die Gattin des Sohnes wirklich als Tochter betrachtet.

Ist es Ihnen recht, Sir, wenn wir jetzt zum Tennisplatz hinuntergehen? Ich sehe Miss Marple dort sitzen. Ich möchte sie bitten, etwas für mich zu tun. Ehrlich gesagt, ich möchte Sie beide einspannen.»

«In welcher Weise, Superintendent?»

«Es geht um eine Sache, die ich nicht selbst in die Hand nehmen kann. Ich möchte, daß Sie sich Edwards einmal vornehmen, Sir.»

«Edwards? Was wollen Sie denn von dem?»

«Alles, was Sie sich nur vorstellen können! Alles, was er weiß und was er denkt! Über die Beziehungen zwischen den verschiedenen Familienmitgliedern. Seine Ansicht über die Ruby-Keene-Affäre. Internes. Er weiß mehr von der ganzen Angelegenheit als jeder andere. Ich wette, er weiß mehr! *Mir* wird er nichts verraten. Aber *Ihnen*. Weil Sie ein Aristokrat sind und der Freund von Mr. Jefferson. Man könnte durch ihn irgend etwas Wichtiges erfahren. Das heißt, natürlich nur, wenn Sie nichts dagegen haben.»

Sir Henry erwiderte grimmig:

«Ich habe nichts dagegen. Man hat dringend nach mir geschickt, weil man von mir erwartet, daß ich die Wahrheit herausfinde. Ich will alles tun, was ich vermag.»

Dann forschte er:

«Und was für eine Hilfe wollen Sie von Miss Marple?»

«Da sind ein paar junge Mädchen, ein paar von diesen Pfadfinderinnen. Wir haben etwa ein halbes Dutzend ausgesucht; es sind die, mit denen Pamela Reeves am engsten befreundet war. Es ist möglich, daß sie etwas wissen. Sehen Sie, ich habe mir folgendes überlegt: Wenn Pamela wirklich ins Warenhaus gehen wollte, dann ist es doch nur wahrscheinlich, daß sie versucht hat, eins von den anderen Mädchen zu überreden, mit ihr zu gehen. Mädchen machen ihre Einkäufe gern in Gesellschaft.»

«Ja, ich glaube, da haben Sie recht.»

«Es scheint mir also denkbar, daß dieses Warenhaus nur ein Vorwand war. Ich will wissen, wohin Pamela wirklich gegangen ist. Sie kann einer Kameradin gegenüber irgendeine Andeutung gemacht haben. Wenn dem so ist, dann weiß ich, daß Miss Marple das Zeug dazu hat, die Mädchen zum Sprechen zu bringen. Man kann wohl sagen, daß sie allerhand von der Psyche junger Mädchen versteht – jedenfalls mehr als ich. Und außerdem würden die Kinder sich vor der Polizei auch zu sehr fürchten.»

«Gewiß. Dies scheint mir gerade ein Problem aus dem Dorfleben zu sein, auf das sich Miss Marple besonders gut versteht. Sie hat scharfe Augen und eine feine Witterung, wissen Sie.»

Der Superintendent lächelte.

«Da haben Sie wirklich recht. Nichts entgeht ihr.»

Sobald sie sich näherten, blickte Miss Marple auf und begrüßte sie eifrig. Als sie von Harpers Anliegen hörte, erklärte sie sich sofort bereit.

«Ich möchte Ihnen sehr gern helfen, Superintendent, und

vielleicht kann ich Ihnen wirklich nützlich sein. Meine Erfahrungen mit den Sonntagsschulen, wissen Sie, und mit dem Verein junger Mädchen und mit unseren Pfadfinderinnen und mit dem Waisenhaus – ich bin nämlich im Komitee, müssen Sie wissen, und gehe öfters hin, um mit der Leiterin zu plaudern –, und dann die Dienstmädchen – ich habe meistens sehr junge Mädchen. O ja, ich habe wirklich viel Erfahrung mit jungen Dingern und weiß sofort, ob ein Mädchen die Wahrheit sagt oder ob es etwas verschweigt.»

«Wahrhaftig, Sie sind eine Expertin», schmunzelte Sir Henry.

Miss Marple warf ihm einen vorwurfsvollen Blick zu.

«Bitte, lachen Sie mich nicht aus, Sir Henry!»

«Ich denke doch nicht im Traum daran, Sie auszulachen. Dazu kenne ich Sie viel zu gut.»

«Man sieht soviel Böses in einem Dorf», murmelte Miss Marple.

«Ich habe übrigens einen Punkt, nach dem Sie mich gefragt haben, aufgeklärt. Superintendent Harper sagte mir, daß sich abgeschnittene Fingernägel in Rubys Papierkorb befunden haben.»

Nachdenklich bemerkte Miss Marple:

«Wirklich? ... Dann ist es eben so ...»

«Warum wollten Sie das denn wissen?» fragte Harper.

«Das war auch eines von den Dingen, die – ja, die mir irgendwie aufgefallen sind, als ich die Leiche betrachtete. Mit den Händen war etwas nicht in Ordnung. Zuerst wußte ich gar nicht, was es eigentlich war. Dann fiel mir ein, daß Mädchen, die sehr stark geschminkt sind und so weiter, meistens auch ganz lange Fingernägel haben. Es ist zwar immer möglich, daß ein Mädchen die Nägel abbeißt – ein Laster, das man sich nur sehr schwer abgewöhnt. Oft ist die Eitelkeit eine große Hilfe dabei. Aber dann kam der kleine Junge – dieser Peter, wissen Sie – und erzählte etwas, das mir bewies, daß ihre Nägel tatsächlich lang gewesen waren. Sie hatte sich nur einen abgebrochen. Da ist es natürlich möglich, daß sie sich alle übrigen Nägel auch kurz geschnitten hat, damit man keinen Unterschied sieht. Ich fragte nach Schnipseln, und Sir Henry sagt, sie seien gefunden worden.»

Sir Henry bemerkte:

«Sie sagten eben ‹*eines* von den Dingen, die Ihnen aufgefallen sind, als Sie die Leiche betrachteten›. Gab es noch andere?»

«Aber gewiß! Das Kleid war ganz und gar verdächtig.»

Beide Männer blickten sie neugierig an.

«Aber warum denn?» rief Sir Henry.

«Ja, sehen Sie, es war ein altes Kleid. Josie hat das mit Bestimmtheit erklärt, und ich habe auch selbst gesehen, daß es schäbig und abgetragen war. Nun, das ist sehr verdächtig.»

«Ich verstehe nicht.»

Miss Marple errötete ein wenig.

«Nun ja, man nimmt doch an, daß Ruby Keene sich umzog und fortging, um jemanden zu treffen, mit dem sie ein ‹Techtelmechtel› hatte, wie mein junger Neffe das nennt – nicht wahr?»

Harper zwinkerte ein wenig.

«Ja, dahin geht unsere Vermutung. Wir glauben, daß sie ein Rendezvous hatte – mit einem Freund.»

«Warum hat sie dann ein altes Kleid angezogen?» erkundigte sich Miss Marple.

Nachdenklich kratzte Harper sich am Kopf.

«Ich verstehe, was Sie meinen. Ihrer Ansicht nach hätte sie eigentlich ein neues tragen müssen.»

«Ich bin überzeugt, daß sie ihr schönstes Kleid genommen hätte. Das ist Mädchenart.»

«Aber hören Sie mal, Miss Marple», gab Sir Henry zu bedenken, «wir wollen einmal annehmen, daß dieses Rendezvous im Freien stattfand. Ruby sollte vielleicht in einem offenen Wagen fahren oder in einer unwegsamen Gegend spazierengehen. Dann hätte sie doch nicht riskieren wollen, ihr neues Kleid zu ruinieren, und hätte ein altes angezogen.»

«Das wäre sehr vernünftig gewesen von ihr», stimmte Harper zu.

Miss Marple wandte sich ihm zu und sagte mit Nachdruck:

«Das Vernünftigste wäre gewesen, sich Hosen anzuziehen und einen Pullover oder ein Sportkleid. Das hätte natürlich – bitte halten Sie mich jetzt nicht für versnobt, aber ich kann es nicht anders ausdrücken – das hätte natürlich ein Mädchen aus unseren Kreisen getan. Ein guterzogenes Mädchen», fuhr Miss Marple fort, während sie sichtlich Geschmack an diesem Thema fand, «legt stets den größten Wert darauf, bei jeder Gelegenheit das Richtige zu tragen. Ich meine, so heiß das Wetter auch sein mag, ein Mädchen mit Stil würde niemals in einem Seidenkleid zu einem Stelldichein gehen.»

«Und wie zieht man sich korrekt an, wenn man einen Liebhaber trifft?» fragte Sir Henry.

«Wenn sie ihn innerhalb des Hotels trifft oder sonst irgendwo, wo man Abendkleider trägt, dann zieht sie natürlich ihr bestes Abendkleid an. Doch sie weiß, daß sie im Freien mit einem Abendkleid lächerlich aussehen würde, infolgedessen wird sie ihr schickstes Sportkostüm tragen.»

«Zugegeben, wenn es sich um ein Mädchen aus den besseren Kreisen handelt. Aber diese kleine Ruby ...»

Miss Marple fiel ein:

«Natürlich, Ruby war keine – um es rundheraus zu sagen – Ruby war keine Dame. Sie war eines von diesen Mädchen, die ihr schönstes Kleid anziehen, wenn sie irgendwohin gehen, mag es nun zu der Gelegenheit passen oder nicht. Voriges Jahr hatten wir ein Picknick, wissen Sie, draußen bei den Klippen von Scrantor. Sie wären erstaunt gewesen, wie unpassend die Mädchen angezogen waren. Foulardkleider und Sportschuhe! Und manche hatten schrecklich auffallende Hüte. Und die jungen Männer trugen ihre Sonntagsanzüge. Zum Herumklettern auf den Klippen zwischen Dornen und Hecken!»

Harper meinte nachdenklich:

«Und Sie glauben also, daß Ruby Keene . . .»

«Ich glaube, sie hätte das Kleid anbehalten, das sie an diesem Abend trug – ihr bestes rosa Kleid. Nur wenn sie etwas noch Neueres besessen hätte, würde sie sich vielleicht umgezogen haben.»

«Und wie erklären Sie das Ganze, Miss Marple?»

«Ich weiß nicht – noch nicht. Aber ich habe das Gefühl, daß es wichtig ist . . .»

17

Auf dem Tennisplatz hatte Starr die Trainingsstunde beendet.

Eine dicke Frau in mittleren Jahren grunzte zufrieden, nahm ihre himmelblaue Wolljacke und entfernte sich in Richtung Hotel.

Raymond rief ihr ein paar fröhliche Worte nach.

Dann wandte er sich der Bank zu, auf der die drei Zuschauer saßen. Das Netz mit den Bällen baumelte in seiner Hand, den Tennisschläger hielt er unter dem Arm. Das frohe Lachen war von seinem Gesicht wie weggewischt. Er sah müde und traurig aus.

Während er auf sie zukam, rief er: «Überstanden!»

Dann lächelte er wieder, dieses knabenhafte, ausdrucksvolle Lächeln, das so gut zu seinem sonnengebräunten Gesicht und seinen geschmeidigen Bewegungen paßte.

Sir Henry fragte sich, wie alt dieser Mann wohl sein mochte. Fünfundzwanzig, dreißig, fünfunddreißig? Es war unmöglich zu schätzen.

Raymond schüttelte den Kopf.

«Nie wird diese Frau Tennis spielen lernen!»

«Das alles muß Sie doch schrecklich langweilen», bemerkte Miss Marple.

Raymond erwiderte schlicht:

«Ja, manchmal. Besonders gegen Ende des Sommers. Eine Zeitlang macht einem der Gedanke an das Honorar noch Freude, aber sogar das regt einen schließlich nicht mehr an!»

Superintendent Harper erhob sich. Er wandte sich kurz an Miss Marple.

«Ich werde Sie in einer halben Stunde aufsuchen, wenn Ihnen das recht ist.»

«Ausgezeichnet, danke. Ich werde Sie erwarten.»

Harper entfernte sich. Raymond blickte ihm nach. Dann fragte er: «Darf ich mich ein wenig zu Ihnen setzen?»

«Natürlich.» Sir Henry bot ihm eine Zigarette an. «Rauchen Sie?»

Während der junge Mann sich bediente, wunderte Henry Clithering sich über das Vorurteil, das er gegen Raymond Starr hegte. Kam das nur daher, daß er Tennistrainer und vor allem Berufstänzer war? Der Engländer ist mißtrauisch, sobald ein Mann zu gut tanzt, überlegte Sir Henry. Dieser Bursche bewegt sich mit allzu großer Anmut! Raymond – Ramon – wie hieß er nur? Plötzlich stellte er diese Frage.

Der andere schien sich zu amüsieren.

«Ramon war ursprünglich mein Künstlername. ‹Ramon und Josie› – klingt spanisch, wissen Sie. Dann kam eine Zeit der Ausländerfeindlichkeit, also hieß ich Raymond, außerordentlich englisch –»

«Und Ihr richtiger Name ist ganz anders?» wollte Miss Marple wissen.

Er lächelte sie an.

«Ich heiße tatsächlich Ramon. Sie müssen wissen, meine Großmutter war Argentinierin.» (Daher hat er also die geschmeidigen Hüften, dachte Sir Henry.)

«Aber mein erster Vorname ist Thomas. Schrecklich prosaisch.»

Er wandte sich an Sir Henry.

«Nicht wahr, Sir, Sie kommen aus Devonshire? Aus Stane? Dort hat meine Familie gewohnt. Auf Alsmonston.»

Sir Henrys Gesicht hellte sich auf.

«Sie sind ein Starr von Alsmonston? Das habe ich nicht gewußt.»

«Nein – das kann ich mir denken.»

Seine Stimme klang etwas bitter.

Ungeschickt bemerkte Sir Henry:

«Pech – äh – Pech gehabt, nicht wahr?»

«Daß unser Schloß verkauft werden mußte, nachdem es dreihundert Jahre im Besitz der Familie war? Ja, Pech. Na ja, mit unseresgleichen geht es wohl bergab. Der Sinn und Zweck, den unsere Existenz einmal hatte, hat sich heute überlebt. Mein älterer Bruder ist nach New York gegangen. Er arbeitet dort in einem Verlag – es geht ihm gut. Wir anderen sind über die ganze Welt verstreut. Ich sage Ihnen, es ist heutzutage schwer, eine Stellung zu bekommen, wenn man nichts anderes zu bieten hat als eine gute Erziehung! Manchmal, wenn man Glück hat, kann man Empfangschef in einem Hotel werden, dazu langt es gerade noch mit der gutgebundenen Krawatte und mit den guten Manieren. Die einzige Anstellung, die ich erwischen konnte, war Verkäufer in einem Installationsgeschäft. Dort mußte ich wundervolle pfirsich- und veilchenfarbene Badewannen verkaufen. Es gab riesige Lagerräume, und ich konnte mir die Preise von den verdammten Dingern nicht merken und wußte auch nie, wann wir sie liefern würden. Da kündigte man mir.

Das einzige, was ich wirklich verstand, war Tanzen und Tennisspielen. Ich begann in einem Hotel an der Riviera. Dort ist gut sein. Ich verdiente recht ordentlich. Dann passierte es mir, daß ich den Ruf eines alten Colonels überhörte. So ein richtiger alter Colonel, unglaublich eingebildet. Er ging zum Direktor und schrie, so laut er konnte:

‹Wo ist denn der *Gigolo*? Ich will den *Gigolo* haben! Meine

Frau und meine Tochter wollen tanzen, wissense. Wo ist der Bursche? Wo treibt er sich 'rum? Den *Gigolo* will ich!›»

Raymond fuhr fort:

«Es ist vielleicht dumm, deswegen beleidigt zu sein – aber ich war's. Ich hab die ganze Sache hingeschmissen. Kam hierher. Kleinerer Verdienst, aber angenehmere Arbeit. Ich muß hauptsächlich Damen Tennisunterricht erteilen, die nie, nie, nimmermehr lernen werden, einen Schläger zu halten. Das – und dann tanzen mit den Mauerblümchen, Töchtern von reichen Gästen. Na ja, so ist das Leben. Entschuldigen Sie, daß ich Ihnen meine Pechvogel-Geschichte erzählt habe.»

Er lachte. Weiß leuchteten seine Zähne, und in den Augenwinkeln bildeten sich kleine Fältchen. Plötzlich sah er gesund aus, fröhlich und lebensprühend.

Sir Henry versicherte:

«Es freut mich sehr, mit Ihnen zu plaudern. Ich wollte Sie ohnehin gern sprechen.»

«Wegen Ruby Keene? Leider kann ich Ihnen da nicht helfen, glauben Sie mir. Ich weiß nicht, wer sie getötet hat. Ich weiß überhaupt sehr wenig von ihr. Sie hat mich nicht mit ihrem Vertrauen beehrt.»

«Haben Sie sie gemocht?» wollte Miss Marple wissen.

«Nicht besonders. Aber ich hatte auch nichts gegen sie.»

Seine Stimme klang gleichgültig und uninteressiert.

Nun fragte Sir Henry wieder:

«Und Sie haben keinerlei Vermutung?»

«Leider nicht ... Ich hätte es Harper erzählt, wenn ich irgendeinen Verdacht hegen würde. Das ist wieder mal so eine Sache: ein ganz gewöhnliches, niederträchtiges, unbegreifliches Verbrechen – keinerlei Anhaltspunkt, keinerlei Motiv.»

«Zwei Personen hatten ein Motiv», verkündete Miss Marple. Sir Henry warf ihr einen scharfen Blick zu.

«Wahrhaftig?» Raymond schien überrascht.

Beharrlich sah Miss Marple Henry Clithering an; schließlich erklärte dieser widerwillig:

«Höchstwahrscheinlich verhilft Rubys Tod Mrs. Jefferson und Mr. Gaskell zu fünfzigtausend Pfund.»

«Was?» Jetzt sah Raymond wirklich erschrocken drein – ja, mehr als erschrocken: entsetzt. «Aber das ist ja verrückt – ganz und gar verrückt! Mrs. Jefferson – keiner von den beiden – kann doch mit der Sache irgend etwas zu tun gehabt haben! Es wäre Wahnsinn, auch nur daran zu denken!»

Miss Marple hüstelte. Dann murmelte sie:

«Ich fürchte, junger Mann, Sie sind ein großer Idealist.»

«Ich?» Er lachte auf. «Nichts weniger als das! Ich bin ein hartgesottener Zyniker!»

«Geld –» Miss Marple blickte sinnend vor sich hin. «Geld ist ein gewaltiges Motiv.»

«Möglich», rief Raymond hitzig, «aber daß einer von diesen beiden ein Mädchen kalten Blutes erdrosseln sollte...» Er schüttelte den Kopf.

Dann stand er auf. «Da kommt Mrs. Jefferson. Sie hat jetzt Stunde. Kommt zu spät», seine Stimme klang belustigt, «um zehn Minuten zu spät!»

Adelaide Jefferson und Hugo McLean eilten den Weg herunter.

Adelaide entschuldige sich lächelnd wegen ihrer Verspätung und trat auf den Platz. McLean setzte sich auf die Bank. Nachdem er sich höflich erkundigt hatte, ob der Rauch Miss Marple störe, zündete er seine Pfeife an, paffte einige Minuten schweigend vor sich hin und folgte mit kritischen Blikken den beiden weißen Gestalten auf dem Tennisplatz.

Schließlich äußerte er:

«Ich kann nicht verstehen, weshalb Addie Stunden nimmt. Ein paar Sätze spielen – okay. Niemand hat mehr Spaß daran als ich. Aber wozu nimmt sie Stunden?»

«Um ihr Spiel zu verbessern», vermutete Sir Henry.

«Sie spielt nicht schlecht», ereiferte sich Hugo, «jedenfalls gut genug für ihre Zwecke. Donnerwetter, sie will doch nicht Wimbledon gewinnen!»

Ein paar Minuten schwieg er. Dann sagte er:

«Wer ist eigentlich dieser Raymond? Was sind diese Profis eigentlich für Burschen? Dieser Kerl sieht aus wie ein Abenteurer.»

«Er ist ein Starr aus Devonshire», erwiderte Sir Henry.

«Was? Wirklich?»

Henry Clithering nickte. Ganz offensichtlich war diese Mitteilung Hugo McLean unangenehm. Sein Gesicht verfinsterte sich noch mehr, und er brummte:

«Ich möchte wissen, warum Addie nach mir geschickt hat. Sie scheint sich wegen dieser Mordaffäre keine grauen Haare wachsen zu lassen! Hat noch nie so blühend ausgesehen. Wozu hat sie mich kommen lassen?»

Neugierig forschte Sir Henry:

«Wann hat sie denn nach Ihnen geschickt?»

«Ach – hm – als die Geschichte passiert ist.»

«Wie wurden Sie benachrichtigt? Telefonisch oder telegrafisch?»

«Telegrafisch.»

«Ich frage nur aus Neugier: Wann ist das Telegramm aufgegeben worden?»

«Ich – ich weiß nicht so genau.»

«Um wieviel Uhr haben Sie es erhalten?»

«Eigentlich habe ich es gar nicht erhalten. Es wurde mir durchtelefoniert – ja, so war es.»

«So? Wo sind Sie denn gewesen?»

«Ja, also ich hatte London am Tag vorher verlassen. Ich hielt mich in Danebury Head auf.»

«Was – hier in der Nähe?»

«Ja, komisch, nicht wahr? Gerade als ich vom Golfspielen zurückkam, erhielt ich Addies Nachricht und bin natürlich sofort herübergeeilt.»

Nachdenklich blickte Miss Marple ihn an. Er machte einen erhitzten und nervösen Eindruck. Sie sagte: «Wie ich höre, ist es sehr hübsch in Danebury Head und nicht so teuer.»

«Nein, es ist nicht besonders teuer. Ich könnte es mir auch nicht leisten, wenn es teuer wäre. Es ist sehr nett und angenehm dort.»

«Wir müssen demnächst einmal hinüberfahren», schlug Miss Marple vor.

«Wie? Was? Ach – hm – ja natürlich.» Hugo erhob sich. «Na, ich muß mir ein wenig Bewegung verschaffen – sonst habe ich keinen Appetit.»

Steifbeinig schritt er davon.

Sir Henry sah ihm nach. «Warum behandeln Frauen ihre treuesten Verehrer nur immer so schlecht ...»

Miss Marple lächelte, antwortete jedoch nicht.

«Finden Sie ihn sehr langweilig?» fragte Sir Henry. «Das würde mich interessieren.»

«Vielleicht ein bißchen beschränkt in seinen Ansichten», antwortete Miss Marple. «Aber er hat Möglichkeiten – ach, unendliche Möglichkeiten, glaube ich.»

Nun erhob Sir Henry sich.

«Ich muß jetzt auch gehen. Wie ich sehe, kommt da gerade Mrs. Bantry, um Ihnen Gesellschaft zu leisten.»

Atemlos näherte sich Mrs. Bantry und setzte sich aufseufzend neben Miss Marple.

«Ich habe mit dem Stubenmädchen gesprochen. Aber es ist nichts dabei herausgekommen. Ich konnte nicht das geringste erfahren, was ich nicht schon wußte. Glaubst du, es ist möglich, daß dieses Mädchen tatsächlich eine Beziehung zu jemandem gehabt hat, ohne daß alle Leute im Hotel davon gewußt hätten?»

«Eine sehr interessante Frage, liebe Dolly. Ich würde sie ganz entschieden verneinen. Jemand weiß davon, da kannst du sicher sein – wenn es überhaupt zutrifft! Jedenfalls muß sie außerordentlich vorsichtig gewesen sein.»

Mrs. Bantrys Aufmerksamkeit wandte sich dem Tennisplatz zu.

«Addie spielt von Tag zu Tag besser», lobte sie. «Ein gutaussehender junger Mann, dieser Tennistrainer. Auch Addie sieht recht hübsch aus. Sie ist noch immer eine anziehende Frau – ich wäre durchaus nicht überrascht, wenn sie sich wieder verheiraten würde.»

«Sie wird auch eine reiche Frau sein, wenn Mr. Jefferson stirbt.»

«Ach, sprich nicht immer so häßlich, Jane! Und überhaupt – warum hast du dieses Geheimnis eigentlich immer noch nicht enträtselt? Wir kommen überhaupt nicht vorwärts. Ich habe geglaubt, du würdest *sofort* alles wissen.»

Vorwurfsvoll blickte Mrs. Bantry ihre Freundin an. Diese erwiderte:

«Nein, nein, mein Herz. Ich habe es nicht sofort gewußt – erst nach einer Weile.»

Fassungslos, ungläubig starrte Mrs. Bantry sie an.

«Willst du damit sagen, daß du jetzt weißt, wer Ruby Keene ermordet hat?»

«Ja, natürlich, *das* weiß ich!»

«Um Gottes willen, Jane, wer? Sag es! Sofort!»

Miss Marple schüttelte heftig den Kopf und spitzte die Lippen.

«Es tut mir furchtbar leid, Dolly, aber das wäre das Falscheste, was ich tun könnte.»

«Warum?»

«Weil du so indiskret bist. Du würdest herumgehen und es jedem Menschen erzählen, und wenn du es nicht erzählen dürftest, dann würdest du Andeutungen machen.»

«Nein, bestimmt nicht, keiner Menschenseele werde ich es sagen!»

«Wer diese Phrase gebraucht, richtet sich niemals danach. Es nützt nichts, meine Liebe, es gibt noch viel zu tun. Manches ist noch unklar. Erinnerst du dich noch, wie ich so dagegen war, daß Mrs. Partridge für das Rote Kreuz sammelte? Ich konnte nicht sagen, warum. Es war deshalb, weil ihre Nase genauso zuckte wie die von meinem Dienstmädchen Alice, wenn ich sie fortschickte, um offene Posten zu begleichen. Sie zahlte immer ein oder zwei Shilling zuwenig und sagte, man solle es mit auf die Rechnung der nächsten Woche schreiben. Ganz genau dasselbe hat Mrs. Partridge gemacht. Freilich mit viel größeren Summen. Fünfundsiebzig Pfund hat diese Dame unterschlagen!»

«Wir reden jetzt nicht von Mrs. Partridge.»

«Aber ich mußte es dir doch erklären. Wenn du willst, mach ich eine Andeutung. Das Schwierige an diesem Fall ist, daß alle viel zu leichtgläubig und vertrauensvoll waren. Man kann sich's einfach nicht leisten, alles zu glauben, was die Leute erzählen. Wenn irgend etwas faul ist, dann glaube ich überhaupt niemandem! Siehst du, ich kenne eben die menschliche Natur so genau.»

Ein paar Minuten schwieg Mrs. Bantry. Dann begann sie mit veränderter Simme:

«Nicht wahr, ich habe dir gesagt, daß ich nicht einsehe, warum ich an dieser Sache nicht mein Vergnügen haben soll. Ein richtiger Mord in meinem eigenen Haus! Etwas, das nie wieder passieren wird!»

«Hoffentlich nicht!» warf Miss Marple ein.

«Ja, wahrhaftig, hoffentlich! Einmal genügt. Aber es ist *mein* Mord, Jane; ich will meinen Spaß daran haben.»

Miss Marple warf ihr einen Blick zu.

«Du glaubst mir nicht?» rief Mrs. Bantry herausfordernd.

Miss Marple erwiderte sanft:

«Natürlich, Dolly, wenn du es sagst.»

«Ja, aber du glaubst doch nie, was man dir sagt. Das hast du mir gerade erzählt. Nun, du hast ganz recht.» Ihr Ton wurde plötzlich bitter. «Ich bin keine Närrin. Vielleicht denkst du, Jane, daß ich nicht weiß, was die Leute in St. Mary Mead reden – und in der ganzen Grafschaft! Alle sagen, es gibt keinen Rauch ohne Feuer, und wenn das Mädchen in Arthurs Bibliothek gefunden wurde, dann müsse

Arthur etwas davon wissen. Man tuschelt, daß sie Arthurs Geliebte war, seine uneheliche Tochter, daß sie ihn erpreßt habe. Die Leute sagen einfach alles, was ihnen in den Sinn kommt. Und so wird es weitergehen! Zuerst wird Arthur nichts bemerken – er wird nicht wissen, was los ist. Er ist so ein lieber, guter Dummkopf, nie wird er glauben, daß die Leute so etwas von ihm denken könnten. Man wird ihm die kalte Schulter zeigen und ihn verachten. Nach und nach wird er draufkommen, und plötzlich wird er ganz entsetzt sein und zutiefst getroffen, und er wird sich verkriechen wie eine Schnecke und nichts tun als leiden, Tag für Tag ...

Nur um ihn davor zu bewahren, bin ich hierhergekommen, um alles, was nur irgend möglich ist, zu erfahren! Dieser Mord *muß* aufgeklärt werden! Geschieht es nicht, dann ist Arthurs Leben zerstört – und das will ich nicht. Ich will nicht! Ich will nicht! Ich will nicht!»

Einen Augenblick hielt sie inne. Dann schloß sie:

«Ich will nicht, daß mein lieber, guter Junge Höllenqualen leiden muß für ein Verbrechen, das er nicht begangen hat. Das ist der einzige Grund dafür, daß ich nach Danemouth gefahren bin und ihn allein zu Hause gelassen habe: Ich will die Wahrheit herausfinden.»

«Ich weiß, meine Liebe», lächelte Miss Marple, «darum bin auch ich hier.»

18

In einem stillen Hotelzimmer lauschte Edwards ehrerbietig den Ausführungen Sir Henry Clitherings.

«Ich möchte Ihnen gern einige Fragen stellen, Edwards. Aber zuerst sollen Sie ganz genau wissen, in welcher Situation ich mich hier befinde. Ich war einmal Polizeichef von Scotland Yard. Jetzt habe ich mich ins Privatleben zurückgezogen. Als dieses Unglück passierte, hat Ihr Herr nach mir geschickt. Er bat mich, meine Fähigkeiten und Erfahrungen einzusetzen, um die Wahrheit herauszufinden.»

Sir Henry hielt inne. Edwards' farblose, intelligente Augen waren auf das Gesicht seines Gegenübers geheftet. Er neigte den Kopf. «Sehr wohl, Sir Henry.»

Langsam und freundlich fuhr Clithering fort:

«In allen Kriminalfällen gibt es notwendigerweise viele Tatsachen, die verheimlicht werden. Das geschieht aus verschiedenen Gründen – weil sie Familienangelegenheiten berühren, weil man glaubt, daß sie nicht wichtig sind, weil sie den Beteiligten peinlich oder unangenehm sein könnten.»

Wieder sagte Edwards:

«Sehr wohl, Sir Henry.»

«Ich glaube, Edwards, daß Sie über die wichtigsten Punkte dieser Affäre schon Bescheid wissen. Das ermordete Mädchen sollte gerade Mr. Jeffersons Adoptivtochter werden. Zwei Personen hatten ein Motiv dafür, es zu verhindern. Diese zwei Personen sind Mr. Gaskell und Mrs. Jefferson.»

In den Augen des Dieners blitzte es auf. «Darf ich fragen, ob sie unter Verdacht stehen?»

«Wenn Sie meinen, ob sie in Gefahr sind, verhaftet zu werden, so ist dies nicht der Fall. Aber für die Polizei sind sie selbstredend verdächtig, und das werden sie auch bleiben, *bis der Fall geklärt ist.*»

«Eine unangenehme Situation für die beiden, Sir.»

«Sehr unangenehm. Um aber die Wahrheit zu finden, muß man sämtliche Tatsachen kennen. Selbstverständlich hängt unendlich viel von den Reaktionen, den Worten und Handlungen von Mr. Jefferson und seiner Familie ab. Was haben sie gefühlt, was haben sie sich merken lassen, was ist gesprochen worden. Ich will von Ihnen intime Auskünfte haben, Edwards – so intime Auskünfte, wie Sie nur geben können. Sie kennen alle Stimmungen Ihres Herrn. Durch langjährige Beobachtung wissen Sie bestimmt auch, wodurch diese Stimmungen hervorgerufen werden. Diese Fragen stelle ich nicht als Detektiv, sondern als Freund von Mr. Jefferson. Das heißt: Wenn Sie mir etwas erzählen, das meiner Ansicht nach in keiner Beziehung zu diesem Verbrechen steht, dann werde ich es der Polizei nicht mitteilen.»

Er schwieg.

Edwards sagte leise:

«Ich verstehe, Sir. Sie wollen, daß ich ganz offen spreche – daß ich Dinge erzähle, die ich normalerweise nicht erzählen würde und die – Verzeihung, Sir – die Sie auch niemals würden anhören wollen.»

Edwards schien ein paar Minuten nachzudenken, dann begann er zu reden.

«Natürlich kenne ich Mr. Jefferson ziemlich gut. Ich bin schon viele Jahre bei ihm. Und ich sehe ihn auch in seinen bösen Stunden, nicht nur in seinen guten. Manchmal fragte ich mich, Sir, ob es einem Menschen guttut, so gegen das Schicksal anzukämpfen, wie Mr. Jefferson es tut. Es kostet ihn furchtbare Anstrengung, Sir. Wenn er sich nur ab und zu gehenlassen könnte und ein unglücklicher, einsamer, gebrochener alter Mann wäre – nun ja, das wäre letzten Endes besser für ihn. Aber dazu ist er zu stolz! Kämpfend will er fallen – das ist sein Wahlspruch.

Doch diese Einstellung, Sir Henry, führt zu manchen nervösen Reaktionen. Mr. Jefferson macht den Eindruck eines ruhigen Mannes. Aber ich habe ihn schon in wildem Zorn gesehen, so daß er vor Erregung kaum sprechen konnte. Und das einzige, was ihn in solche Wut versetzen kann, Sir, ist Falschheit.»

«Sagen Sie das aus einem bestimmten Grund, Edwards?»

«Jawohl, Sir. Sie wollten doch, daß ich ganz offen spreche, Sir?»

«Gewiß.»

«Nun, dann muß ich sagen, Sir Henry, diese junge Person, von der Mr. Jefferson so eingenommen war, ist es nicht wert gewesen. Sie war – um es klar und deutlich zu sagen – ein ordinäres Stück. Und ihr lag nicht das geringste an Mr. Jefferson. Das ganze Getue von Liebe und Dankbarkeit war pure Komödie. Ich will nicht behaupten, daß sie geradezu schlecht war – aber sie war bei weitem nicht das, wofür Mr. Jefferson sie hielt. Das war schon merkwürdig, Sir, denn Mr. Jefferson ist ein kluger Mann; er irrt sich selten in einem Menschen. Aber so ist es eben, ein Mann ist nicht mehr er selbst und verliert jede Urteilskraft, wenn ein Mädchen im Spiel ist. Die junge Mrs. Jefferson, von der er immer dachte, sie hätte ihn besonders gern, hat sich in diesem Sommer verändert. Er merkte das und hat es sehr empfunden. Er hatte sie lieb, wissen Sie. Mr. Mark mochte er nie leiden.»

«Und doch will er ihn ständig um sich haben?» warf Sir Henry ein.

«Ja, aber nur Miss Rosamund zuliebe. Mrs. Gaskell, meine ich. Sie war sein Augapfel. Er hat sie angebetet. Mr. Mark war Miss Rosamunds Gatte. So hat Mr. Jefferson ihn immer gesehen.»

«Angenommen, Mr. Mark hätte sich wieder verheiratet?»

«Mr. Jefferson wäre sehr wütend gewesen, Sir.»

Sir Henry zog die Brauen hoch. «Direkt wütend?»

«Er hätte sich's nicht merken lassen – aber er wäre wütend gewesen.»

«Und wenn Mrs. Jefferson wieder geheiratet hätte?»

«Das wäre Mr. Jefferson auch nicht recht gewesen.»

«Bitte, fahren Sie fort, Edwards.»

«Ich habe eben gesagt, Sir, daß Mr. Jefferson auf diese junge Person hereingefallen ist. Das habe ich schon oft erleben müssen, bei Herren, denen ich diente. Das kommt über einen Mann wie eine Krankheit. Er will dem Mädchen helfen, es beschützen und mit Wohltaten überschütten. Und von zehn solchen Damen sind neun sehr wohl imstande, auf sich selbst achtzugeben, und sind geschickt darin, alles zu ihrem Vorteil auszunützen.»

«Sie glauben also, Ruby Keene war eine raffinierte Person?»

«Nun ja, Sir Henry, sie war ganz unerfahren, da sie ja noch so jung war. Aber sie hätte sich bestimmt zu einer außerordentlich raffinierten, herzlosen Kokotte entwickelt, wenn sie erst so richtig in Schwung gekommen wäre! Noch fünf Jahre – und sie hätte dieses Spiel durch und durch beherrscht!»

«Ich bin froh, Edwards, daß ich jetzt Ihre Ansicht kenne. Das ist wertvoll. Und nun – können Sie sich vielleicht an eine Gelegenheit erinnern, bei welcher dieses Thema von Mr. Jefferson und seiner Familie erörtert wurde?»

«Es gab eine kleine Diskussion darüber, Sir. Mr. Jefferson gab seinen Entschluß bekannt und wies jeden Widerspruch zurück. Das heißt, er brachte Mr. Gaskell zum Schweigen, der etwas zu deutlich werden wollte. Mrs. Jefferson sagte nicht viel – sie ist eine ruhige Dame –, sie bat ihren Schwiegervater nur, nichts zu übereilen.»

Sir Henry nickte.

«Sonst noch etwas? Wie benahm das Mädchen sich?»

Mit deutlichem Abscheu erwiderte der Diener:

«Man kann sagen, Sir – sie hat gejubelt.»

«So, gejubelt – wahrhaftig? Und es gab keinerlei Anhaltspunkt dafür, daß ...» Sir Henry suchte nach einem Ausdruck, der Edwards nicht schockieren würde. «... daß – daß sie *anderweitig* gebunden war?»

«Mr. Jefferson wollte Miss Keene nicht heiraten, Sir. Er wollte sie adoptieren.»

«Lassen Sie das ‹anderweitig› weg – und meine Frage bleibt bestehen.»

Edwards bekannte zögernd: «Es gab so einen Anhaltspunkt, Sir. Zufällig war ich Zeuge ...»

«Wie günstig. Erzählen Sie.»

«Wahrscheinlich ist gar nichts dabei, Sir. Eines Nachmittags öffnete das junge Ding zufällig seine Handtasche, und eine kleine Fotografie fiel heraus. Mr. Jefferson erwischte sie und fragte: ‹Hallo, Kindchen, wer ist denn das, wie?›

Es war das Bild eines jungen Mannes, eines brünetten jungen Mannes mit ziemlich zerrauftem Haar und einer sehr unordentlich gebundenen Krawatte.

Miss Keene behauptete, keine Ahnung zu haben, was das für ein Bild sei. ‹Ich habe keine Ahnung, Jeffie, es ist mir ein Rätsel, wie das Foto in meine Tasche gekommen ist. Ich hab's jedenfalls nicht reingesteckt!›

Nun, Sir, Mr. Jefferson hatte noch seine fünf Sinne beisammen. Diese Geschichte war zu unwahrscheinlich. Er schien ärgerlich, seine Augenbrauen zogen sich dicht zusammen, und seine Stimme klang rauh.

‹Vorwärts, Kindchen, vorwärts, du weißt ganz genau, wer das ist.›

Sie änderte ihre Taktik augenblicklich. Sah ganz erschrocken drein. ‹Jetzt erkenne ich ihn. Er kommt manchmal her, und ich habe auch schon mit ihm getanzt. Seinen Namen weiß ich nicht. Dieser alberne Idiot muß irgendwann mal sein Foto in meine Tasche gestopft haben. Diese Jungen sind doch zu blöd!› Sie schüttelte den Kopf und kicherte und sprach von etwas anderem. Aber die Geschichte war nicht sehr glaubwürdig – nicht wahr? Mir scheint, daß auch Mr. Jefferson mißtrauisch war. Nach dieser Sache sah er sie öfters forschend an, wenn sie fortgewesen war, und manchmal fragte er sie auch, was sie gemacht hätte.»

«Haben Sie das Original der Fotografie einmal im Hotel gesehen?»

«Nicht daß ich wüßte, Sir. Natürlich bin ich nicht sehr viel unten.»

Sir Henry nickte. Er stellte noch einige Fragen, aber Edwards konnte ihm nichts Interessantes mehr mitteilen.

Superintendent Harper verhörte auf der Polizeistation von

Danemouth Jessie Davis, Florence Small, Beatrice Henniker, Mary Price und Lilian Ridgeway.

Alle diesen Mädchen waren ungefähr im gleichen Alter und unterschieden sich nur in ihrem Wesen voneinander. Unter ihnen waren einige «von Adel» und einige Bauern- und Kaufmannstöchter. Jede einzelne erzählte die gleiche Geschichte. Pamela Reeves sei genauso gewesen wie immer und habe zu keiner der Freundinnen etwas gesagt, als daß sie ins Warenhaus gehen und mit einem späteren Autobus heimfahren würde.

In der Ecke von Harpers Büro saß eine ältere Dame. Die Mädchen bemerkten sie kaum. Wenn eine von ihnen sie zufällig sah, so fragte sich die Betreffende vielleicht, wer das wohl sein mochte. Gewiß keine Polizeiangestellte. Die Mädchen glaubten, die Dame sei – wie sie selbst – eine Zeugin. Soeben wurde das letzte Mädchen entlassen. Superintendent Harper trocknete sich die Stirn und blickte sich nach Miss Marple um – fragend, aber nicht sehr hoffnungsvoll.

Miss Marple jedoch bat kurz:

«Ich möchte Florence Small sprechen.»

Der Superintendent zog die Brauen hoch, dann nickte er und drückte auf die Klingel. Ein Polizist erschien.

Harper befahl:

«Florence Small.»

Florence war die Tochter eines wohlhabenden Bauern – ein großes Mädchen mit blonden Haaren, einem törichten Mund und ängstlichen grauen Augen.

Sie faltete ihre Hände und schien nervös zu sein.

Superintendent Harper blickte Miss Marple an, die nickte ihm zu.

Er erhob sich und wandte sich an Florence Small:

«Diese Dame wird Ihnen einige Fragen stellen.»

Dann ging er hinaus und schloß die Tür hinter sich.

Florence warf Miss Marple einen scheuen Blick zu. Ihre Augen erinnerten an ein Kalb ihres Vaters.

Miss Marple sagte: «Setz dich, Florence.»

Gehorsam tat Florence Small wie ihr geheißen. Ohne es selbst zu wissen, fühlte sie sich plötzlich heimischer und ruhiger. Die fremde, erschreckende Atmosphäre des Polizeireviers machte etwas Vertrauterem Platz: dem wohlbekannten Kommandoton eines Menschen, dessen Beruf es ist, Befehle zu erteilen. Miss Marple fuhr fort:

«Du verstehst doch, Florence, wie außerordentlich wichtig es ist, daß wir alles erfahren, was die arme Pamela am Tag ihres Todes gemacht hat?»

Florence flüsterte, sie verstehe das vollkommen.

«Und ich bin überzeugt, daß du alles tun willst, um uns zu helfen?»

In Florences Augen trat ein wachsamer Ausdruck, während sie entgegnete, daß dies selbstverständlich sei.

«Wenn du irgend etwas verschweigst, so ist das ein sehr schweres Unrecht.»

Nervös verschränkte das Mädchen die Finger im Schoß und schluckte einige Male.

«Ich will noch einmal Nachsicht mit dir haben», sprach Miss Marple weiter, «da es dich begreiflicherweise sehr aufregt, hier auf der Polizei zu sein. Du hast auch Angst, man werde dir vorwerfen, daß du nicht sofort alles erzählt hast. Wahrscheinlich fürchtest du auch, gescholten zu werden, weil du Pamela nicht rechtzeitig zurückgehalten hast. Aber du mußt jetzt ein braves Mädchen sein und die Wahrheit sagen. Wenn du nicht alles sagst, was du weißt, dann ist das eine sehr ernste Sache – außerordentlich ernst. Ja, es ist eigentlich ein *Meineid*, und du weißt, daß du dafür eingesperrt werden kannst.»

«Ich – ich weiß nicht ...»

Miss Marple rief scharf:

«Keine Ausrede, Florence! Sag mir's sofort! Pamela wollte ins Warenhaus, nicht wahr?»

Florence netzte ihre trockenen Lippen mit der Zunge und

blickte Miss Marple flehend an, wie ein Tier, das zur Schlachtbank geführt wird.

«Hat was mit dem Film zu tun, nicht wahr?» forschte Miss Marple.

Ein Ausdruck unendlicher Erleichterung und tiefer Ehrfurcht spiegelte sich auf Florences Zügen. Ihre Hemmungen verschwanden.

«Ach, *ja*!» hauchte sie.

«Das habe ich mir gedacht. Nun will ich alle Einzelheiten von dir hören, bitte.»

Jetzt brachen die Worte wie ein Strom aus dem Mund des Mädchens.

«Oh! Was ich für Angst hatte! Ich habe Pam doch versprochen, daß ich keiner Menschenseele etwas erzählen würde. Und dann, als sie ganz verbrannt in diesem Wagen gefunden wurde – oh! Es war entsetzlich, ich dachte, ich müsse sterben – es war mir, als hätte ich die Schuld. Ich hätte sie zurückhalten sollen, aber ich habe doch nicht geglaubt – nicht einen Moment hätte ich gedacht, daß irgend etwas nicht in Ordnung wäre. Und dann hat man mich gefragt, ob sie an diesem Tag so war wie immer, und ich hab ja gesagt, bevor ich Zeit hatte, darüber nachzudenken. Und weil ich damals nichts erzählt hatte, wußte ich nicht, wie ich später etwas sagen sollte. Und schließlich habe ich ja auch nichts gewußt – nur, was Pamela mir erzählt hat.»

«Was hat Pamela dir denn erzählt?»

«Wir gingen gerade zum Autobus, um zur Übung zu fahren. Da fragte sie mich, ob ich ein Geheimnis bewahren könnte. Ich sagte ‹ja›, und sie ließ mich schwören, niemandem etwas zu erzählen. Sie wollte nach der Übung nach Danemouth gehen und Probeaufnahmen für den Film machen lassen! Sie hatte einen Filmregisseur kennengelernt, der war gerade aus Hollywood zurückgekommen. Er brauchte einen bestimmten Typ, und er sagte Pamela, sie sei gerade das, war er suche. Allerdings warnte er sie, nicht fest damit zu rechnen. Man könne niemals mit Bestimmtheit sagen, ob jemand sich für den Film eigne, bevor man nicht wisse, ob die Person gut zu fotografieren sei. Es sei eine Art Bergner-Rolle, sagte er. Dazu brauche man ein ganz junges Mädchen. Ein Schulmädchen, das mit einem Revuestar die Rollen tauscht und eine phantastische Karriere macht. Pamela hat schon in Schulaufführungen mitgemacht – sie war großartig. Er sagte, daß sie spielen könne, sei sicher, aber sie müsse noch tüchtig arbeiten. Es würde nicht eitel Honiglecken sein, sagte er ihr, sondern verdammt anstrengend. Und ob sie genug Energie habe?»

Florence Small hielt inne, um Atem zu holen.

Miss Marple wurde es beinahe übel, während sie diesem aufgewärmten Kohl zahlloser Romane und Kinodramen zuhörte. Gewiß war Pamela Reeves – wie die meisten Mädchen – davor gewarnt worden, mit Fremden zu sprechen. Aber der Reiz des Films hatte sie alles andere vergessen lassen.

«Er sprach absolut geschäftsmäßig», fuhr Florence fort. «Er sagte, wenn die Probeaufnahmen gut seien, dann würde man einen Vertrag mit ihr machen, und weil sie so jung und unerfahren sei – sagte er – solle sie diesen Vertrag einem Anwalt zeigen, bevor sie ihn unterschreibe. Sie müsse aber nicht weitererzählen, daß *er* ihr das geraten habe. Und dann fragte er sie, ob die Eltern Schwierigkeiten machen würden, und Pam meinte, wahrscheinlich, und er sagte: ‹Ja, natürlich, das ist immer das Unangenehme, wenn man so jung ist wie Sie. Aber ich glaube, wenn man ihnen erklärt, was für eine wunderbare Chance das ist – eine Gelegenheit, die in Millionen Fällen kaum einmal vorkommt, dann werden sie wohl Vernunft annehmen.› Aber er meinte, es habe jedenfalls gar keinen Sinne, davon anzufangen, bevor man das Ergebnis der Probeaufnahmen kenne. Sie sollte auch ja nicht enttäuscht sein, wenn es schiefginge. Er erzählte ihr von Hollywood und von Vivian Leigh – wie sie London im Sturm erobert hat –, und wie oft es vorkommt, daß man mit einem Schlag berühmt wird. Und er selbst sei von Amerika zurückgekommen, um bei den Lenville Studios zu arbeiten und die englische Filmproduktion ein bißchen in Schwung zu bringen.»

Miss Marple nickte.

Florence erzählte weiter:

«So wurde also alles abgemacht. Pam sollte nach der Pfadfinderinnen-Übung nach Danemouth gehen und ihn in seinem Hotel treffen, und er würde sie ins Filmatelier bringen – die Gesellschaft hat ein kleines Atelier für Probeaufnahmen in Danemouth, sagte er ihr. Die Probeaufnahmen würden gemacht werden, und sie könne noch den letzten Autobus nach Hause erreichen. Sie sollte sagen, sie habe eingekauft. In einigen Tagen würde er ihr dann das Resultat mitteilen, und wenn es günstig sei, so würde Mr. Harmsteiter, der Direktor, zu ihren Eltern kommen und mit ihnen sprechen.

Ach, es klang alles so wundervoll! Ich war grün vor Neid. Pam machte die Übung mit, ohne mit der Wimper zu zucken. Sie konnte sich sehr gut beherrschen. Dann, als sie zu den andern sagte, sie würde ins Warenhaus gehen, zwinkerte sie mir nur zu. Ich hab ihr nachgeschaut, als sie fortging.» Florence brach in Tränen aus. «Ich hätte sie zurückhalten müssen! Ich hätte sie zurückhalten müssen ... ich hätte doch wissen müssen, daß so etwas nicht wahr sein kann. Ich hätte es jemandem erzählen sollen. O mein Gott, ich wollte, ich wäre tot!»

«Na, na», Miss Marple klopfte dem Mädchen auf die Schulter, «ist schon gut. Niemand wird dir einen Vorwurf machen. Es ist brav von dir, daß du mir alles erzählt hast.»

Ein paar Minuten mußte sie opfern, um Florence zu trösten.

Gleich darauf erzählte sie Superintendent Harper die ganze Geschichte. Der machte ein grimmiges Gesicht.

«Dieser schlaue Teufel!» knirschte er. «Bei Gott, dem werd ich's heimzahlen! Jetzt sieht alles ganz anders aus.»

«Gewiß.»

Harper sah die alte Miss von der Seite an.

«Sie sind gar nicht überrascht?»

«Ich habe so etwas Ähnliches erwartet.»

Der Superintendent forschte neugierig:

«Wieso sind Sie gerade auf dieses Mädchen gekommen? Sie sahen alle zu Tode erschrocken aus und glichen einander wie ein Ei dem andern, soviel ich sehen konnte.»

Freundlich erklärte Miss Marple:

«Sie haben eben nicht soviel Erfahrung mit lügenhaften Mädchen wie ich. Florence sah Ihnen fest in die Augen, wie Sie sich vielleicht erinnern werden, und hielt sich sehr gerade und scharrte nur mit den Füßen, genau wie die andern Mädchen. Sie haben sie jedoch nicht beobachtet, als sie zur Tür hinausging. Ich wußte sofort, daß sie etwas zu verheimlichen hatte. Fast immer atmen diese kleinen Lügnerinnen zu früh auf. Mein Dienstmädchen Janet tat das auch immer. Sie versicherte ganz überzeugend, daß die Mäuse den Rest des Kuchens gefressen hätten – und verriet sich dann durch ein Schmunzeln, während sie das Zimmer verließ.»

«Ich bin Ihnen sehr dankbar», versicherte Superintendent Harper. Nachdenklich fügte er hinzu: «Lenville Studios – was?»

Miss Marple erwiderte nichts. Sie erhob sich.

«Ich muß mich beeilen. Ich freue mich, daß ich Ihnen behilflich sein konnte.»

«Gehen Sie ins Hotel?»

«Ja – um zu packen. Ich muß so bald wie möglich nach St. Mary Mead zurückfahren. Dort gibt es viel zu tun für mich.»

19

Miss Marple verließ durch die Fenstertür ihres Wohnzimmers das Haus, trippelte den sauberen Gartenweg hinunter, öffnete das Gatter zum Pfarrersgarten, schritt durch den Garten bis hin zur Fenstertür des Wohnzimmers, wo sie leise an die Scheibe klopfte.

Der Pfarrer war in seinem Arbeitszimmer mit der nächsten Sonntagspredigt beschäftigt, aber seine junge, hübsche Frau bewunderte die Fortschritte ihres Sprößlings, der über den Kaminteppich rutschte.

«Darf ich hereinkommen, Griselda?»

«Natürlich, Miss Marple, kommen Sie doch! Sehen Sie sich nur einmal meinen David an! Er ist wütend, weil er nur rückwärts kriechen kann. Er möchte irgendwo hingelangen. Und je mehr er sich anstrengt, desto mehr kriecht er nach rückwärts, in den Kohleneimer!»

«Er sieht zum Anbeißen aus, Griselda.»

«Er ist nicht übel, nicht wahr?» meinte die junge Mutter und versuchte, so gleichgültig wie möglich dreinzusehen. «Natürlich mache ich kein großes Getue um ihn. In allen Büchern steht, daß man ein Kind soweit wie möglich in Ruhe lassen soll.»

«Das ist sehr gescheit, meine Liebe. Ahem – eigentlich komme ich, um Sie zu fragen, ob Sie augenblicklich für irgend etwas Besonderes sammeln?»

Griselda blickte sie erstaunt an.

«Aber gewiß, für unzählige Anlässe», erwiderte sie munter. «Immer gibt es irgendwelche Sammlungen bei uns. Da haben wir den Renovierungsfonds für das Kirchenschiff und unsern Bazar am nächsten Freitag, dann die Sammlung zur Unterstützung lediger Mütter und die bischöfliche Sammlung für den Tiefseefischer.»

«Eine davon wird genügen. Ich würde gern mit einem Büchlein die Runde machen – Sie verstehen –, wenn Sie mir dazu Vollmacht erteilen wollten.»

«Haben Sie etwas im Sinn? Ich sehe es Ihnen an! Natürlich erteile ich Ihnen die Vollmacht. Nehmen Sie unsern Bazar! Es wäre herrlich, auch einmal Geld zu bekommen anstatt immer nur diese gräßlichen Duftkissen und die komischen

Tintenwischer und traurige Kinderkleidchen und Puppen aus Staubtüchern gebastelt.»

«Ich vermute», plauderte Griselda weiter, während sie ihren Gast zur Tür begleitete, «daß Sie mir nicht erzählen wollen, worum es sich eigentlich handelt?»

«Später, mein Herz», versprach Miss Marple und hastete davon.

Seufzend kehrte die junge Mutter zum Kaminteppich zurück. Sie befolgte gewissenhaft die Vorschrift, sich möglichst wenig um das Kind zu kümmern, indem sie ihr Söhnchen am Bauch kitzelte, worauf es mit blitzenden Augen ihr Haar packte und daran riß. Dann wälzten sich die beiden in einer großartigen Balgerei über den Teppich, bis sich plötzlich die Tür öffnete und das Mädchen das einflußreichste Gemeindemitglied – das Kinder nicht ausstehen konnte – ins Zimmer führte.

«Da ist die Frau Pfarrer.»

Woraufhin Griselda sich aufsetzte und versuchte, würdig auszusehen, so wie man es von einer Pfarrersfrau erwarten darf.

Miss Marple umklammerte mit der Hand ein kleines Buch, das Bleistifteintragungen enthielt, und eilte die Dorfstraße entlang bis zur Kreuzung. Dort wandte sie sich nach links und schritt am «Blue Boar» vorüber, bis sie zu Chatsworth kam, alias «Mr. Booker's new house».

Sie betrat den Garten, ging zum Haus und klopfte kurz.

Die blonde junge Frau namens Dinah Lee öffnete die Tür. Sie war weniger sorgfältig hergerichtet als sonst und wirkte, um die Wahrheit zu sagen, ein wenig schmuddelig. Sie trug graue Hosen und einen smaragdgrünen Jumper.

«Guten Morgen», rief Miss Marple energisch und fröhlich. «Darf ich eben mal für einen Moment eintreten?»

Und während sie sprach, drängte sie sich schon durch die Tür, so daß Dinah Lee, die angesichts dieses Besuchs ohnehin ziemlich verwirrt war, gar keine Zeit fand zu widersprechen.

«Vielen, vielen Dank!» Miss Marple strahlte die junge Frau liebenswürdig an und nahm mit großer Vorsicht auf einem modernen Bambusstuhl Platz.

«Warm für die Jahreszeit, nicht wahr?» Miss Marple strömte Wohlwollen und Herzlichkeit aus.

«Ja, ziemlich – doch, sehr», stotterte Miss Lee.

Unsicher, wie sie sich benehmen sollte, holte sie eine Schachtel und bot ihrem Gast eine Zigarette an.

«Vielen Dank, aber ich rauche nicht. Wissen Sie, ich bin nur gekommen, um Sie zu fragen, ob Sie nicht etwas für unseren Missions-Bazar zeichnen könnten.»

«Missions-Bazar?» wiederholte Dinah Lee, als wäre dies ein Wort in einer fremden Sprache.

«Im Pfarrhaus», erklärte Miss Marple, «am nächsten Freitag.»

«Oh!» Miss Lees Mund blieb offenstehen. «Leider ist es mir unmöglich . . .»

«Auch nicht eine ganz kleine Spende? Ein Shilling vielleicht?»

Miss Marple zog ihr kleines Buch hervor.

«Ah – eh – ja, das ginge vielleicht.»

Das junge Mädchen schien erleichtert, wandte sich um und begann in seiner Handtasche zu kramen.

Miss Marples scharfer Blick durchlief das Zimmer.

«Wie ich sehe, haben Sie keinen Teppich vor dem Kamin.»

Dinah Lee drehte sich um und starrte sie an. Es konnte ihr nicht entgehen, daß die alte Dame sie kritisch musterte; das erweckte in ihr jedoch nur ein leichtes Gefühl der Verstimmung. Miss Marple bemerkte dies und fuhr fort:

«Das ist gefährlich, wissen Sie. Funken können herausfliegen und das Parkett ruinieren.»

Komische alte Schraube, dachte Dinah, aber sie bemerkte höflich, wenn auch recht gleichgültig:

«Früher war ein Kaminvorleger da. Ich weiß nicht, wo er geblieben ist.»

«Das war wahrscheinlich so ein rauher, wollener ...»

«Nein, Schaffell. So hat's wenigstens ausgesehen.» Jetzt war Dinah belustigt. Eine verrückte alte Nudel!

Sie hielt der Bittstellerin den Shilling hin. «Da, bitte.»

«Oh, vielen Dank, meine Liebe.»

Miss Marple nahm das Geld und öffnete ihr Büchlein.

«Eh – welchen Namen darf ich eintragen?»

Dinahs Augen wurden plötzlich hart und unwillig.

Neugierige alte Katze, dachte sie, nur deshalb ist sie hergekommen! Will herumschnüffeln und einen Skandal aufspüren!

Sie erwiderte deutlich und mit boshaftem Vergnügen:

«Miss Dinah Lee.»

Die alte Dame sah sie fest an.

«Dies ist Mr. Basil Blakes Villa, nicht wahr?»

«Jawohl. Und *ich* bin Miss Dinah Lee!»

Ihre Stimme klang herausfordernd, und ihre blauen Augen blitzten, als sie den Kopf zurückwarf.

Noch immer sah Miss Marple sie fest und ruhig an.

«Würden Sie mir gestatten, Ihnen einen Rat zu geben – auch wenn Sie es unverschämt von mir finden sollten?»

«Ich *finde* es unverschämt von Ihnen. Schweigen Sie lieber.»

«Ich werde trotzdem sprechen. Ich rate Ihnen dringend, hier im Dorf nicht länger Ihren Mädchennamen zu gebrauchen.»

Die Blonde starrte sie an.

«Was – was wollen Sie damit sagen?»

Ernst entgegnete Miss Marple:

«Schon sehr bald werden Sie vielleicht alle Sympathie, alles Wohlwollen brauchen, das nur irgend erreichbar ist für Sie. Auch für Ihren Gatten wird es wichtig sein, daß man eine gute Meinung von ihm hat. In altmodischen Gegenden besteht ein Vorurteil gegen Leute, die zusammenleben, ohne verheiratet zu sein. Gewiß war es für Sie beide amüsant, so zu tun, als ob Sie ‹in wilder Ehe› leben würden. Es hielt Ihnen die Menschen vom Leibe, so daß Sie von dem, was Sie wahrscheinlich spießig nennen, unbehelligt bleiben. Trotzdem hat auch das ‹Spießige› seine Bedeutung.»

«Woher wissen Sie denn, daß wir – verheiratet sind?»

Miss Marple lächelte herablassend.

«Aber meine Liebe», murmelte sie nur.

«Aber woher wissen Sie es denn?» beharrte Dinah. «Sind Sie – sind Sie vielleicht aufs Rathaus gegangen?»

Ein plötzliches Funkeln erschien in Miss Marples Augen und verschwand sogleich wieder.

«Aufs Rathaus? O nein. Aber es war doch ganz leicht zu erraten. In einem solchen Dorf spricht sich alles herum, wissen Sie. Die, nun ja, diese Kräche, die Sie miteinander hatten – ganz anders als in einer ‹wilden Ehe›. Man sagt – und ich glaube, das stimmt –, daß man einander nur sehr genau kennenlernt, wenn man verheiratet ist. Wenn keine – keine legitime Verbindung besteht, dann sind die Menschen viel vorsichtiger. Sie müssen sich dauernd versichern, wie glücklich und friedlich sie miteinander leben. Sie müssen sich rechtfertigen, verstehen Sie? In diesem Fall darf man nicht streiten! Ehepaare hingegen haben, wie ich oft bemerken konnte, direkt Spaß an ihren Auseinandersetzungen und – ja – an den dazugehörigen Versöhnungen.»

Sie hielt inne und zwinkerte verständnisvoll.

«Ach, ich –» Dinah brach ab und lachte. «Sie sind wirklich großartig!»

Dann fuhr sie fort:

«Aber warum wollen Sie denn, daß wir klein beigeben und ‹respektabel› werden sollen?»

Miss Marple wurde sehr ernst.

«Weil Ihr Gatte jeden Augenblick verhaftet werden kann – wegen Mordes.»

20

Dinah starrte sie ein paar Sekunden an. Dann rief sie ungläubig aus:

«Basil? Scherzen Sie?»

«Nein, weiß Gott nicht! Haben Sie denn keine Zeitungen gelesen?»

Dinah rang nach Atem.

«Sie meinen – dieses Mädchen aus dem Majestic Hotel? Wollen Sie behaupten, daß man Basil verdächtigt, sie ermordet zu haben?»

«Ja.»

«Blödsinn!»

Draußen ertönte das Surren eines Wagens und das Schlagen einer Tür. Basil trat ein. Er hielt einige Flaschen in den Händen. «Da hab ich den Gin und den Vermouth. Hast du –»

Er brach ab und ließ seinen Blick mit ungläubigem Staunen auf dem schweigenden, aufrecht dasitzenden Gast ruhen.

Atemlos platzte Dinah heraus:

«Ist sie toll? Sie sagt, man wird dich verhaften wegen des Mordes an dieser Ruby Keene!»

«O Gott!» stammelte Basil. Die Flaschen fielen auf das Sofa. Er wankte zu einem Sessel, sank darauf nieder und vergrub sein Gesicht in den Händen. Er wiederholte verstört: «O mein Gott! O mein Gott!»

Dinah stürzte zu ihm. Sie packte seine Schultern.

«Basil, schau mich an! Es ist nicht wahr! Ich weiß, es ist nicht wahr! Nicht einen Moment glaube ich daran!»

Er griff nach ihren Händen.

«Ich danke dir, Liebes.»

«Aber warum glaubt man denn – du hast sie doch nicht einmal gekannt, oder?»

«Doch, er kannte sie», mischte sich Miss Marple ein.

Basil schrie heftig:

«Still, Sie alter Drache! Hör mich an, Dinah, Liebling! Ich habe sie kaum gekannt! Bin ihr nur ein- oder zweimal im Majestic begegnet. Das ist alles – ich schwör's dir, das ist alles!»

Befremdet murmelte Dinah:

«Das verstehe ich nicht. Wie kommt man dann dazu, dich zu verdächtigen?»

Basil stöhnte. Er bedeckte seine Augen mit den Händen und wiegte sich hin und her.

«Was haben Sie mit dem Kaminteppich gemacht?» forschte Miss Marple.

Seine Antwort erfolgte ganz mechanisch:

«Ich hab ihn in den Abfalleimer geworfen.»

Miss Marple schnalzte ärgerlich mit der Zunge.

«Das war dumm – sehr dumm! Man wirft einen Kaminteppich nicht in den Abfalleimer. Wahrscheinlich waren Flitter von ihrem Kleid daran?»

«Ja. Ich konnte sie nicht herauslösen.»

«Um Gottes willen – wovon sprecht ihr denn, ihr beiden?» rief Dinah.

«Frag sie!» entgegnete Basil düster. «Sie weiß offenbar alles.»

«Wenn Sie wollen, so erzähle ich Ihnen, was meiner Meinung nach geschehen ist. Wenn ich mich irre, können Sie mich korrigieren, Mr. Blake», schlug Miss Marple vor. «Ich stelle es mir so vor: Nachdem Sie einen heftigen Streit mit Ihrer Frau gehabt und vielleicht zuviel – hm – getrunken hatten, sind Sie hierhergefahren. Ich weiß nicht, um wieviel Uhr Sie ankamen –»

Verstört fiel Basil ein:

«Ungefähr um zwei Uhr früh. Ich hatte zuerst die Absicht, in die Stadt zu fahren – aber dann überlegte ich mir's anders. Ich dachte, Dinah würde mir vielleicht hierher nachkommen. Also fuhr ich her. Das Haus war ganz dunkel. Ich schloß die Tür auf, drehte das Licht an und sah – und sah –»

Er schluckte krampfhaft und brach ab. Miss Marple fuhr fort:

«Sie sahen ein Mädchen auf dem Kaminteppich liegen – ein Mädchen in weißem Abendkleid – erwürgt. Ich weiß nicht, ob Sie sie sogleich erkannt haben –»

Basil Blake schüttelte heftig den Kopf.

«Nach dem ersten Blick war ich nicht mehr imstande, sie anzuschauen. Ihr Gesicht war ganz blau – und geschwollen. Sie muß schon seit einiger Zeit tot gewesen sein und lag da – in *meinem* Zimmer!»

Er schauderte.

Miss Marple sprach ihm freundlich zu.

«Sie waren natürlich außer sich. Sie waren nicht ganz nüchtern, und Ihre Nerven sind sowieso nicht die stärksten. Ich kann mir vorstellen, daß Sie von panischem Entsetzen gepackt wurden. Sie wußten nicht, was tun –»

«Ich dachte, Dinah könnte jeden Moment kommen. Und sie würde mich da finden – mit einer Leiche – mit der Leiche eines Mädchens – und sie würde glauben, ich hätte sie ermordet. Ich hatte eine Idee – ich weiß nicht warum, aber in jener Nacht fand ich die Idee gut –, ich dachte: Ich werde sie in Bantrys Bibliothek legen! Dieser eingebildete, alte Knochen – schaut mich immer so von oben herab an, verspottet mich, nennt mich Komödiant und weibisch. So ein Streich geschieht dem alten, arroganten Trottel ganz recht, dachte ich. Er wird dumm dreinschauen, wenn man die tote Schönheit auf seinem Kaminteppich findet.» Er bemühte sich eifrig, alles zu erklären. «Ich war eben ein bißchen betrunken, verstehen Sie, mir kam mein Einfall wirklich ausgesprochen komisch vor. Der alte Brummbär Bantry mit einer toten Blondine!»

«Ja, ja», nickte Miss Marple. «Der kleine Tommy Bond hatte einen ganz ähnlichen Einfall. Ein sensibler Junge mit Minderwertigkeitskomplexen. Er litt darunter, daß die Lehrerin immer auf ihm herumhackte, wie er sich ausdrückte. Da versteckte Tommy einen Frosch in der Uhr, der hüpfte der Lehrerin mitten ins Gesicht. Sie haben's genauso gemacht, Mr. Blake. Nur ist diese Tote natürlich eine viel ernstere Angelegenheit als ein Frosch.»

Wieder stöhnte Basil.

«Am Morgen, als ich nüchtern geworden war, erkannte ich, was ich getan hatte, und war zu Tode erschrocken. Und dann kam die Polizei zu mir. Wieder so ein verdammt eingebildeter Esel, dieser Polizeichef. Ich hatte Angst vor ihm, und die einzige Möglichkeit, das zu verbergen, war namenlose Frechheit. Mittendrin erschien Dinah.»

Dinah blickte aus dem Fenster.

«Ein Wagen fährt vor – ein paar Herren sitzen darin!»

«Wahrscheinlich die Polizei», meinte Miss Marple.

Basil Blake stand auf. Plötzlich war er ganz ruhig und entschlossen. Er lächelte sogar.

«Es ist also soweit – nicht wahr? Na schön, meine süße Dinah, Kopf hoch! Geh zum alten Sims – er ist der Anwalt unserer Familie –, und geh zu Mutter. Erzähl ihr, daß wir geheiratet haben. Sie wird dich nicht beißen. Und gräm dich nicht. *Ich hab's nicht getan!* Also wird alles in Ordnung kommen, verstehst du, Liebes?»

Es klopfte an der Haustür. Basil rief: «Herein!» Inspektor Slack erschien mit einem zweiten Mann.

«Mr. Basil Blake?»

«Ja.»

«Ich habe einen Haftbefehl gegen Sie. Sie werden beschuldigt, Ruby Keene in der Nacht des 21. September ermordet zu haben. Ich mache Sie darauf aufmerksam, daß alles, was Sie vor uns aussagen, im Gerichtsverfahren gegen Sie verwendet werden kann. Wollen Sie mir jetzt folgen, bitte. Es wird Ihnen die Möglichkeit gegeben werden, sich mit Ihrem Verteidiger in Verbindung zu setzen.»

Basil nickte.

Er blickte Dinah an. Er berührte sie nicht.

«Adieu einstweilen, Dinah.»

Kalt wie eine Hundeschnauze, dachte Inspektor Slack.

Als Slack Miss Marple sah, verbeugte er sich leicht vor ihr und sagte in Gedanken zu sich:

Kluge, alte Katze, hat eine feine Witterung! Gut, daß wir diesen Kaminteppich haben. Und daß wir vom Parkwächter beim Atelier wissen: Der Bursche hat die Gesellschaft um *elf Uhr* verlassen – und nicht um Mitternacht. Ich glaube kaum, daß seine Freunde bewußt eine falsche Aussage gemacht haben. Sie waren betrunken, und Blake sagte ihnen am nächsten Tag ganz überzeugend, daß er um zwölf Uhr fortgegangen sei – und sie haben's geglaubt. Na, der ist erledigt – gründlich! Wahrscheinlich anormal. Lebenslänglich – nicht Strang. Erst die kleine Reeves – erwürgt sie, fährt sie hinaus zum Steinbruch, geht zu Fuß nach Danemouth zurück, holt seinen eigenen Wagen aus einem Seitenweg, fährt zu dieser Gesellschaft, dann zurück nach Danemouth, bringt Ruby Keene hierher, erwürgt sie, legt sie in Bantrys Bibliothek. Dann wird's ihm vermutlich unbehaglich wegen dem Wagen beim Steinbruch, fährt hin, zündet ihn an und kommt hierher zurück. Wahnsinnig – ein Lustmörder – welch ein Glück, daß er dieses Mädchen da nicht auch noch erwischt hat.

Als die beiden Damen allein waren, wandte Dinah sich an Miss Marple.

«Es ist mir egal, wer Sie sind – aber das eine *müssen* Sie mir glauben: *Basil hat's nicht getan!*»

«Das weiß ich. Ich weiß, wer es getan hat. Aber es wird nicht leicht sein, den Täter zu überführen. Mir ist so, als ob etwas, das Sie sagten – gerade eben –, von Nutzen sein könnte. Sie haben mich auf eine Idee gebracht – das Verbindungsglied, das ich gesucht habe –, was haben Sie denn nur gesagt?»

21

«Ich bin zurück, Arthur!» verkündete Mrs. Bantry. Es klang wie eine königliche Proklamation.

Augenblicklich sprang Colonel Bantry von seinem Schreibtisch auf, küßte seine Frau und rief herzlich: «Herrlich, Dolly, herrlich!»

Seine Freude wirkte ehrlich und sein Benehmen natürlich, aber eine liebende Frau, die ihren Mann schon so viele Jahre kennt wie Mrs. Bantry ihren Arthur, läßt sich nicht so leicht täuschen. Sie fragte sofort:

«Was ist los?»

«Gar nichts, Liebes! Was sollte denn los sein?»

«Ach, ich weiß nicht. Es geschehen doch seltsame Sachen, nicht wahr?»

Im Sprechen streifte sie ihren Mantel ab, und Colonel Bantry hob ihn sorgfältig auf und legte ihn über die Sofalehne.

Er tat alles genauso wie immer – und doch ganz anders. Es schien Mrs. Bantry, als sei ihr Gatte geschrumpft. Er war abgemagert und ging gebückt. Um seine Augen waren dunkle Ringe – und sie vermieden, den ihren zu begegnen!

Er fuhr fort, noch immer mit der gleichen fröhlichen Zärtlichkeit:

«Na – hast du dich in Danemouth gut unterhalten?»

«Oh! Es war sehr lustig. Du hättest mitkommen sollen, Arthur!»

«Ich konnte nicht weg, Liebes. Es gab hier furchtbar viel zu tun.»

«Die Abwechslung hätte dir jedenfalls gutgetan. Magst du die Jeffersons?»

«Ja, gewiß. Armer Bursche. Ein netter Kerl. Traurige Geschichte.»

«Und was hast du die ganze Zeit getrieben, während ich weg war?»

«Ach, nichts Besonderes. Ich war viel auf dem Gut, weißt du. Dem Anderson habe ich ein neues Dach bewilligt – man kann es wirklich nicht mehr flicken.»

«Und wie war die Gemeinderatssitzung in Radfordshire?»

«Ich – nun ja – um die Wahrheit zu sagen, ich war gar nicht dort.»

«Du warst gar nicht dort? Aber du solltest doch Präsident werden.»

«Na ja, um die Wahrheit zu sagen, Dolly – offenbar ist da ein Irrtum passiert. Man hat mich gefragt, ob ich etwas dagegen hätte, wenn Thompson statt meiner nominiert würde.»

«Ich verstehe.» Mrs. Bantry zog einen Handschuh aus und warf ihn gleichgültig in den Papierkorb. Ihr Gatte wollte ihn wieder herausholen, aber sie wehrte ab.

«Laß! Ich hasse Handschuhe.»

Colonel Bantry blickte sie unsicher an.

Sie fragte streng:

«Warst du am Donnerstag bei den Duffs zum Dinner?»

«Ach so! Das ist verschoben worden. Ihre Köchin ist krank.»

«Dumme Leute.» Mrs. Bantry fuhr fort: «Warst du gestern bei den Naylors?»

«Ich habe angerufen und gesagt, ich fühlte mich nicht ganz wohl und bäte sie, mich zu entschuldigen. Sie haben das sehr gut verstanden.»

«Wahrhaftig, haben sie das?» rief Mrs. Bantry grimmig.

Sie setzte sich an den Schreibtisch und ergriff geistesabwesend eine Gartenschere. Damit schnitt sie langsam die Finger ihres zweiten Handschuhs nacheinander ab.

«Was machst du denn da, Dolly?»

«Ich habe so eine Zerstörungswut in mir!»

Sie erhob sich. «Wo werden wir uns nach dem Dinner aufhalten, Arthur? In der Bibliothek?»

«Nun – hm – ich glaube nicht – wie? Hier ist es doch auch sehr angenehm – oder vielleicht im Wohnzimmer . . .»

«Ich glaube», sagte Mrs. Bantry ruhig, «wir werden uns in der Bibliothek aufhalten!»

Ihr ruhiger Blick begegnete dem seinen. Colonel Bantry richtete sich zu seiner vollen Größe auf. Ein Leuchten trat in seine Augen.

«Du hast recht, mein Liebes. Wir werden in der Bibliothek sitzen!»

Mit einem ärgerlichen Seufzer legte Mrs. Bantry den Telefonhörer auf. Zweimal hatte sie angerufen und jedesmal den gleichen Bescheid erhalten: Miss Marple sei nicht zu Hause.

Von Natur aus ungeduldig, wollte Mrs. Bantry sich nicht so ohne weiteres geschlagen geben. In schneller Folge rief sie nacheinander das Pfarrhaus an, dann Mrs. Price Ridley, Miss Hartnell, Miss Wetherby und schließlich, als letzte Hoffnung, den Fischhändler, der dank seiner günstigen geographischen Lage meistens wußte, wo jeder Dorfbewohner sich augenblicklich aufhielt. Der Fischhändler bedauerte, aber er habe Miss Marple heute morgen überhaupt noch nicht gesehen. Sie hätte heute nicht ihren Rundgang gemacht.

«Wo kann diese Person denn nur sein?» fragte Mrs. Bantry ungeduldig mit lauter Simme.

Hinter ihr erklang ein höfliches Räuspern. Der diskrete Lorrimer murmelte:

«Madam sucht Miss Marple? Sie kommt soeben auf das Haus zu, wie ich beobachten konnte.»

Mrs. Bantry stürzte zur Eingangstür, riß sie auf und begrüßte Miss Marple atemlos:

«Überall habe ich dich gesucht! Wo warst du bloß?» Sie blickte sich um. Lorrimer war taktvoll verschwunden. «Es ist ganz entsetzlich! Die Leute fangen an, Arthur zu schneiden. Er ist um Jahre gealtert. Wir müssen etwas tun, Jane. Du mußt etwas tun!»

«Mach dir keine Sorgen, Dolly», tröstete Miss Marple in vielsagendem Ton.

Colonel Bantry erschien in der Tür seines Arbeitszimmers.

«Ah, Miss Marple. Guten Morgen. Es freut mich, daß Sie da sind. Meine Frau hat wie eine Verrückte nach Ihnen telefoniert!»

«Ich wollte Ihnen gern selbst die Nachricht bringen», erklärte Miss Marple, während sie mit den Bantrys ins Arbeitszimmer trat.

«Die Nachricht?»

«Basil Blake ist soeben wegen des Mordes an Ruby Keene verhaftet worden.»

«Basil Blake?» schrie der Colonel.

«Aber er hat's nicht getan», versicherte Miss Marple.

Colonel Bantry beachtete diesen Einwurf nicht. Es war fraglich, ob er ihn überhaupt gehört hatte.

«Wollen Sie damit sagen, daß er das Mädchen erwürgt hat und sie dann hierherbrachte – *in meine Bibliothek*?»

«Er brachte sie in Ihre Bibliothek, aber er hat sie nicht ermordet.»

«Unsinn! Wenn er sie in meine Bibliothek gebracht hat, dann hat er sie natürlich auch ermordet.»

«Nicht unbedingt. Er fand sie tot in seiner eigenen Villa.»

«Eine sehr glaubhafte Geschichte», rief der Colonel ironisch. «Wenn man eine Leiche findet, nun, dann ruft man doch die Polizei an – wenn man ein anständiger Mensch ist.»

«Gewiß», entgegnete Miss Marple, «aber wir haben nicht alle so eiserne Nerven wie Sie, Colonel Bantry. Sie sind noch einer vom alten Schlage. Die junge Generation ist da anders.»

«Kein Mark in den Knochen», wiederholte der Colonel seinen Lieblingssatz.

«Einige dieser jungen Menschen haben schon viel Schweres durchgemacht», sagte Miss Marple. «Ich weiß ziemlich viel über Basil. Als er kaum achtzehn Jahre war, hat er sich bereits heldenhaft bewährt. Er holte vier Kinder aus einem brennenden Haus, eines nach dem anderen. Dann ging er nochmals hinein, um den Hund zu retten. Obwohl man ihm sagte, daß es schon gefährlich wäre. Das Haus stürzte über ihm zusammen. Man grub ihn aus, aber sein Brustkorb war zerschmettert, und fast ein Jahr lang mußte er in Gips liegen. Nachher war er noch lange Zeit krank. Damals fing er an zu zeichnen.»

«Oh!» Der Colonel hüstelte und schneuzte sich. «Ich – das – das habe ich gar nicht gewußt.»

«Er spricht nie darüber.»

«Hm – das ist recht. Hochanständig. Es muß doch mehr in ihm stecken, als ich dachte. Das zeigt wieder, wie vorsichtig man sein muß, ehe man einen Menschen verurteilt.»

«Aber trotzdem», wieder empörte er sich, «was ist ihm eingefallen, mir einen Mord in die Schuhe zu schieben?»

«So hat er es wohl nicht gesehen», beschwichtigte Miss Marple. «Er hielt es wahrscheinlich für einen – einen Scherz. Sehen Sie, er stand damals unter dem Einfluß des Alkohols.»

«Ach, er war besoffen?» rief Colonel Bantry mit dem Verständnis des Engländers für alkoholische Exzesse. «Natürlich, man kann einen Burschen nicht danach beurteilen, was er tut, wenn er betrunken ist. Als ich in Cambridge war, da habe ich einen gewissen intimen Gegenstand – schon gut, schon gut, nichts mehr darüber. Damals war der Teufel los wegen der Geschichte.»

Er kicherte, nahm sich dann plötzlich zusammen und wurde ernst. Forschend blickte er Miss Marple an, verständnisvoll und bewundernd. «Also *Sie* glauben nicht, daß er den Mord begangen hat, wie?»

«Ich bin sicher, daß er unschuldig ist.»

«Und Sie wissen, wer es getan hat?»

Miss Marple nickte.

«Ist sie nicht herrlich?» rief Mrs. Bantry gleich einem begeisterten griechischen Chor der tauben Welt zu.

«Nun, wer war es?»

Miss Marple erwiderte:

«Ich wollte Sie bitten, mir zu helfen. Ich glaube, wenn wir aufs Rathaus gingen, dann würden wir ein gutes Stück weiterkommen.»

22

Sir Henry Gesicht war sehr ernst.

«Das gefällt mir nicht.»

«Ich bin mir völlig klar darüber», erwiderte Miss Marple, «daß es nicht hundertprozentig korrekt ist. Aber es ist doch so wichtig, ganz sicher zu sein – ‹der Sicherheit sich nochmals zu versichern›, wie Shakespeare sagt. Ich glaube, wenn Mr. Jefferson einverstanden wäre ...»

«Und Harper? Soll er auch eingeweiht werden?»

«Es könnte ihm unangenehm sein, wenn er zuviel weiß. Aber vielleicht geben Sie ihm einen Wink. Damit er gewisse Personen beobachten läßt, wenn es soweit ist – verstehen Sie?»

Sir Henry meinte langsam:

«Ja, das wäre wohl das beste ...»

Superintendent Harper blickte Sir Henry Clithering forschend an.

«Wir wollen ganz offen miteinander reden, Sir. Ist das ein Wink mit dem Zaunpfahl?»

Sir Henry erwiderte:

«Ich teile Ihnen mit, was mein Freund mir eben mitgeteilt hat – er sagte nicht, daß es ein Geheimnis sei –, nämlich, daß er beabsichtige, morgen einen Anwalt in Danemouth aufzusuchen, um ein neues Testament zu machen.»

Harpers buschige Brauen senkten sich tief über seine ruhigen Augen.

«Gedenkt Mr. Jefferson, seinem Schwiegersohn und seiner Schwiegertochter diese Tatsache mitzuteilen?»

«Er will es ihnen heute abend sagen.»

«Aha.» Der Superintendent klopfte mit dem Bleistift auf den Tisch. «Aha ...»

Dann bohrten sich seine scharfen Augen in die des anderen.

Er fragte:

«Die Anklage gegen Basil Blake befriedigt Sie also nicht?»

«Und Sie?»

Um Harpers Schnurrbart zuckte es.

«Und Miss Marple?»

Die beiden Männer blickten einander an.

Dann sagte Harper:

«Sie können das mir überlassen. Ich werde meine Leute instruieren. Es wird nichts passieren, das verspreche ich Ihnen.»

«Noch etwas», bemerkte Sir Henry, «sehen Sie sich das mal an.»

Er entfaltete ein Stück Papier und legte es auf den Tisch.

Diesmal verlor der Superintendent seine Gelassenheit. Er stieß einen Pfiff aus.

«Nein, so etwas! Jetzt sieht die ganze Sache natürlich völlig anders aus. Wie haben Sie denn das ausgegraben?»

«Seit Urzeiten interessieren sich die Frauen brennend für alles, was mit Heirat zusammenhängt.»

«Und ganz besonders», lächelte der Superintendent, «alleinstehende ältere Frauen.»

Als sein Freund eintrat, blickte Conway Jefferson auf.

Sein düsteres Gesicht entspannte sich, und er lächelte.

«Na, jetzt habe ich's ihnen gesagt. Sie haben es sehr gut aufgenommen.»

«Wie hast du es begründet?»

«Ich sagte, da Ruby tot sei, hätte ich das Gefühl, daß die

fünfzigtausend Pfund, die ich ursprünglich ihr hinterlassen wollte, jetzt einer Sache dienen sollten, mit der ich Rubys Gedächtnis ehren könnte. Es würde davon in London ein Heim für junge Berufstänzerinnen errichtet werden. Verdammt idiotisch wäre es, sein Geld für einen solchen Zweck zu vermachen – ich wundere mich, daß sie's geschluckt haben. Als ob mir das ähnlich sähe, so etwas zu tun!»

Nachdenklich fügte er hinzu:

«Weißt du, ich habe mich, was dieses Mädchen angeht, wie ein Narr benommen. Bin wohl schon ein schwachsinniger alter Mann. Jetzt sehe ich es ein. Sie war ein nettes Kind. Aber das meiste, was ich in ihr sah, habe ich selbst in sie hineinphantasiert. Ich bildete mir ein, sie sei eine zweite Rosamund. Sie hatte wohl die gleichen Farben, weißt du, aber nicht das gleiche Herz, das gleiche Wesen. Gib mir doch mal die Zeitung rüber – da steht ein sehr interessantes Bridgeproblem drin.»

Sir Henry ging hinunter. Er suchte den Oberkellner und stellte ihm eine Frage.

«Mr. Gaskell, Sir? Der ist soeben mit seinem Wagen fortgefahren. Hat etwas in London zu tun.»

«Aha! Und Mrs. Jefferson – ist die vielleicht in der Nähe?»

«Mrs. Jefferson, Sir, ist gerade zu Bett gegangen.»

Sir Henry blickte in die Halle und in den Tanzsaal. In der Halle löste Hugo McLean unter vielem Brummen und Stirnrunzeln ein Kreuzworträtsel. Im Tanzsaal lächelte Josie tapfer auf einen dicken, schwitzenden Herrn herab, während ihre gewandten Füße seinem verderblichen Tritt auszuweichen versuchten. Der dicke Herr war sichtlich entzückt von seinem Tango. Raymond tanzte graziös und melancholisch mit einer bleichsüchtigen Miss, deren Blähhals und stumpfe braune Haare gut mit ihrem teuren, unwahrscheinlich geschmacklosen Kleid harmonierten.

Sir Henry sagte zu sich selbst:

«Na schön – dann kann ich ja schlafen gehen.»

Drei Uhr nachts. Der Wind hat sich gelegt.

Nichts regt sich in Conway Jeffersons Schlafzimmer. Nur sein eigener schwerer Atem ist zu hören, während er von hohen Kissen gestützt daliegt.

Kein Lufthauch durchstreift den Raum, um die Gardinen zu bewegen – und doch bewegen sie sich ... teilen sich für Sekunden ... und die Silhouette einer menschlichen Gestalt zeichnet sich gegen das Mondlicht ab. Dann fallen die Vorhänge wieder zu und hängen unbewegt herab. Alles ist wieder still – aber es befindet sich noch jemand im Zimmer.

Näher und näher schleicht der Eindringling. Auf das Bett zu. Die tiefen Atemzüge hört man unverändert aus den Kissen.

Sonst kein Laut.

Daumen und Zeigefinger greifen nach einer Hautfalte, die Rechte hält eine Injektionsspritze bereit.

Da kommt plötzlich aus dem Dunkel eine Hand und schließt sich um die Finger, die die Spritze halten. Mit eisernem Griff umfaßt ein Arm die Gestalt.

Eine ruhige, klare Stimme, die Stimme des Gesetzes, spricht:

«Halt! Geben Sie mir die Nadel!»

Das Licht flammt auf, und Conway Jefferson blickt grimmig in das Antlitz der Person, die Ruby Keene ermordet hat.

23

Sir Henry Clithering bat:

«Ich, Watson, möchte Ihre Methode kennenlernen, Miss Marple.»

Superintendent Harper rief:

«Und ich möchte wissen, wodurch Sie zuallererst auf die Idee gekommen sind!»

Colonel Melchett war begeistert:

«Und Sie haben wieder den Vogel abgeschossen, Donnerwetter noch mal! Ich will aber alles hören, von Anfang an.»

Miss Marple strich über die braune Seide ihres besten Abendkleides. Sie errötete und lächelte und sah außerordentlich selbstbewußt drein.

«Ich fürchte, Sie werden meine ‹Methode›, wie Sir Henry es nennt, schrecklich dilettantisch finden. Sehen Sie, es ist nämlich so: Die meisten Leute – und da schließe ich die Herren von der Polizei nicht aus – sind viel zu vertrauensvoll für diese böse Welt. Sie glauben, was man ihnen sagt. Das tue ich nie. Ich muß gestehen, daß ich mich immer gern selbst von der Wahrheit überzeuge.»

«Die Haltung des Wissenschaftlers», bemerkte Sir Henry.

«In diesem Fall», fuhr Miss Marple fort, «wurden gewisse Tatsachen von Anfang an als gegeben hingenommen, statt sie zu überprüfen. Diese Tatsachen waren: Das Opfer sei ganz jung gewesen und habe seine Nägel gebissen, und die Zähne hätten ein wenig vorgestanden – wie das bei jungen Mädchen oft so ist, wenn man das Gebiß nicht rechtzeitig mit einer Spange reguliert.

Ich habe also dieses tote Mädchen angeschaut und war traurig, denn es ist immer schmerzlich zu sehen, wie so ein junges Leben zerbrochen wird. Und ich dachte, wer es auch getan haben mag, es muß ein schlechter Mensch gewesen sein. Es war natürlich alles sehr verwirrend – daß man sie in Colonel Bantrys Bibliothek fand zum Beispiel –, es erinnerte viel zu sehr an einen Detektivroman, um wahr zu sein. Irgend etwas stimmte nicht. Das, was uns so verwirrte, schien mir nicht beabsichtigt zu sein, verstehen Sie. Der ursprüngliche Plan war auch gewesen, die Leiche dem armen Basil Blake unterzuschieben – der ja viel verdächtiger ausgesehen hätte als unser Colonel. Daß Basil die Leiche in Bantrys Bibliothek geschafft hat, brachte alles völlig durcheinander und muß für den wirklichen Mörder höchst ärgerlich gewesen sein.

Nach dem ursprünglichen Plan wäre Mr. Blake als allererster verdächtigt worden. Man hätte Nachforschungen in Danemouth angestellt, hätte herausgefunden, daß er die kleine Tänzerin kannte, ferner, daß er Beziehungen zu einem anderen Mädchen hatte – und daraus hätte man geschlossen, Ruby sei zu ihm gekommen, um ihn zu erpressen oder etwas Ähnliches – und er habe sie in einem Wutanfall erwürgt. Ein ganz gewöhnlicher, häßlicher Nachtclub-Mord, wie ich so etwas nenne. Doch das alles ging natürlich schief, und das Interesse konzentrierte sich viel zu früh auf die Familie Jefferson – zum großen Mißvergnügen einer *gewissen Person.*

Wie ich Ihnen schon sagte, bin ich sehr mißtrauisch veranlagt. Mein Neffe sagt immer – natürlich im Scherz und sehr liebevoll –, ich sei so mißtrauisch, als wäre ich selbst eine Verbrecherin. Er sagt, so seien die meisten viktorianisch geprägten Leute. Darauf kann ich nur erwidern: Viktorianer verstehen eben sehr viel von der menschlichen Natur.

Da ich nun mal diese anormale – oder vielleicht sehr normale – Veranlagung habe, betrachtete ich die ganze Affäre sofort vom *Geldstandpunkt* aus. Zwei Menschen hatten durch den Tod des Mädchens einen Vorteil – darum kam man nicht herum. Fünfzigtausend Pfund, das ist viel Geld – besonders, wenn man sich in finanziellen Schwierigkeiten befindet, so wie diese beiden Menschen. Natürlich schienen alle zwei sehr nett und angenehm – man konnte sich nicht vorstellen, daß sie ... aber man kann nie wissen, nicht wahr?

Zum Beispiel Mrs. Jefferson – jedermann hatte sie gern. Aber es war ganz zweifellos so, daß sie in diesem Sommer sehr unruhig geworden war und daß sie dieses Leben an der Seite des Schwiegervaters satt hatte. Vom Arzt wußte sie, daß er nicht mehr lange leben würde. Das war also in Ordnung –

um es rücksichtslos auszudrücken –, oder es wäre in Ordnung gewesen, wenn nicht Ruby Keene auf der Bildfläche erschienen wäre. Mrs. Jefferson liebt ihren Sohn leidenschaftlich; manche Frauen haben die seltsame Vorstellung, daß Verbrechen, die um ihrer Kinder willen geschehen, beinahe moralisch berechtigt sind. Ein- oder zweimal ist mir in unserem Dorf diese Einstellung schon begegnet. ‹Es war doch alles für Daisy, Miss, verstehen Sie›, sagt so eine Frau und glaubt offenbar, daß damit alles wieder gut ist. Eine sehr laxe Moral.

Bei Mark Gaskell allerdings war man schon eher geneigt, mißtrauisch zu sein. Er ist ein Spieler und hat offenbar keine sehr strengen moralischen Grundsätze. Aber aus bestimmten Gründen war ich der Ansicht, daß eine Frau mit diesem Mord zu tun haben müsse. Wie ich schon bemerkt habe, spielte die Geldfrage in meinen Augen eine außerordentlich wichtige Rolle. Es war darum befremdend zu entdecken, daß gerade diese beiden Personen für die Zeit Alibis hatten, in der Ruby Keene laut ärztlicher Aussage den Tod fand. Aber bald darauf wurde der verbrannte Wagen mit Pamela Reeves' Leiche gefunden, und da sprang es einem ja geradezu in die Augen. Die Alibis waren natürlich wertlos.

Nun hatte ich zwei Hälften; jede einzelne war überzeugend, aber sie paßten nicht zusammen. Es mußte ein Verbindungsglied geben, aber ich konnte es nicht finden. Die einzige Person, von der ich genau wußte, daß sie mit dem Verbrechen zu tun hatte – besaß kein Motiv.

Es war dumm von mir, aber ohne Dinah Lee wäre ich nicht darauf gekommen – auf das Nächstliegende in der Welt. Das Rathaus! Eine Heirat! Das Ganze ging nicht nur Mr. Gaskell und Mrs. Jefferson an – es gab auch noch die Möglichkeit einer Ehe. Wenn einer von den beiden verheiratet war oder auch nur beabsichtigte zu heiraten – dann war der andere Ehepartner ebenfalls in das Verbrechen verwikkelt!

Raymond zum Beispiel hätte denken können, dies sei *die* Chance, eine reiche Frau zu bekommen. Er war immer sehr aufmerksam zu Mrs. Jefferson. Ich glaube sogar, durch seinen Charme ist sie aus ihrer langen Witwenschaft erwacht. Vorher war es ihr ganz recht gewesen, nur Mr. Jeffersons ‹Tochter› zu sein.

Außer Raymond gab es noch Mr. McLean. Sie mochte ihn sehr gern, und es schien sehr wahrscheinlich, daß sie ihn schließlich heiraten würde. Er war nicht wohlhabend – und er war in der fraglichen Nacht nicht weit von Danemouth. Es sah also so aus, als könne jeder von ihnen es getan haben – nicht wahr? Aber im stillen wußte ich natürlich, wer es war. Man konnte ja nicht darum herumkommen – nicht wahr – um diese abgebissenen Nägel?»

«Nägel?» fragte Sir Henry. «Aber sie hatte sich doch einen Nagel abgebrochen und dann die anderen abgeschnitten.»

«Unsinn!» rief Miss Marple. «Abgebissene Nägel und kurzgeschnittene Nägel sehen völlig verschieden aus! Niemand, der auch nur das mindeste von Mädchennägeln versteht, kann sich da irren. Abgebissene Nägel sind etwas sehr Häßliches – das sage ich auch immer den Mädchen in meiner Klasse. Die Nägel der Leiche waren unverkennbar abgebissen, und das konnte nur eines bedeuten: Die Leiche in Colonel Bantrys Bibliothek war gar nicht Ruby Keene.

Und das führt einen direkt zu der Person, die schuldig sein muß: *Josie!* Josie hat die Leiche identifiziert. Sie wußte, sie muß gewußt haben, daß es nicht Ruby Keene war. Sie sagte, es sei Ruby Keene. Sie war verwirrt, die Leiche dort zu sehen, wo sie sich befand. Ja, sie konnte diese Tatsache kaum fassen. Warum? Weil sie wußte – niemand wußte es besser als sie –, wo die Leiche hätte gefunden werden sollen! In Basil Blakes Villa. Wer lenkte unsere Aufmerksamkeit auf Basil? Josie, indem sie zu Raymond sagte, Ruby sei vielleicht mit diesem Filmmenschen zusammen. Und schon vorher, indem sie ein Foto von ihm in Rubys Handtasche schmuggelte. Wer war so wütend auf die Verstorbene, daß sie es nicht einmal verbergen konnte, als sie vor der Leiche stand? Josie! Josie, die Kluge, Praktische, Stahlharte und Geldgierige. Das ist es, was ich vorhin meinte, als ich von Leichtgläubigkeit sprach. Niemand dachte daran, Josies Aussage, die Leiche sei Ruby Keene, zu mißtrauen. Einfach deshalb, weil es damals so aussah, als habe sie keinerlei Motiv für diese Lüge. Im Motiv lag ja immer die große Schwierigkeit. Josie war offensichtlich in die Sache verwickelt. Aber Rubys Tod mußte doch logischerweise gegen ihr Interesse sein. Erst als Dinah Lee das Rathaus erwähnte, fand ich das Verbindungsglied.

Heirat! Waren Josie und Mark Gaskell tatsächlich verheiratet – dann wurde alles klar. Wie wir jetzt wissen, waren Mark und Josie seit einem Jahr verheiratet. Sie wollten es geheimhalten bis nach Mr. Jeffersons Tod.

Wissen Sie, es war wirklich ganz interessant, die Spuren zu verfolgen und genau zu beobachten, wie sich dieser Anschlag entwickelte. Kompliziert – und doch einfach. Zunächst einmal wurde das arme Kind, Pamela Reeves, ausgewählt. Wurde mit dem Filmprojekt gelockt. Probeaufnahmen – da konnte die arme Kleine natürlich nicht widerstehen. Besonders, wenn die Sache so überzeugend vorgebracht wurde, wie Mark Gaskell es tat. Sie kommt zum Hotel, er erwartet sie dort, führt sie durch eine Seitentür hinein und stellt sie Josie vor, die als eine Make-up-Expertin der Filmgesellschaft figuriert. Das arme Mädchen – mir wird ganz schlecht, wenn ich daran denke! Wie sie da in Josies Badezimmer gesessen haben mag, während Josie ihr das Haar bleichte und färbte, ihr Gesicht schminkte, ihre Finger- und Zehennägel lackierte. Während dieser Prozedur wurde ihr das Betäubungsmittel verabreicht – höchstwahrscheinlich in einem Eiscreme-Soda. Sie wird bewußtlos. Ich nehme an, daß sie daraufhin in eins von den gegenüberliegenden leerstehenden Gästezimmern gebracht wurde – wie Sie sich vielleicht erinnern, bringt man diese Räume nur einmal in der Woche in Ordnung.

Nach dem Dinner fuhr Mark Gaskell mit seinem Auto fort – die Küste entlang, sagt *er*. In Wirklichkeit brachte er damals Pamela, die ein altes Kleid von Ruby anhatte, in Blakes Villa und legte sie dort auf den Kaminteppich. Sie war bewußtlos, aber noch nicht tot. Da erwürgte er sie mit ihrem Gürtel ... Entsetzlich – ich hoffe und bete jedoch, daß sie nichts davon gespürt hat. Wahrhaftig, ich bin direkt froh, daß dieser Mensch nun gehängt wird ...

Das muß kurz nach zehn Uhr gewesen sein. Ich stelle mir vor, daß Josie ihrer Cousine im voraus Verhaltensmaßregeln erteilt hat. Ruby war gewohnt, alles zu tun, was Josie ihr sagte. Sie sollte sich umkleiden, in Josies Zimmer gehen und dort warten. Auch sie hatte ein Betäubungsmittel bekommen, wahrscheinlich nach dem Dinner im schwarzen Kaffee. Sie erinnern sich, daß Ruby gegähnt hat, während sie mit dem jungen Bartlett sprach.

Später ging Josie zusammen mit Raymond hinauf, ‹um nach ihr zu sehen› – aber nur Josie selbst betrat Josies Zimmer. Offenbar hat sie bei dieser Gelegenheit das Mädchen getötet – vielleicht durch eine Injektion oder durch einen Schlag auf den Kopf. Dann ging sie hinunter, tanzte mit Raymond, überlegte zusammen mit den Jeffersons, wo Ruby wohl sein könne, und ging schließlich zu Bett. In den frühen Morgenstunden zog sie der Toten Pamelas Kleider an, trug sie über die Seitentreppe hinunter – Josie ist ja eine starke, muskulöse junge Person –, nahm George Bartletts Wagen, fuhr die zwei Meilen zum Steinbruch, goß Petroleum über den Wagen und zündete ihn an. Dann ging sie zu Fuß ins Hotel zurück und richtete es wahrscheinlich so ein, daß sie um acht oder neun Uhr dort ankam. Angeblich aus lauter Sorge um Ruby sei sie schon so früh unterwegs gewesen!»

«Ein komplizierter Plan», warf Colonel Melchett ein.

«Nicht komplizierter als die Figuren eines Tanzes», war Miss Marples Antwort.

«Da haben Sie recht.»

«Josie war sehr gründlich», fuhr die alte Dame in ihrem Bericht fort. «Sie berücksichtigte sogar die Verschiedenheit der Fingernägel. Darum legte sie es auch darauf an, daß Ruby sich an ihrem Shawl einen Nagel einriß. Das sollte die Erklärung dafür sein, daß Ruby alle Nägel kurz schnitt.»

«Ja, sie dachte an alles», sinnierte Harper. «Und der einzige Anhaltspunkt, den Sie hatten, Miss Marple, waren die abgebissenen Nägel eines Schulmädchens!»

«Nein, ich hatte mehr», lächelte Miss Marple, «die Leute reden einfach immer zuviel. Diesmal war es Mark Gaskell. Als er von Ruby Keene sprach, sagte er: ‹Winzige, eingebogene Mäusezähnchen.› Das tote Mädchen in Colonel Bantrys Bibliothek jedoch hatte *vorstehende* Zähne.»

In grimmigem Ton erkundigte sich Conway Jefferson:

«Stammt die Idee mit dem Finale von Ihnen?»

«Um die Wahrheit zu sagen – ja», gestand Miss Marple. «Es ist doch schön, wenn man einer Sache wirklich sicher sein kann – nicht wahr?»

«Ja, sicher sind wir jetzt», murmelte Jefferson bitter.

«Sehen Sie», sagte Miss Marple, «sobald Mark und Josie wußten, daß Sie ein neues Testament machen wollen, *mußten* sie ganz einfach etwas unternehmen. Für dieses Geld hatten sie schon zwei Morde begangen. Da konnten sie genausogut auch noch einen dritten begehen. Mark mußte natürlich absolut frei von jedem Verdacht bleiben. Also fuhr er nach London und sorgte für ein gutes Alibi, indem er in einem Restaurant mit Freunden dinierte und nachher in ein Nachtlokal ging. Josie mußte alles allein machen. Die beiden glaubten immer noch, daß Basil Blake, entsprechend ihrem Plan, für den Mord an Ruby Keene verantwortlich gemacht würde. Mr. Jeffersons Tod sollte man für eine Folge seiner Herzkrankheit halten. Wie der Superintendent mir sagte, war Digitalis in der Injektionsspritze. Kein Arzt hätte unter den gegebenen Umständen den Eintritt des Todes durch Herzlähmung für überraschend gehalten. Josie hatte einen Dachziegel über Mr. Jeffersons Balkon gelockert. Nach der Injektion wollte sie ihn herunterkrachen lassen. Dann hätte man den durch diesen Lärm hervorgerufenen Schock für die Todesursache gehalten.»

Melchett knirschte: «Diese raffinierte Hexe!»

«Also wäre der dritte Mord, von dem Sie vorhin sprachen, an Conway Jefferson begangen worden?» erkundigte sich Sir Henry.

«O nein – ich meinte Basil Blake. Mark und Josie hätten ihn an den Galgen gebracht, wäre es möglich gewesen.»

«Oder ins Zuchthaus – lebenslänglich», meinte Melchett.

Conway Jefferson stöhnte in sich hinein.

«Ich wußte ja immer, daß meine Rosamund einen Gauner geheiratet hat. Wollte es nur nicht zugeben – nicht mal mir selbst gegenüber. Sie war so wahnsinnig verliebt in ihn. Verliebt in einen Mörder! Na, er wird hängen – ebenso wie diese Frau. Ich bin froh, daß seine Nerven versagten und er alles verriet.»

«Sie war immer der stärkere Charakter von beiden», erklärte Miss Marple, «der ganze Mordplan stammt von ihr. Es ist ja wirklich eine Ironie des Schicksals, daß sie selbst die kleine Ruby hierher hatte kommen lassen – ohne zu ahnen, daß dieses Mädchen Mr. Jeffersons Zuneigung erwerben und so Josies eigene Zukunftshoffnungen zerstören würde.»

«Armes Mädchen», murmelte Jefferson, «arme, kleine Ruby.»

Adelaide Jefferson und Hugo McLean traten ein. Adelaide war heute abend beinahe schön. Sie ging zu Conway Jefferson, legte einen Arm um seine Schultern und sagte ein wenig atemlos:

«Jeff, ich habe dir etwas mitzuteilen. Ich will's dir jetzt gleich sagen: Hugo und ich werden heiraten.»

Einen Augenblick sah Conway Jefferson zu ihr auf, dann meinte er barsch:

«Na schön, wird ja auch wirklich Zeit, daß du dich wieder verheiratest. Meinen Glückwunsch euch beiden. Apropos, Addie – morgen mache ich ein neues Testament.»

Sie nickte. «Ach ja. Ich weiß.»

«Nein, du weißt nicht. Dir setze ich zehntausend Pfund aus. Alles übrige bekommt Peter, wenn ich sterbe. Na, Mädchen, wie gefällt dir das?»

«Oh, Jeff!» Ihre Stimme bebte. «Du bist wunderbar!»

«Dein Kleiner ist ein liebes Kind. Ich will oft mit ihm zusammensein – in der Zeit, die mir noch vergönnt ist.»

«Ja, das sollst du!»

«Peter hat viel Begabung zum Detektiv», versicherte Conway Jefferson. «Er besitzt nicht nur den Fingernagel des Opfers – eines der Opfer jedenfalls –, sondern er hat sogar das Glück gehabt, auch ein Stück von Josies Shawl zu erwischen. Also hat er jetzt auch ein Andenken an die Mörderin. Darüber ist er selig!»

Hugo und Adelaide gingen am Tanzsaal vorüber. Raymond trat auf sie zu. Rasch teilte Adelaide ihm mit:

«Wissen Sie schon das Neueste? Wir werden heiraten.»

Es gelang Raymond, tadellos zu lächeln – ein tapferes, schwermütiges Lächeln.

Er ignorierte Hugo und blickte tief in Addies Augen.

«Ich hoffe, daß Sie sehr, sehr glücklich werden ...»

Die beiden gingen weiter. Raymond blieb stehen und sah ihnen nach.

«Nette Frau», sagte er vor sich hin. «Sehr nette Frau. Und reich wird sie auch noch sein. Ein Jammer, daß ich mit diesem Märchen von den Starrs aus Devonshire angerückt bin ... Na ja, ich hab eben kein Glück. Schöner Gigolo, armer Gigolo, man zahlt – und du mußt tanzen!»

Und Raymond kehrte in den Saal zurück.

Agatha Christie

Agatha Mary Clarissa Miller, geboren am 15. September 1890 in Torquay, Devonshire, sollte nach dem Wunsch der Mutter Sängerin werden. 1914 heiratete sie Colonel Archibald Christie und arbeitete während des Krieges als Schwester in einem Lazarett. Hier entstand ihr erster Kriminalroman *Das fehlende Glied in der Kette.* Eine beträchtliche Menge Arsen war aus dem Giftschrank verschwunden – und die junge Agatha spann den Fall aus. Sie fand das unverwechselbare Christie-Krimi-Ambiente.
Gleich in ihrem ersten Werk taucht auch der belgische Detektiv mit den berühmten »kleinen grauen Zellen« auf: Hercule Poirot, der ebenso unsterblich werden sollte wie sein weibliches Pendant, die reizend altjüngferliche, jedoch scharf kombinierende Miss Marple (*Mord im Pfarrhaus*).
Im Lauf ihres Lebens schrieb die »Queen of Crime« 67 Kriminalromane, unzählige Kurzgeschichten, 7 Theaterstücke (darunter *Die Mausefalle*) und ihre Autobiographie.
1956 wurde Agatha Christie mit dem »Order of the British Empire« ausgezeichnet und damit zur »Dame Agatha«. Sie starb am 12. Januar 1976 in Wallingford bei Oxford.